唯有了解，才会关心，唯有关心，才会行动，唯有行动，生命才有希望。

——珍·古道尔博士

守翼

鸟窝里的猫妖 著

国际文化出版公司
·北京·

图书在版编目（CIP）数据

守翼 / 鸟窝里的猫妖著 . -- 北京 ：国际文化出版公司，
2021.4
ISBN 978-7-5125-1298-6

Ⅰ．①守… Ⅱ．①鸟… Ⅲ．①长篇小说－中国－当代
Ⅳ．① I247.5

中国版本图书馆 CIP 数据核字 (2021) 第 042220 号

守翼

作　　者	鸟窝里的猫妖
责任编辑	侯娟雅
统筹监制	杨　智
特约策划	赵安琪
出版发行	国际文化出版公司
经　　销	国文润华文化传媒（北京）有限责任公司
印　　刷	三河市华晨印务有限公司
开　　本	145 毫米 ×210 毫米　　　　32 开
	8 印张　　　　277 千字
版　　次	2021 年 4 月第 1 版
	2021 年 4 月第 1 次印刷
书　　号	ISBN 978-7-5125-1298-6
定　　价	45.00 元

国际文化出版公司
北京朝阳区东土城路乙 9 号　　　　邮编：100013
总编室：（010）64271551　　　　传真：（010）64271578
销售热线：（010）64271187
传真：（010）64271187-800
E-mail：icpc@95777.sina.net

爱是尊重，并非占有

杨毅

猫妖刚跟我说希望我能给她的书写序的时候，我有点惊讶。做科普的人都有个特点，说得好听叫严谨、理性，说得不好听就是"轴"，关于知识性的问题，都是钻研再钻研。力求科普到位，是所有科普作者写书的目标。可是我实在不知道一本科普读物的序要怎么写，于是我问猫妖："鸟类科普你也是专家，这种书的序要怎么写？严谨，不出错就可以吧？"

猫妖的回复令我很意外，她说："我写的是小说。这次我不仅想要科普，还想要展示野保人工作的真实的一面，没有胡编乱造，就是写事实。"

听完她的话，我来了兴趣。这些年，图书市场充斥着这样那样打着动物科普旗号的图书，大部分也只是在写动物本身，很少有写人类与动物真实关系的书，更别说写野生动物保护者真实工作的了。猫妖是一位一线动物保护者，她的专业性毋庸置疑，她对动物、对自然的热爱更是不需我来多说，我唯一好奇的就是，她这样一位掉进"科普圈"里的人会如何写一本小说呢？

打开这本书，没读几篇就让我感受到了真实。真实的案例再现不禁让我想起那些曾经收到的被森林公安罚没的野生动物：折翅、断趾、发育不良、长期饮食不当、严重的刻板行为，有的甚至已经奄奄一息……猫妖在书中详细地介绍了它们可能受到的伤害以及被人类救助后的去向，它们有些得到了良好的救治，有些不幸离开了这个世界。现实就是这样残酷，我感谢猫妖能够将这些展示给读者，让更多人看到我们野生动物保护工作者每天要面临的状况。

任何物种都有它存在的意义，都是生物链上不可或缺的一个环节，无论人类觉得好看可爱也好，觉得好奇也罢，都不是去打扰它们原有生活环境的理由，人为的介入、破坏、偷猎、捕杀，都可能造成它们的灭绝。一旦某个物种失去了食物或缺少了天敌，后果极有可能像当前世界面临的疫情一样，来势汹汹，让人猝不及防，代价惨痛。

为了一个共同的信仰，为了金钱无法衡量的崇高理想，长期以来，野保人与一些无知的人类斗智斗勇，他们不畏艰险，只希望为自然讨一个公道。他们是值得尊重的"战士"，而这本书将这些"战士"的经历记录了下来。很希望大家能够来看看书中的故事，能够体会这条坚持的道路有多难。当然，我更希望的是读者能在了解他们的同时成为我们的一分子，不盗猎、不饲养、不购买野生动物，就像猫妖想要表达的人与动物之间最真实的关系：尊重。爱是尊重，是守护，并非占有。

猫妖和我们这些人，这些年在微博上与伤害动物的人唇枪舌剑，在网络上对盗猎行为口诛笔伐，努力倡导大家多了解野生动物的相关知识，只是想向大家传达一个道理：这些比我们弱小的生命，都是地球的一分子，需要大家的尊重和爱护。一个只有人类没有动物的地球，注定是一个灰色的地球。

在此借用那句公益广告语"没有买卖就没有杀戮"来与各位读者共勉，让我们从小事一起努力，并肩作战。

杨毅，原北京动物园野生动物管理员。现武汉动物园野生动物管理部主管、自然保护教育指导老师。野生动物摄影师。"少年得到"网站《超级饲养员的动物课》主讲老师。中央电视台《正大综艺"动物来了"》常驻嘉宾。武汉"楚天交通广播"《袋鼠听听》栏目顾问。

CONTENTS 目录

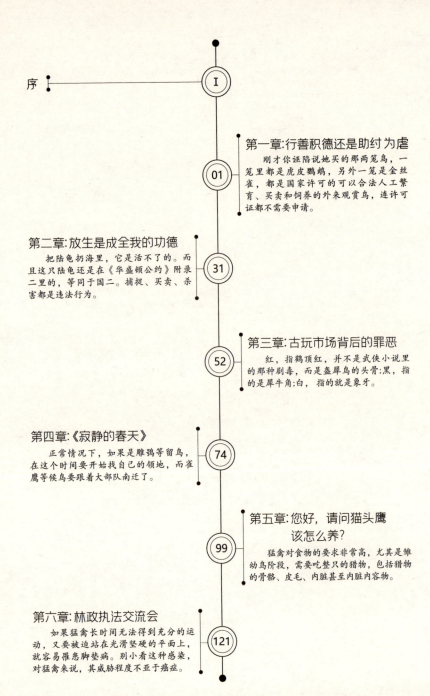

第一章

行善积德
还是助纣为虐

　　刚才你诬陷说她买的那两笼鸟，一笼里都是虎皮鹦鹉，另外一笼是金丝雀，都是国家许可的可以合法人工繁育、买卖和饲养的外来观赏鸟，连许可证都不需要申请。

2016年，初夏。

北方大城市B市西边的山林里，本该如往常一般宁静，偶尔有几声鸡鸣犬吠，村里人怡然自安。然而现在，本该往来种作的二三十个村民正擎着锄头、铁锹边跑边大呼小叫着：

"站住！"

"别让他们跑了！"

在他们前面不远处，有穿着迷彩户外服的一男一女正飞也似的跑着。

乍一看，任谁都会觉得这两个人肯定是干了什么违法乱纪的事情，比如偷了村里什么东西才会被村民追赶。

然而事实刚好相反，前面狼狈奔逃的两人只是拿到了村里人合伙盗猎、贩卖国家重点保护野生动物的证据而已。

逃跑中的女生喘着粗气问："你叫增援了吗？"

旁边的男生回答："叫了，但是最近的派出所离这里大概7公里，他们过来需要时间。而且……呼……他们人手不足，我已经把这里的情况说明了……呼……他们会上报市局。"

"大概要多长时间？"

"坚持……十分钟！"

女生咬咬牙："好！"

他们的车早就被村民围了，现在唯一能做的就是拼体力。

女生听见脑后有劲风声，下意识地闪身一躲，一块板儿砖从身边飞了过去。

好吧，还得拼运气。

"今儿怕是不能善了！"女生大喊，"小心，他们在扔砖。"

与她同行的男生闻言也不停回头，提防"暗器"。

就在距离渐渐拉开的时候，突然，两人前方不足100米的岔路口出现了一辆农用车。看见车上的众人和他们手里拎的家伙，两人心里都是"咯噔"一下。

两人被包围了。

这下子差不多有三十人。

"别乱来，我是警察！"男生对逼近的人群喊道。

"警察？证都没有，谁信你是警察？"一个拎着锄头的村民嗤笑，"今儿你们把东西留下，可以全须全尾回去。识相点，别浪费时间。"

他们说的东西，一指女生背的相机，二指男生包里的动物——几只刚从捕鸟网上摘下来的，还活着的鸟。因为背着包跑肯定会更加颠簸，为了不加重几只鸟的伤情，男生这会儿正把包拎在手上，靠着自己的腕和肘关节做缓冲。

"做梦吧你们！"女生怒斥。她解下腰间的备用带把相机固定在自己胸腹部，做好了战斗准备。

"别嘚瑟了，我们这是山区，就算把你们俩打死，回头连车往山沟里一推，全村老少爷们都说你们自己开车掉下去摔死的，警察能把我们怎么样？"

女生咧嘴一笑，问男生："嘿，他们挺狂啊。你怎么样？"

男生的皮肤因为日晒已变成古铜色，额头布满细密的汗珠，有一滴顺着脸颊滑落，勾勒出棱角分明的轮廓。溜圆的眼睛不失冷厉，机警地环视一周，男生把背包往路边的矮树上一挂，轻轻拍了拍，低声说了句什么，然后走回女生身边，与她背对而立，一边解开领口，挽起袖子，一边目光坚定地看向这帮乌合之众。

"兄弟们，抄家伙上！"拎锄头的那个壮汉喊了一嗓子，自己一马当先抡着锄头冲了上去。

混战一触即发。

先冲到女生身前的是个手持镰刀的瘦小汉子，他扬起镰刀，照着女生的头部就劈了下去，却见女生突然往前蹿出一个身位，并迅速转身，双手一抓，顺势来了个过肩摔。

女生喊道："盗猎是违法行为，你们不思悔改，还要罪上加罪吗？"

这个架势让其他村民的动作更加犹豫。

这样对峙了一分多钟，人群中不知是谁突然爆出一声："愣着干什么！大家一起上！"村民们如梦初醒地纷纷扑了上去。

所谓双拳难敌四手，电视剧里那些以一敌十甚至敌百都是假的，现实中哪怕是真正的练家子，面对二三十人的持械围堵也没有赢面。

好在这二三十人都没有受过专业训练，围上来有先有后，这也是被围攻的二人唯一可以利用的机会。

只见女生又抢上前几步，躲开挥下来的两把锄头，狠狠朝最前面的人肚子上踹了一脚，那人趔趄着后退几步，被后面两人扶住，三人重整旗鼓又冲了过来。女生把刚才夺下的镰刀抽出来对着那三个人就是一挥，吓得那三人本能地往后闪了闪。

这一次女生没有冲上去，而是后退两步，突然向一边的山壁跑去。一伙儿人立时追了上去，女生跑了几步突然转身，蹲下就是一个扫堂腿，把追得最快的一个人扫倒，这个人带倒了第二个，绊摔了第三个。他们手里的镐飞了出去，女生见状扔了镰刀，捡起铁镐，用木棒那头对着还没爬起来的四人就是一顿抽，谁冒头抽谁，"动次打次"的节奏明快响亮。

她边抽边用极快的速度观察了一下同伴的动向，发现男生也撂倒了几人，事态虽然胶着，但二人没有落于下风。

突然，路边的一个身影引起了女生的警觉，她高喊一声："小心！"

但是有点晚了，男生闷哼一声，头上有血渗出，是藏在路边的一个村民用强力弹弓打中了头部。

"你怎么样？"女生焦急地问。

男生用手背草草擦了一下流到腮边的血，回道："没事，皮外伤。"说罢他把自己刚抢来的一把斧子对着射弹弓的那人甩了过去，吓得那个人夺路而逃。

与此同时，村民们纷纷捡起石头或者干脆直接把手里原本拿着的武器向包围圈中的二人砸来。圈中二人拼命闪躲，还是各自被砸中了好几处，连女生的头上也挂了彩。村民们见这种手段有效，开始变本加厉。

女生见势不妙，突然狠狠抽了之前叫嚷得最嚣张的村民的脑袋一下，趁他眩晕疼痛之时，把柴刀架在他的脖子上，并且拉着他撤向山壁一侧。男生见状捡起地上一把被打落的铁锹，退到女生身边。

"都别动！"

这下村民们终于老实了。被挟持的人质就是他们的头儿，还是村主任的儿子，一直带着大家打野味卖钱的也是他。如果今天有人把他误伤了，回头就算解决了这两个人，也没好日子过。

之前被围攻的男女二人总算得到了一丝喘息的机会。突然，男生发现对面几个村民的眼神略有游移，他本能地抬手往女生头上一挡，随即右臂一阵剧痛，一柄钢叉刺进了他的小臂。

头顶的人发现偷袭失败，拔出钢叉又掷了下来，被男女二人闪过，却插到了来不及后退的村主任儿子的脚。一阵鬼哭狼嚎后，周围村民都慌了神儿。

正对峙着，人群后传来一个苍老的声音："怎么回事？闹什么呢？"

还没等村民们说什么，被女生挟持的那人看到来人高喊："爸！救我！爸！"

老者走到人群前面，定定地看着男女二人，阴沉着脸说道："我不管你们因为什么引起众怒，但我希望你们知道，绑架、挟持他人是犯法的。"

二人中一直没怎么说话的男生捂着手臂冷笑："你是这里的村主任？你还知道'法律'两个字怎么写吗？那你知不知道'正当防卫'四个字怎么写？"

村主任正欲接话，却听到不远处传来警笛声。他沉默了几秒，说道："朋友，这样吧，可能这帮孩子不懂事得罪了你们。要不今天就到此为止，害你们受伤，我们愿意给出补偿，同时不追究你们打伤村民还挟持我儿子的事了。你们看怎么样？愿意的话，开个价吧。"

二人不约而同发出一声冷笑，男生没去理他，女生说："你好歹是村主任，就这么由着他们盗猎，由着他们袭警，现在还想贿赂我们吗？"

路口已经可以看到警车的车头，村民们面面相觑，站得最远的几人已经把手里的武器扔在地上踢远了些。村主任见今天无论如何不会轻易收场，暗自思忖片刻，然后变个人似的跑去迎接警车。

"警察同志，警察同志，你们可来了！那两个人不知道因为什么和我们村的人起了冲突，打伤了好多村民，这会儿还劫持了我儿子。你们可得为我们做主啊！"村主任对着还没下车的民警就是一通喊冤。

那民警他是认识的，平常也会来村里查查户籍、慰问一下孤寡老人什么的。

却不想这回他是热脸贴了人家冷屁股，带头的民警根本没理他这茬儿，白了他一眼，就向仍然被包围的两人走去。

女生看见几位民警都走了过来，松开了一直挟持的人质，她把镰刀扔下，赶紧过去帮男同伴紧急处理伤口。

看着男生胳膊的两个血窟窿，刚才一直凶悍异常，即使受了伤还在咬牙反击的女生终于软了下来，眼泪汪汪地帮他托着手臂，按压止血。

"康副队长好。"走上前的民警向受伤男生敬了一礼，显然是认识。而后关切地问："您这伤……得赶紧去医院。"

受伤的男生在一片殷红的映衬下，脸色更显苍白，右臂还没完全止血，他端着手臂，友善地点头致意："你好，我没事。请问怎么称呼？"

民警答："我姓苏，是二桥村派出所的。"

男生又点点头："这里的村民合伙盗猎，被我们发现后先是破坏了我们的车，又聚众围殴我们，其间更是企图故意杀人。一切证据确凿。那边树上的袋子里是他们盗猎到的野生动物，国家二级保护动物就有五只，属于重大刑事案件了。这部分得由我们森林公安来负责。"

其余几个警察过去将在场村民聚拢起来，不让他们随意离开。

村主任顶着一脑门儿的汗赶过来说："误会，都是误会。这位警官，你倒是早点告诉我们你是警察啊。你看，村里人见你们抱了一包野生动物，还以为你们是盗猎的呢，这才把你们围住了。"

女生嗤笑一声，解开自己胸前的相机包，从里面拿出一个卡片机来，一边停止录像一边对众人说："刚刚发生的事我是全程录像的，你们一个都别想跑。"

这下村民全都蔫儿了，自知无从抵赖，都蹲到了地上。而远处那几个假装围观的群众这会儿倒叫起了屈："警察同志，我没盗猎，我也没打人，我就跟过来看看！真的！别抓我呀！"

当然，在证据面前，辩解都是徒劳的。没过多久，M区公安分局的增援也到了，三十来个村民和那个村主任都被铐上了警车。

有民警将树上挂的那个包拿过来打开，一看里面的几只鸟都还活着，连忙给康副队长看："康副队长，这些要怎么处理？"

救护车上的康副队长拿过包，扭头对女生说："这一幕，我怎么觉得有点熟悉？"

"嗯，昨日重现。"女生说。

康副队长说："一晃六年了啊，上一次让你单打独斗，这一次我可没拖后腿吧？"

女生说："上一次你也没拖后腿，皮卡开出了赛车的水平。"

说罢，两人竟哈哈大笑起来。

02

2010年。

B市，一个有三千多年历史的古都。三面环山，一面平原，河流湖泊错落分布，水系庞杂，各种野生动植物资源十分丰富。当然，这里更不缺的是云集的各类高校、科研院所以及里面的各类人才。

"罗大侠，你慢点走，臣妾要累趴了。"一个上身穿深绿织金交领短袄、下身着浅绿色妆花马面裙、头顶狄髻的漂亮女孩，正叉着腰，喘着粗气，拼命扇着风，朝前面山路上喊着。

B市西北有几座名山，风光秀丽，上面有千年古刹。因为离市区并不远，交通又方便，每到节假日，游客往往摩肩接踵。尤其到了有名的佛教纪念日，就算不是周末，香客们也能汇聚成人海。而这前后几天也是附近村民摆摊赚钱的好时机。

"妍儿啊，我的好爱妃……"一个梳着高马尾，身穿大红贴里、黑裤黑靴，腰上还系着革带的女孩回头调笑道，"爱妃好歹是研究植物的，体力不应太差，否则以后如何能行遍祖国的大好河山啊？"她边说边倒着走了几步，还蹦了蹦，以示自己游刃有余。

"你废话！"袄裙女孩喘了两口气，终于忍无可忍地把裙子分开两片拽在手上，原地蹲下了。"敢情你穿的是男装，我穿的可是女装。走山路，就这几百米都快把裙襕踩没了，这我还是提着走的呢。你再看看我这一脑袋首饰，得有三斤重！"她说着抬手摸了摸头顶的发髻。

"哎哎哎！爱妃注意仪态！大庭广众之下撩裙子成何体统？"

"哈，臣妾里面还穿着裤子呢。你认识我六年，你啥时候见我有过仪态？妈呀，水喝完了，再给我一瓶。"她接过男装女孩手里的矿泉水瓶，利落地拧开瓶盖咕咚咚灌了几口，"爽！"

男装女孩也撩起下摆蹲下来："你自己说的啊，吃得苦中苦方能拍到美美的照片，毕业之前要留下美好的回忆。且忍忍，忍忍。"

"好，我忍我忍。能让你展颜一笑，我累成狗也值。怎么样？

感天动地吧？"

"感动！人生得汝为知己，夫复何求啊。"

"那你就好好珍惜我，不要再为不值得的人和事伤心了。你答应我，咱俩今天在山上好好疯一疯，下山之后，就让他们都成为过眼云烟，可好？"

"好，听爱妃的。"男装女孩说完站起来，拍拍衣摆，又把袄裙女孩拉起来，两人继续往山顶走去。林荫间小风吹吹停停，愁意像热汗一样又缠了上来。

穿男装的"罗大侠"叫罗雅，今年24岁，国内一流大学生态学专业硕士研究生在读。学这个专业的，全国各大保护区是经常跑的，崇山峻岭、激流险滩什么没见过，爬这么个小山不算个事儿。不过今天她来爬山不为科研，只为散心，陪她散心的陈晓妍跟她同岁。本科时两人是同班同学还是室友，考研的时候一个选了行为生态，一个选了植物生态，研究方向分开了，但闺蜜还是那个闺蜜。

对罗雅来说，这一个星期过得太憋屈了。星期一，她失恋了；星期四，她发现自己熬了一个多月的夜参与翻译的书出版了，但是译者里居然没有自己的名字！译者那一栏里只有她的同学韩蓉蓉的名字，那本书韩蓉蓉实际上只翻译了两章，剩下的15章都是罗雅翻译的。

"雅雅，我这有本书要翻译，酬劳不错哦。你要不要也来试试？""雅雅，我这几天家里有事，没时间翻译了，后面这几章麻烦你翻译吧，等拿到稿酬按比例分你。"这是韩蓉蓉对她说的。

翻译这本书的机会的确是她从导师那争取来的，起初拉上罗雅一起，罗雅还很感激她，所以在翻译结束后毫无怀疑地把稿子都给了韩蓉蓉。

谁知道等书出版了，韩蓉蓉都没告诉她，还是陈晓妍逛书店的时候看到了，买回来给她看的。而她拿着书去找韩蓉蓉理论索要酬劳的时候，却遭到韩蓉蓉的抵赖："这本来就是我翻译的，你不要见钱眼开好不啦？你说你有翻译，谁能证明呀？"

这下罗雅明白了，原来之前自己笔记本电脑进水报废，并不是韩蓉蓉不小心把奶茶洒在上面的，她是早有预谋。亏得当时她假惺惺地说要赔一台，自己还没让她赔，只让她出了修理费。这一修理，很多东西都没了。

其实罗雅的U盘里还有一份成稿。但是韩蓉蓉一口咬定是罗雅从她电脑里偷偷拷走的，还恶人先告状地说要报警，气得罗雅想打她，被陈晓妍拦住了。的确，没签合同，没有证人，木已成舟，罗雅说什么都没用，这个哑巴亏她吃定了。哪怕陈晓妍说可以证明看到罗雅在翻译，韩蓉蓉也可以说她是为了偏袒朋友而撒谎。

现实就是这么糟糕。论武力，罗雅可以把姓韩的打得妈都认不出，但这样对她讨回公道没有丝毫作用，还会带来新的麻烦，所以，她只能忍。

"他回日本就回日本，他爸妈不答应就不答应，一个成年了还搞不定自己父母的男人，我唾弃他。就算你真跟他去了日本，以后万一他爸妈对你不满意，他能向着你？到时候你孤身在国外，人生地不熟的可怎么办哟！"陈晓妍的声音把她的思绪拉回来，说的却是她另一桩烦心事——大三开始交往的那个日本男孩，终究要一个人回国了。

"雅雅，你说是吧？"陈晓妍拽着她胳膊摇了摇。

"什么？"

"哎，你这就不厚道了啊，我累死累活陪你爬山，呼哧带喘陪你聊天，敢情你全程走神儿啊？你对得起我吗？"

"对不起对不起，我真走神儿了。你刚才说啥？"其实这一个星期以来的破事，包括失恋，都还远不到令她伤心到随时走神儿的地步。之所以有些神思不属，还是因为那个梦，那个从十七年前起就时时令她心悸难安的噩梦。昨晚，她又梦见那个场景了，梦中她竭力哭喊，却发不出声音，她什么都做不了，只能眼睁睁看着事情迅速走向最坏的结果。

像以往从噩梦中醒来一样，今天一整天她精神都有些不济。

"我说那个日本人配不上你，早分早好。"陈晓妍挥挥手，仿佛空气中真的有只苍蝇需要她赶开一样。

"其实他也没有对不起我。异国恋本来就会面对很多挑战。"

"好，你能想开就好。咱们姐妹拿得起放得下。"陈晓妍拍拍她的肩，"做人呢，最重要的就是开心啦。"

罗雅哭笑不得地听闺蜜操着不伦不类的港台腔安慰她，只好笑笑往前路上看，笑着笑着，一些更令人不快的东西随着山路角度的变换出现在她们的视野里。陈晓妍仍在自顾自地耍宝，罗雅的神情却越来越凝重，直到脸上爬满了愤怒，陈晓妍终于发现不对劲，顺着她的目光看了过去，随即咋舌："天哪！这么多？"

古刹门口是一个不大的广场，广场两边有很多小贩，有的在卖香烛，有的卖鲜花果品，还有卖冷饮雪糕小零食的，还有一些人面前摆着佛经，不为卖，只送愿意结缘的人。

然而就在这一片祥和中，有那么几个人面前摆的却是大大小小的鸟笼、鱼缸。几百只各种各样的鸟雀挤在狭小的笼子里，有最普通的麻雀、灰喜鹊、斑鸠，还有些南方才有的红嘴相思鸟、红耳鹎等。它们惊恐地不停挣扎飞撞，笼子底已经有一些再也飞不动的，瘫在那里奄奄一息，满头的血。还有几只一动不动，看来是凶多吉少了。而一些金鱼、小鲤鱼和比硬币大不了多少的红耳龟则在鱼缸里无精打采地游着。

"哟！美女这是穿越来的吗？来买点东西放生吧，积德行善，佛祖保佑。"还没等罗雅发作，打头的一个小贩倒先招呼起来了。

他这一招呼，罗雅反而冷静下来。她开始凑过去装作在挑选的样子左看右看。

陈晓妍见状也凑过去蹲下，一边偷瞄罗雅的神情，一边琢磨着自己该做什么。

"爱妃不是说要多拍点美美的照片吗？要不你先去转一圈看看有什么好看的景儿，朕买几只鸟就来。"罗雅扭头冲她嘿嘿一笑。

凭着同学六年的默契，陈晓妍迅速反应过来。

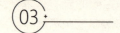

"那你把相机给我吧，我去四处转转，你快点啊。"她说着从罗雅的背包里拿出小小的卡片机，"你这个怎么用来着，再教我一遍，我忘了。"

"你怎么老记不住啊？看着啊，这个是开关，这个是调镜头远近，这样是对焦，这个是快门……"罗雅站起来，假装教陈晓妍使用相机，却趁机开了录像模式，又装作不经意地把周围几个摊子尽量扫了一圈，然后快速切换成拍照模式，假模假式地对着别处拍了一张。陈晓妍也假模假式地接过相机"试"了起来。

"对对对，穿这么漂亮就得多拍照片。你们这衣服不便宜吧？哪儿租的呀？"罗雅的动作太流畅，那个打头的小贩并没有起疑，反而因为听到罗雅打算买几只鸟而高兴起来，打算跟罗雅她们套套近乎。

却不承想旁边一个年纪更大的鸟贩子打断了他，他叼着烟斜眼瞅着罗雅，突然说："小姑娘人长得漂亮，相机也不错，把你那相机给我看看呗。"

罗雅心里"咯噔"一声，料想这个贩子更狡猾，大概感觉到她在偷拍了，如果硬碰硬，她们肯定讨不了好。她只能硬着头皮对陈晓妍说："爱妃，要不先把相机给这位叔叔看看？"

陈晓妍愣了愣，老老实实把相机给了那个贩子。那人拿着相机翻来覆去捣鼓了几下，发现没有异状，只好讪讪地交还回去，还不阴不阳地说了一句："确实是好相机。不便宜啊。"陈晓妍拿到相机之后，一脸开心地说道："那我先去取景啦，你快点。"然后跑远了。

直到绕开几个贩子的视线，陈晓妍才松了口气。

早在鸟贩子要相机的时候她就不动声色地把刚才那段视频删除了，只留了她对着别处试拍的几张照片。别看她平时咋咋呼呼，这个时候却十分冷静且敏锐。四处看了一圈，她找到了一条可以迂回到鸟贩子侧面拍照的线路。那是古刹景区没有开发的一片山坡，上面都是些大小灌木，偶尔还有些低矮乔木。野坡和贩子之间还隔着一小片人工种植的松柏，马马虎虎可以做掩体。

计划好行动路线，陈晓妍跑到路边一个杂货铺后面，把自己一身汉服行头卸了，换回了便装，才小心翼翼地从那个板房后走了出来。确定没有贩子注意到自己，她沿着来时的山路往下走了一段，然后翻出低矮的隔离带，钻进了灌木丛。

常年跑野外使得陈晓妍的方向感极好，哪怕灌木茂密得遮挡了视线，她还是准确地到达了自己预定的地点。这里离鸟贩子摆摊的地方只有不到二十米，她伏低身子小心探出头去，可以看到罗雅还在挑挑拣拣跟那个贩子讲价。她顾不得鬼针草种子扎在裤子上带来的麻痒感觉，随便拽了几根枯草挡在身前，开始了偷拍取证大业。

罗雅挑了一只珠颈斑鸠，两只灰喜鹊和十只状态还不错的麻雀，好像被贩子说动，正犹豫着要不要再挑点别的。陈晓妍已经把贩子跟别人兜售、交易的画面都拍了下来。她知道罗雅拖延不了太久，确定了一下内容可用，就打算转移阵地了。正在这时，她听见离她最近的一个摊子的顾客问了一句："这些太小了，有大的漂亮点的吗？"

摊主忙不迭地回答："有！当然有！大的不好往外面放。都在这呢。"他说着从旁边的树下拉出一个大编织袋。以陈晓妍的角度，当然看不见编织袋里都有什么，她正着急，却看见那位顾客伸手从编织袋里取出了一只被捆住了翅膀和双脚的大鸟。她不是动物学专业，但是多年跟罗雅一起观鸟，也能认个八九不离十。

一只普通鵟，国家二级保护动物。

这位顾客简直神助攻！陈晓妍心里乐开了花。她赶紧又拍了一段视频，迅速向坡下转移，打算报警。

只是没走多远，她便被另一样东西吸引了注意力。

罗雅也听见了这边的动静，但是她刚才已经引起过隔壁贩子的怀疑，不方便表现出更多的关注，只能一边假装没听见，一边继续挑自己的。

"姑娘你看这个，这个大，还好看。"打头的贩子从最底下的笼子里拿出一只红嘴蓝鹊给罗雅看。它的精神状态还凑合，长长的尾羽已经被笼子别断了，只剩下短短的凌乱的断茬儿。但这不是主要问题，罗雅一眼注意到，它的右腿站立姿态有问题——它骨折了。

不能让它再被放回那个笼子里了，当然，它现在这样，如果被别人买了放飞也只有死路一条。

罗雅从贩子手上把那只红嘴蓝鹊接过来，拢在怀里，装作爱不释手的样子抚摸着，心里不停地琢磨陈晓妍到底有没有拍到足够的证据，到底有没有报警，森林公安到底什么时候能来。如果她没记错，这个景区山脚下就有个森林公安派出所。

"姑娘，你买这么多，我给你便宜点，这只可是稀罕东西，我算你50元，加上那几只，你给我150元就行。150元做一次善事，不错吧？"贩子说着，又弯下身掏出一只棕色翅膀的鸟，"你要想凑个整，我这里还有一个，也算你50元，咋样？"

罗雅瞪大了眼睛——北方人应该大多没见过这种鸟，乍一看会把它当成花翅膀乌鸦。事实上它确实挺像乌鸦，所以中文名里带着"鸦"字——褐翅鸦鹃，只分布于我国南方以及南亚、东南亚，绝不应该在B市出现。

更重要的，它是国家二级重点保护动物。

"这只呀，我没带那么多钱，能不能便宜点呀？"罗雅做出一副真的想买又很为难的样子，"大哥你看，我们本来还想进景区玩玩的，总得留点门票钱。"

"妹子，我这已经很便宜啦，要不是看你们漂亮，我光这只野鸽子就得要你50元。这是积德行善的事儿，可不能在诚心上打折扣，不然佛祖要怪罪的。"

头一回听见礼佛的诚心是拿金钱衡量的。罗雅心里有太多的槽无从吐起，只能继续干笑，软磨硬泡。

其实就算她有足够的钱，也不会付一分钱给这些贩子的。一来，这样只会鼓励违法犯罪行为，这帮人只要有赚头就会继续干这营生；二来，这里面可是有"国二"的，要是她真的付钱买了，买卖同罪。她不想干知法犯法的事情。

正在她开始词穷，套话开始越来越没营养的时候，身后终于传来了她期盼已久的陈晓妍的声音："在这边。"

她飞快起身回头，看到反穿着上衣，背着一看就是裙子卷成的小包袱，裙裤上沾满了草叶、种子的陈晓妍带着一壮一瘦两位森林警察走了过来。而她目力所及的几个动物贩子神情明显不自然起来，纷纷有了一些动作，最远的那个贩子不动声色地从顾客手里拿过普通鸳装回编织袋，又把编织袋卷了卷，塞在树下的杂物堆里。

　　但是已经来不及了。

　　两位森警健步如飞，已经一前一后走到了罗雅跟前。

　　陈晓妍则快步跑过来，拉住她的胳膊跟她站在了一起。

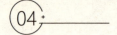

身材壮一些的那位森警个头很高，明显年纪大些，三十多岁的样子，皮肤黝黑，两道粗眉未经修剪，皱起来额头中间形成个"川"字，面相上看着挺凶。他打量了一下罗雅，问陈晓妍："这是你同学？你们俩一起的？"得到陈晓妍的肯定答复后，他又回头看了罗雅几眼，说："小姑娘穿得挺别致啊。Cosplay吧？"

罗雅简直满头黑线，她没想到这位森警的开场白居然如此不严肃又无关紧要。在场能看见的就有几百只三有动物[1]，这还不算她手里正拿着的以及刚被远处那个贩子装起来的好几只国二。她和陈晓妍两个普通人看了都气不打一处来，身为森警要不要这么轻松惬意？他们仿佛不是来执法的，是来郊游散心的。但是她不想得罪两位执法人员，只能比刚才应付贩子还皮笑肉不笑地回答："警官，这个是汉服。"

高个森警呵呵笑了两声，又抬头跟几个贩子说："行了行了，你们几个过来，我问问怎么回事。"

那七八个贩子互相看了看，不情不愿地挪出来，不约而同偷偷摸摸又狠狠地剜了罗雅几眼。刚才问罗雅要过相机那个人，应该是他们中年纪最大的，看向罗雅的眼神尤为怨毒。这些小动作都被罗雅看得清清楚楚，她扫视他们一圈，勾起嘴角，露出坦荡又有些张扬的挑衅性微笑。陈晓妍也跟着做了个鬼脸，摆明了要先气死他们。

原本正光顾这些贩子的几位游客此时却都是一脸茫然，他们中有的想走，另一个个子稍微矮一点的森警却示意他们暂时留一下。

罗雅这时候才真正注意到这位一直站在高壮森警身后的年轻森警。他看上去也就二十多岁，身高一米七五左右。远处看只觉得他很瘦，但是身姿挺拔。近看才觉得他不去当偶像演员真的可惜了。皮肤白皙，眉毛浓重却不杂乱，下面两只眼睛拥有过分乌黑的瞳孔，亮晶晶的，眼尾弧度优雅，与英挺的鼻梁形成黄金比例，相得

1.三有动物：指有生态、科研和社会价值的动物。

益彰。烈日之下，他的眼睛微微蹙起，眼神迷茫又无辜，无辜得令人心中莫名涌起怜爱感，无辜得跟受害者一样，无辜到让罗雅的火气噌噌往头顶上蹿——你警察出来执法摆着一副无辜脸给谁看呢？直到她的视线落到他胸前的警号上，一串数字前面有个X，还是学警。他应该是来这里实习的。

好吧，姑且原谅他。谁当新手的时候还没迷茫过呢？

迷茫中的康平也在打量罗雅。今天是他正式在所里实习的第一天。他本以为到了这么个人烟稀少的地方，三个月实习期可能一起案子都碰不到。谁知道这就来了个开门红。这个一身火红汉服的女孩，五官是挺漂亮的，就是皮肤不怎么白。高马尾衬托得身材高挑的她颇有几分侠气。而她流露出的气质，让他觉得她腰间就应该佩把剑，这样随便往哪部武侠片里一放，就可以除暴安良了。

罗雅可没空管康平在想什么，她突然反应过来刚刚那个高个子森警都说了什么——这么一目了然的事情——这几个人非法买卖野生动物，证据确凿，还问什么？

却听那位森警说："这个姑娘举报你们非法贩卖受保护的野生动物，有视频和照片为证。你们自己手上都有什么？痛快点自己拿出来，别等我搜。"他说着扬了扬手里的卡片机，罗雅才发现自己的相机在他手上。

几个贩子又慢吞吞地走回自己原来的摊位。他们并不知道陈晓妍拍了多久，拍到了些什么。但是从她身上来不及清理干净的草叶儿和种子，有聪明的贩子判断出她刚才是在哪个方位拍他们的。

尤其刚才卖普通鸳的那个人，心知自己应该是暴露得最彻底的一个，干脆放弃了挣扎，不情不愿地把那个编织袋拖了出来。来到森警跟前，他赌气地把编织袋往地上狠狠一扔，罗雅两只手都抱着鸟无暇分身，幸亏陈晓妍早就看出那贩子的狠劲儿，一直防着他憋坏呢，眼疾手快地拉了一把，这才避免了里面的动物被活活摔死的惨事。那个贩子有点诧异，随后他像被激怒了一样又抬起脚向编织袋踹去，然而脚刚抬起来整个人突然身子一歪坐在了地上。这一屁墩儿坐得实在，以至于过了好半天他都没回过神来。别人倒是看得真切——这回是罗雅当机立断朝他腿弯处狠狠踹了一脚。而陈晓妍趁机把袋子拎远了些，又侧身挡在袋子前："怎么着？你还想罪加一等啊？"

这下不说几个贩子和游客，连两位森警都目瞪口呆。

"姑娘身手不错啊，你练过吧？"有围观游客起哄。

罗雅正在气头上，当然不会理睬别人在说什么。如果说刚才她还只是气愤，现在她身上散发出来的简直可以算杀气了。她上前两步，打算在那浑蛋脑袋上再补一脚，却被人拽住了。回头一看，给她施加阻力的是那个长得很漂亮的学警。

"同学你冷静一下，你这第一脚还可以算见义勇为，再踢一脚我就得算你寻衅滋事了。"康平有一副好嗓子，音质清澈，语速柔缓，这要是别的小女孩，说不定已经被迷得七荤八素。可惜罗雅不是一般的小姑娘，她怒形于色地甩开他的钳制，咬牙切齿地说："警官，我觉得你有空在这里当和事佬儿，不如赶紧检查一下袋子里都有什么动物，有没有伤亡，这样你也知道他——"她用下巴指了指还坐在地上犯晕的鸟贩子："犯了多严重的罪。"

如果康平知道罗雅过去经历过什么，或许就能理解她此刻为什么如此出离愤怒。这一幕，和她噩梦中的场景何其相似。

这就被怼了，康平明显有点委屈，然后用更加无辜的表情向同事投去了求助的眼神。得到同事的许可后，他蹲在地上拉开编织袋的拉链，把里面的动物一只只拿出来。

"这只是……老鹰吧？这只也是老鹰，这只和这只，也是老鹰？啊，这是一只鸡。这只是什么？还有一只……彭哥，这两只是什么呀？"

罗雅被他一头雾水的蠢萌样子气笑了，而且她能看到那位高个子彭警官脸上一闪而过的尴尬表情。得，合着这两位森警什么动物都不认识。

"这只大的是普通鵟，这只是苍鹰，这两只是红隼，这只是白鹇，这只跟我手上这只一样，叫红嘴蓝鹊，这两只是纵纹腹小鸮，还有一只鹰鸮。这三只都是猫头鹰。这里面除了红嘴蓝鹊，剩下的都是国家二级保护动物，一个袋子里就有八只国二，一只三有，光是买卖它们已经构成重大刑事案件了，他刚才还蓄意伤害它们，是不是应该从重处罚？喏，那边，他摊子明面上还有四笼……至少60只其他三有动物。警官们，抓人吧。"

康平本来就一脸迷茫，听完她连珠炮似的报鸟名之后显然更蒙了，他讷讷地，像自言自语一般："普通什么？红什么？白什么？蓝什么？"最后他崩溃地发现自己除了"猫头鹰"和"国二"几个字眼之外一个都没听懂。

"你说是什么就是什么？你是干什么的？"彭警官虽然明显答不出康平的一连串问题，但是被罗雅抢过话头仍然让他很不愉快。从刚才起，罗雅就一副绝对正确、正义使者的架势，而且他能从她的语气眼神中感受到她对他们俩的不满和轻视。这引起了他的抵触心理，说话也开始带了火药味："请你记住，我们才是警察，该怎么执法我们心里有数。你尽到举报的义务就行了。"

罗雅当然听得出他的情绪，心想这位森林警察业务不熟，脾气倒挺大的。她问："在下是生态学硕士研究生在读。别的东西我可能不懂，这些动物叫什么，是什么保护级别，我还是很了解的。两位警官打算怎么执法啊？可以告知一下举报人吗？"

陈晓妍一看她又跟两位警官杠上了，赶紧拍她后背："别急别急，消消气消消气。"

罗雅用手背按住陈晓妍的手，示意自己没事，又朝彭警官扬扬头，等他答复。

彭警官现在是一肚子火不好发，只能拉着一张脸，语气很差地说："这个人我们带回去，鸟是物证，还有你这个相机，也是物证，得先带回所里，结案了会还给你。你们俩跟我们回去做个笔录。刚才是不是有人跟这个人买老鹰来着？买卖同罪，也跟我们走一趟吧。"

"就这样？"

"警官等会儿！"

罗雅的声音和另一个男人的声音一起响了起来。她回头一看，说话的正是之前要卖给她鸟的贩子。此时他满脸的不怀好意，仿佛每个毛孔随时都能滋出坏水一样。

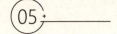

"警官,买卖同罪可是您说的。刚才这个女的从我这里买了好多鸟,她是不是也犯法?你看她手上还抱着呢。还有这个、这个……"他回头指了指自己摊子上的两个笼子,"这两笼都是她刚才买的,这是她刚才给我的一千块钱。"

"对,对,我看见她给钱了!"旁边一个麻秆儿一样瘦的贩子赶紧附和。

陆续又有两个贩子帮腔。倒是之前说要看相机那个男的没说话,只是抱着膀子一副看好戏的表情。

罗雅想起前两天某自媒体平台上曾经有个问题——"你遇到过的最无耻的人什么样?"当时她把韩蓉蓉的所作所为写上去了,当然没明着提韩蓉蓉的名字,用了缩写,网友们反响挺激烈的。

现在,她想,需要修改一下答案了。

陈晓妍的嘴角气得也开始抽了,尤其她发现那位彭警官居然一脸幸灾乐祸地看着她们。她想痛骂那些贩子,又想跟森警申辩,一时竟然语塞。

罗雅却笑了,她对那个贩子说:"你说这两笼鸟是我买的?这一千块钱是我给你的?行啊,那这钱我是什么时候给你的呢?"她又看看剩下几个帮腔的贩子,说:"既然你们都说看到我给钱了,那你们也肯定知道我是什么时候给钱的对吧?你们不用立刻回答我,但是你们可以一个个小声告诉这两位森警。如果你们说的时间有出入,那可是涉嫌诬告罪哦。"

陈晓妍"扑哧"一声笑了出来,显然,罗雅的战斗力不需要她太担心。

几个贩子明显都僵了僵,两位森警互看一眼,未置可否。

这时候抱着膀子的那个老贩子说话了:"我们离那么远,就看见你给钱了,我们自己摊子的生意还忙不过来呢,谁能记得清你什么时候给的钱？"

"对对对，谁能记得住啊？这边人来人往的，难不成谁给个钱我们还打表计时啊？"附和的贩子一听这个话头又跟活过来了一样。

"好啊，你们非说我给过钱对吧？那现在鸟我不要了，你把钱还给我吧。"说着她还跟陈晓妍使了个眼色。陈晓妍嬉皮笑脸地朝那个贩子伸手要钱。

贩子脸都绿了，他没想到搬起石头砸了自己的脚。顾客退货还算不算有购买行为？还算不算违法？这个问题他心里没底。看罗雅老神在在[1]的样子，估计这样一来她是可以免责的。但是他作为售卖一方是肯定违法了。

他开始后悔自己的冲动，旁边几个贩子脸色也难看起来。

彭警官终于出声了："你们赶紧说实话，她到底买没买？现在承认还可以算你坦白从宽。"

罗雅挑挑眉。怎么？这么明显的诬告也可以小事化了"算了"是吗？

那个贩子本来就是临时起意想坑罗雅一把，没什么时间谋划，心虚得厉害，被两相夹击，立刻就跟霜打的茄子一样蔫儿了："我……我……嗨！我就开个玩笑。她没买，没买。警官我真是开玩笑，我收回我说的话还不行吗？我……"

剩下几个贩子面面相觑，这领头的都直接认怂了，他们还能说什么？有那没皮没脸的又赶紧说："啊，那就是我们看错了，我们摊位离得远，看不清楚。"

"没文化真可怕！"陈晓妍奚落道，"我再教你个乖，刚才你诬陷说她买的那两笼鸟，一笼里都是虎皮鹦鹉，另外一笼是金丝雀，都是国家许可的可以合法人工繁育、买卖和饲养的外来观赏鸟，连许可证都不需要申请。就算她都买了也不违法。懂了吗？"

罗雅没有再理这些人，转头盯着彭警官问："诬告的事可以暂时先不提，但是彭警官还没回答完我的问题，能告诉我这些都怎么处理吗？"

1.老神在在：此处借用闽南方言，表示神态从容稳重。

　　她的咄咄逼人令彭警官更为不悦，他一脸的不耐烦："我不都告诉你了吗？该带的带回去，结案了相机还给你，你还想怎么样？"

　　"如果我没理解错的话，您今天只想带走这一位，还有他编织袋里的这几只鸟，以及我的相机。没错吧？"

　　"没错，有什么问题吗？"彭警官火气上来，质问罗雅。

　　"警官您认识这个吗？"她稍微抬高左手，手里还攥着那只褐翅鸦鹃。鸟这会儿已经放弃挣扎了，缩着脖子直挺挺地躺在她手心里。她扭头用下巴点点诬告她的那个贩子："刚才，他正打算卖给我的。"然后又对贩子补充道："你不用不认账，我同学已经全程录像了。"

　　那个贩子接连遭受打击已经麻木了，但他从罗雅的语气里意识到这只鸟可能不简单。他初中肄业，在村里跟着几个一样没什么文化的发小混日子。看别人到寺庙门口卖鸟发了家，他也跟着卖。旁边那个年长的贩子还是他表舅。他根本就不认识自己卖的都是什么鸟，反正别人进什么货他也跟着进一样的。他能勉强认出个麻雀、喜鹊都够难得了。难不成，这下还摊上什么大事儿了？他越想腿肚子越发抖。明明老吴，就是那个拖出编织袋的贩子，说大个儿的国家才管，小个儿的国家不管，这一只乌鸦还有什么了不得的吗？

　　显然，不是只有他这样想。

　　"这不就是只乌鸦吗？你把它放了不就完了吗？"彭警官不以为意，康平也一脸莫名其妙地看向罗雅——他也这么觉得。

　　"这不是乌鸦，是褐翅鸦鹃，鹃形目，鸦鹃科，鸦鹃属，跟杜鹃是亲戚，在我国主要分布于长江流域以南。就算它是健康的，也不能在B市放飞，因为它无法在这里越冬，要放只能把它带到南方去放。何况它现在很虚弱，不知道被抓住关了多久，受了多少折磨，现在放它可能连两小时都活不过去。更为重要的一点是，这也是一只国二。"

　　彭警官嗤笑："行，那就算这是国二，你别告诉我那些麻雀也是国二，麻雀以前还是四害呢，不把它们打死就不错了，怎么你说受保护就受保护了？"

　　陈晓妍冷笑得比他还大声："麻雀虽小五脏俱全，现在不是四害而是三有保护动物，两位警官就不与时俱进一下吗？"

罗雅跟着说："警官该不会觉得这些小的都是麻雀吧？这个人刚才要栽赃我的两笼鸟确实是不受法律保护的，但是另外三个笼子里有树麻雀、树鹨、小鹀、三道眉草鹀、大山雀、煤山雀、东方大苇莺、虎斑地鸫、乌鸫、灰喜鹊、珠颈斑鸠……总之都是三有动物，目测40至50只。按照《中华人民共和国野生动物保护法》及其司法解释，非法捕捉、买卖、运输三有动物超过20只就应该负刑责，40只够刑拘加罚款了，何况他还售卖一只国二呢？还有这几个人，每个摊位上都有不少于40只的三有以上鸟类。这还是明面上的。他们非法售卖的野鸟里有南方留鸟，压根儿就不可能在北方出现。而且这样的鸟他们每个人的摊子里都有。这说明什么？说明他们要么是一起去南方集体盗猎过，要么是从同一条非法途径进货的，他们的家里说不定还有其他野生动物。这么多应该详查深挖的线索，要是好好查查说不定这几个人每个都十年有期徒刑打底，警官您就打算这么放过吗？"

"哎，我说你这小姑娘，差不多行了。得饶人处且饶人知道吗？这些都是山里人，讨生活不容易。人家不就是刚才想诬告你一下，也没真诬告成。你至于这么苦苦相逼吗？"彭警官一脸的不认同。

"你觉得我只是因为被诬告了，所以在报复他们？"

"你不是报复是什么呀？他们卖鸟是给人放生用的，又没杀了吃肉。都是积德行善的事。这些鸟就是在他们手上过过手，让人家赚点生活费。回头香客把它们买了一放，它们不就又回到大自然了吗？这还谈得上刑拘、十年有期徒刑啊？我看你真是闲的，没事找事……"

"你说完了吗？"

陈晓妍紧张地看着罗雅，后者现在的状态就像一头暴怒的棕熊，仿佛随时要扬起利爪把面前的人拍个稀巴烂。她知道这个时候自己是彻底插不上嘴了，只能把神经绷到最紧以防罗雅做出什么不理智的举动。

两个森警都被她倏然而发的气势吓了一跳。这个女孩现在看上去比刚才看到那个贩子想把鸟摔死的时候还要愤怒。彭警官故意拔高声音说："怎么着？我说得还不对吗？你……"

"卖鸟放生是积德行善？过过手赚点生活费？鸟还回到大自然？这是你身为一个森林公安该说的话吗？大自然？我亏你还知道大自然！"

现场，包括围观群众都鸦雀无声。

"你们身为森警，连自己辖区常见的动物都不认识，连这种长期存在的违法犯罪行为都视而不见，连别人报警了你还想睁一只眼闭一只眼，现在居然还有脸说我多管闲事？好，我就好好告诉你我是不是多管闲事！"

她一边说一边走到彭警官正前方，陈晓妍想拉她，居然没拉住，只好唤了一声："雅雅！"

"你放心，我不袭警。"罗雅回头安抚了一下，随即转过脸来瞪着彭警官："我们国家，乃至世界上很多国家，为什么要制定野生动物相关的保护法？为什么要有森林公安这个编制？是为了保护生物多样性！保护生态平衡！"

"你以为你们的职责只是防火吗？不！打击破坏森林及野生动植物资源的违法犯罪活动也是你们的重要职责之一！什么是破坏野生动植物资源的犯罪活动？指未经相关部门审批许可，出售、购买、利用、运输、携带、寄递受法律保护的野生动植物及其制品。不管是三有还是国一、国二都是受法律保护的！对于这些违法行为，应该没收野生动物及其制品和违法所得，并处野生动物及其制品价值两倍以上十倍以下的罚款；情节严重构成犯罪的，依法追究刑事责任！

"他们每个人现下的违法行为都已经构成犯罪了。就说那个人，"她指指刚刚被踢的那个贩子，"他卖了起码有八只国家二级保护动物，还有那么多三有动物。只要有售卖行为就是违法，这已经构成犯罪，属重大刑事案件了。警官，你告诉我，依据《中华人民共和国刑法》，重大刑事案件该判几年？要是查出来他们背后还有特大刑案又该判几年？"

罗雅又急又气，声音大，语速快，她一边说一边感觉脑袋嗡嗡作响。

刚刚的万里晴空忽然有大块的云飘来，林间暗了下来，山风徐徐吹来，带动树冠摇摆发出细碎的沙沙声，好像它们也有无数的话要说，只是做了罗雅的陪衬。

有风轻轻扑到脸上，罗雅抬头，深吸一口气。

"你说卖鸟放生也是积德？好，我再告诉你。"她说着扬起手里的红嘴蓝鹊，"看见了吗？这只红嘴蓝鹊的右腿骨折了，为什么会骨折呢？也许是他们从陷阱里往下拿的时候拽的，也许是在笼子里被木条别的。我不清楚。但我清楚的是你看见这里已经有几百只野鸟，它们都是被盗猎来的。在盗猎、非法运输和买卖的过程中，这帮人是不可能好好呵护它们的，他们会很粗鲁地把鸟直接从捕鸟网上往下拽，他们会把这些鸟塞进很小的箱子里以节省空间。这里面像褐翅鸦鹃一样只分布在南方的鸟不少，且不说这些鸟很难适应北方的环境，难以在这边生存，单说运输，从南方到北方，这些鸟要在拥挤得连呼吸都困难的空间里待上十几个小时，绝大多数都会因为应激、脱水、热射病或挤压综合症死去。而死掉的那些鸟会被贩子们当野味卖掉赚另一份钱。

"再说这些活着的，你以为它们被买了，放了就能回到自然？警官，你真是天真得可爱。你看笼子里这些鸟哪个身上没有几处撞伤，你看到这些已经弱得连眼睛都睁不开了吗？看到这些已经死去了吗？它们早就筋疲力尽了！就算被放出去，它们也没有力气飞、没有力气找食物和水，甚至没有力气躲开这周遭的各种捕食者。你以为这山上的流浪猫为什么这么肥？那些被香客'放生'的鸟有很多都便宜它们了！

"这些鸟为什么要遭这样的罪？它们的种群为什么要遭受这样的摧残？因为有人要买！不要跟我说什么只要不是买来吃的就没事。它们不是被放生！而是被放死！只要有人买，就会有人卖，就会有人去捉。这些想要积德行善的香客，其实和这些人一样是害死它们的凶手！"

这下，连四周围观的香客面子上也挂不住了。有些人灰溜溜地离开了现场；还有的人欲言又止，大概是想争辩，却连自己都说服不了而作罢；有个阿姨呜呜地哭了起来，一边说着："作孽呀作孽！我这是作了多少孽呀！"她这一哭，几个应该是跟她熟识的香客也哽咽起来。

陈晓妍叹了口气说：“彭警官，雅雅相机还在你手上，刚才你应该没有仔细看。现在我建议你把它打开，放到看图模式，然后从后往前翻。看到那几张地上有好多死鸟的图了吗？那是我刚刚在那片长满灌木的坡上拍的。被‘放生’的鸟，多数都是那样的结局。它们的尸体不是便宜了流浪猫，就是便宜了吃野味的人。但这不是最令人愤怒的。你再往前翻几张，看到那几张挂着鸟的网了吗？它们就支在坡下。那些虚弱的鸟想要在灌木中休息一下的时候，就会撞到这些网上，然后——”她狠狠地揉揉眼睛，继续说道：“会被这些贩子收回来，卖给下一拨香客，直到它们被折腾死为止。这些人会去跟盗猎者进一些‘新货’，重复这个过程。一会儿我可以带你们去看那些网。说不定你从竹竿上还能提取到他们的指纹呢。”

“你以为它们真的能回到大自然？它们中的绝大多数永远也回不了大自然了。”罗雅讥诮地看着彭警官，尽管他黝黑的脸上都能看得出涨红一片，她还是不打算结束这个话题，“你以为这就是这一切的全部罪恶了吗？看看那些已经被人工繁育了很多代的虎皮鹦鹉和金丝雀吧，它们本来早就脱离大自然，已经失去了在野外生存的能力，却也要被不负责地‘放生’到野外。等待它们的除了死还能是什么呢？还有那些红耳龟。它们倒很少会因为‘放生’死去，相反，因为它们对环境的适应性太好了，会不停繁殖，挤占本土野生动物的生态位，然后形成生物入侵。一个天然水系里不是有水就够了，还需要有能形成动态平衡的野生动植物、微生物等。外来入侵物种会打破这种平衡，最后留给我们的会是水中荒漠！”

“别急，我还没说完。不知道你们听没听说过SARS、禽流感、埃博拉啊？野生动物本来就是很多微生物的天然宿主，这里面最可怕的不是细菌和寄生虫，而是病毒。因为它们变异的速度太快了，而且一旦有高传染性高致病性的毒株出来，短时间内不仅不好鉴别筛查，还很难找到特效药。家禽、家畜之所以安全，是因为我们对它们有完备的管控体系和检验检疫体系，即使出了问题也很容易迅速处理。但是野生动物呢？在这里的这么多鸟，有哪只经过检验检疫吗？您不知道这种把很多不同的动物集中关在一起就是在给病毒提供充足的变异资源、场所和时间吗？万一在这里暴发了烈性人畜共患传染病，您二位负得起责任吗？我知道你们一直不把动物的命当一回事，怎么？连人命也不当一回事？公共卫生安全你们什么时候才能重视？"

周围的香客闻言，都默默往后退了几步。

彭警官哑火了，他发现自己从警多年，居然会在气势上输给一个小姑娘，并且体验了被报案人训得跟孙子似的是什么感觉。罗雅的话像机关枪，像迫击炮，他的身体是完好的，但他的心灵和自尊都快给轰成渣了。而后他更绝望地发现，这个小姑娘并没有打算就这样放过他。只见她把手上的两只鸟交给另外一位女孩手里，自己从包里拿出一片消毒湿巾擦了擦双手，又掏出一瓶矿泉水，喝了两口，继续说道："最后我还得提醒警官一下，凡是妄图通过捏造事实让他人负法律责任的，不管实际上被诬告人有没有受损失，都构成诬告罪。我的合法权益已经被侵害了，我就有维权的权利，这不是你说了算的，是我说了算的。还有你，不法分子盗猎和违法售卖野生动物，你帮着他们说好话，不法分子诬告举报人，你还帮着他们说好话。你到底哪头儿的？"

能一次性让不法分子、围观群众、执法人员脸都绿成一片的，罗雅也算头一个。然而很快彭警官的脸更绿了些，因为罗雅说："我知道我说了那么多你们还是不明白。不过没关系，我已经不指望你们明白。刚才这些话不光是对你们说的，是对执法记录仪说的。我看你们俩是没有心也没有能力管好这些事了。没关系，我可以再打一遍110，请几位督察过来管管。"

康平一听，一个箭步冲上来，赔着笑脸说："同学同学，别生气，他这人脾气急，却没坏心。你别往心里去。你说怎么办吧。我们采纳你的建议。"

"警官，您贵姓？"

"啊？我？免贵，姓康。"

"康警官，实习的吧？给您个建议。"

"您说，我听。"

"离他远点，跟他学不出什么好。当然，要是您打算把警号前面的X去掉之后继续混吃等死，那也随您的便。"

"你这人怎么说话呢？"彭警官又急了。

"用嘴说话呢！要不还是叫督察来评评理？"

"你……"彭警官气急败坏，但是他一点办法都没有。他甚至能听到从围观人群中传来哄笑。

"你们这些无关的人，看什么看？都散了散了！"

"啊哈，恼羞成怒，跟不相干的人撒气吗？"这回呛他的不是罗雅，是围观人群中的某一位。

"别废话了，你说，怎么办吧！"彭警官一副死猪不怕开水烫的样子。

"好，这几个贩子，你们都得带走。所有这些野鸟，也都应该罚没。刚才有几位香客来买鸟，但是并没有成交，构不成买卖同罪。不过他们也应该去派出所做个笔录。剩下那些不涉及违法又不宜放生的动物，应该交相关部门收容，必要的要无公害处理。"

"什么相关部门？"

"你是森警你问我？难不成你一起案子都没办过吗？"

罗雅的话让他无力招架——他确实没办过，他每年干得最多的是防火宣传。

"那你请示上级单位，让他们安排吧。"明明占尽上风，此时罗雅却有身心俱疲之感，"哦，对了，这些鸟里有一些已经有严重的伤病了，需要兽医对它们进行急救。比如这只红嘴蓝鹊，腿骨折了，要打夹板。"

"上哪儿找兽医？"

"你是森警你问我？"这可笑的问话让罗雅又一次发出质问，但她已经无心跟他们争吵，还是提供了答案，"畜牧兽医站之类问问吧。农业大学、宠物医院之类肯定也有。不过应该都是收费的。"

"行吧，按你说的来。"

06

两小时后，罗雅和陈晓妍从森林公安派出所出来，康平开车把她们送到公交站。

三个人在车上都没说什么，到了车站，康平还很绅士地下车去给她们俩开门。

"刚刚，谢谢你帮我们给那只鸟做急救啊。"

"不客气，刚好会而已。如果不是它需要被当成物证留在这里，我可以把它带回学校照顾的。"

"这是不相信我们的意思吗？"康平忍了忍，又说："还有，谢谢你们没叫督察。这要是被督察给处理了，彭哥的前途就毁了。他家还有老母亲，身体也不好，怕是经不起这种打击。"

罗雅已经能看见公交车的车头拐过来了，她朝康平呵呵一笑："不客气。康警官，我除了要保护生态环境，还要维护法律尊严。作为一个普通群众，我觉得我已经仁至义尽。希望你们执法人员能给力一点，否则下次不管是八十老母还是襁褓婴儿都没那么大面子了。你们还能找到各种借口开脱、求情，可是动植物和大自然是不会说话的，有什么冤情也无法申诉。我也只好站在它们这一边，略尽绵薄之力。"

说完，她拉上陈晓妍头也不回地上车走了，甩下一个洒脱的背影。

留下康平在风中凌乱。

实习第一天就遇上这种场面，他的三观需要重建了。当初选森林公安方向是不是选错了？他陷入深深的纠结。

还没回办公室，手机响了。康平忙从裤兜里掏出手机看了下，屏幕上显示"宁教授"。这得赶紧接。

"喂？妈。"

听筒里传来温柔慈爱的声音："平平啊，第一天实习，感觉怎么样？还顺利吗？哪天有空回家吃饭吧，咱们在家涮火锅。"

　　"好，好啊，我下周五轮休，周四晚上回去。"

　　顺利吗？不顺利啊！碰上个天不怕地不怕的群众，被教育一通不说，还差点惊动督察。但是这些他怎么能跟老妈说呢，只好敷衍过去。

第二章

放生是成全我的功德

把陆龟扔海里，它是活不了的。而且这只陆龟还是在《华盛顿公约》附录二里的，等同于国二。捕捉、买卖、杀害都是违法行为。

01+ ————————

本来是去散心的，结果变成了闹心。风景没看成，照片没拍成，还惹了一肚子气。

罗雅和陈晓妍回到学校，堵心的感觉一点都没有缓解，尤其在走廊拐角碰到韩蓉蓉的时候，那种想找个沙袋狠捶几小时的感觉愈演愈烈。

韩蓉蓉虽然之前一副小人得志的样子，但是毕竟理亏，尤其她知道罗雅的"战斗力"，所以回避着二人的瞪视，却又虚张声势地抬高了下巴，暗暗加快脚步离开了她们的视线。

陈晓妍单手抱了抱罗雅："别理她。我先回窝了，衣服我拿去洗，你就别管了。你自己洗个澡，好好睡一觉。"现在两人的寝室并不在一处，不过好在也没离太远。

"别担心，我没事，今天你也累坏了，早点休息。"罗雅的表情还是不大好看，但她知道自己继续这样只会让朋友担心，所以只好强颜欢笑，打开了寝室的门。

"罗爷回来了！今天玩儿得怎么样？"房静，她的室友，已经换好睡衣在练睡前瑜伽了。

"别提了，我是旧怨才去，又添新愁。你呢？"

"还能是啥，我……"房静做完最后一个拉伸动作，正要收拾垫子，突然手机响了一声，她拿起来看了一眼，笑容逐渐消失，连手上拎着的瑜伽垫都忘了收。

"罗爷……你……看一下咱们学院论坛。"

"喵？发生了什么？"罗雅已经梳洗干净爬上床，听房静的语气不太对，从遮光帘里探出头来。

房静一脸的讳莫如深："你打开看看就知道了。"

罗雅用手机打开了学院论坛的网页，只一眼，她也跟房静一样表情凝固。

"标题：请管理员加高亮！818生态研二罗×这些年干过的奇

葩事。内容：跟罗×同学六年，这货太奇葩，简直不能忍，说出来是要让大家看清她的真面目，别被她骗了……"

罗雅往下粗粗看了看，里面说她本科期间脚踏N条船，还当别人小三；说她自己不做实验净抄别人报告；说她校外打架是个不良太妹；说她利用组织学生会活动中饱私囊；说她特别会拍老师马屁……说得有鼻子有眼，那叫一个义愤填膺。

发帖人ID是"WW柠檬茶"，一个大家之前都没有什么印象的ID。

学院就这么小，研究生更少，大家抬头不见低头见的，罗又不是个常见姓氏。熟人只要看到"研二罗×"就会联想起她罗雅，尤其还说她喜欢穿奇装异服，简直就是明示了。而这个ID，W后面带着"柠檬茶"三个字，让她联想到了韩蓉蓉的室友李薇，如果罗雅没记错的话，李薇在本科班级QQ群里的昵称就是"薇薇NMC"。李薇似乎特别喜欢把自己跟柠檬茶联系起来，哪怕现在她做的事一点都不光彩，居然也要带着这个"标志"，简直令人匪夷所思。

罗雅没得罪过李薇，两人没什么交集。李薇这个人内向，孤僻，本科几年跟同班同学都很少交流，大家对她最深的印象莫过于她总喜欢随身带着一盒柠檬茶，而且喝到快见底的时候总能听见她用力噏吸管发出的"咕噜噜"的声音。别人当然也有爱喝柠檬茶的，但绝没有人像她一样对柠檬茶如此痴迷。她会突然这么针对自己，用脚趾头想都知道谁在搞鬼。

生物专业氛围一向比较和睦，这种八卦很快就成为爆炸性话题。

罗雅又往下看了看评论，连着好几排似曾相识的ID，刷的都是一排问号。

然后终于有个人问了一句："楼主说的研二罗×，是我们认识的那个罗×？我系研二好像只有一个罗×。"

没等"WW柠檬茶"回复，下面突然有一个高亮评论，评论人"云中鹭"，ID下方显示"管理员"："同学自重，我不知道你和这位罗同学有什么私人恩怨，要这么诽谤她，据我所知，你说的所有事不是牵强附会就是空穴来风。你能提供哪怕一个实际证据吗？如果不能的话，你的帖子我将截图保留并且作为你诽谤他人的证据上报院办处理。"

"WW柠檬茶"回复："你怎么这么向着她说话？你就是她本

科时的姘头吧？"

整个论坛仿佛静了几秒，罗雅和房静面面相觑。

几秒钟后，论坛里突然开始爆发式刷屏了几十楼，ID不重复，但是内容一模一样："管理员是女的，已婚有娃，望周知。"

后面的评论一边倒，有来嘲笑发帖人手段脏的，有针锋相对辟谣的，有细数罗雅以前的种种光辉事迹的……

又有人问了一句："你给罗爷泼这么多脏水，敢报上姓名吗？"

亏得"WW柠檬茶"心理素质还挺好，被挤对到现在还在线。

她回道："干吗？恼羞成怒要打击报复啊？"

本来已经慢下来的刷屏速度瞬间又刷爆了几十条"'恼羞成怒'用错了""你才恼羞成怒"之类的评论。

突然有个人评论："我知道这人是谁了，也是生态研二的，姓李，女。剩下的大家自行领悟吧。别的我不多说，大家心里有数就行，以后小心点这人。"

事已至此，大家基本也猜出来是谁了。

有人大概还想说点什么，这时李薇终于受不了，删帖了。

但是没多久，论坛里有了一个管理员亲自发的高亮帖，里面就是李薇挂着"WW柠檬茶"这个ID诽谤罗雅以及大家吐槽她的全截图，标题是"罗织罪名之歪风邪气不可长，望大家引以为戒"。

罗雅手机里收到一条短信，是陈晓妍的，内容是："怎么样？爽不爽？"

还没来得及回她，陆续又有好几个同学发短信来关怀："雅雅，你怎么得罪那个神经病了？""保护我方罗爷！""雅雅，我把那个烦人精踢出群啦！"罗雅翻出本科时的QQ群一看，果然，李薇已经不在里面了，而群里也讨论得热火朝天，都是关于李薇为什么要干这种缺德事的。

罗雅哭笑不得，韩蓉蓉还在群里呢，踢掉李薇没什么用。就算不踢，估计她自己也没脸待下去了。罗雅在群里说了自己没事，让大家也不要再生气了，早点休息。

事态渐渐平息，夜已深，众人都钻进了被窝。罗雅倒睡不着了，她瞄了一眼时间，23：20。

这一天过得真够跌宕起伏的。

论坛里谴责"WW柠檬茶"的评论淡了，大家很清楚这个ID大概到毕业都不会再上线了。

一个企图陷害他人的卑劣之徒被当即识破然后被群起而鄙视之，会成为未来几天里大家的笑料。顺带，罗雅在院里也出名了，那些帮她澄清的同学基本都会连带着歌功颂德一番，把罗雅以往的光辉事迹拿出来絮叨。看着她们夸张的描述，罗雅觉得这帮家伙说的不是自己，而是伟大的共产主义战士——雷锋。

没想到自己从前出于举手之劳的帮助能在这么多同学心中种下善意的种子，罗雅有点泪目，擦了擦眼睛，重新躺回床上，打开了手机浏览微博，想要随便看点什么资讯来重新催生出困意。

一条某明星放生做善事的视频被很多营销号推送中。罗雅微博首页就刷出来好几条。

视频里的帅哥美女笑容灿烂，正把一只龟扔到海里。里面的女孩还高喊着："你看你看！它舍不得我们，它游回来了！一定是要感谢我们！"而男明星则笑着把刚爬上岸的龟又扔得更远了些，直到它沉入水下，他们才满足地挥手祝福和告别："要幸福啊，好好活下去！"

评论多是："跟随你的脚步！""爱护大自然！""哥哥太善良啦！爱你！""它会感恩的，会变成仙子来报恩吧？一定会的！"

罗雅很不想破坏她们的感动，但是她必须要说一句：把陆龟扔海里，它是活不了的。

而且这只陆龟还是在《华盛顿公约》（CITES）附录二里的，等同于国二。捕捉、买卖、杀害都是违法行为。

然后她真的这么评论了。

只能说罗雅对粉丝文化太缺乏了解，不，应该说她对网络文化都缺乏了解。她以为这里跟校内论坛一样，自己只要如实评论，这两位明星就能认识到自己违法了，去派出所自首，争取一下宽大处理。

她太天真了。

不到三十秒，那位明星的粉丝已经来了。

她的微博评论被"你说是陆龟就是陆龟了？你算老几？""臭婊子想红是吧？拿这种事蹭热度！你要不要脸。""哥哥那么好，职黑收钱没良心。""键盘侠当什么宇宙警察？我们家那边吃野味的多了，有本事你把他们都抓住啊。"之类的内容淹没了。这回的刷屏速度可不是区区院内论坛能比的，快到她根本不可能全看过来不说。更直观的影响是，她手机卡死机了。

罗雅发现她回了这个，下一个几乎一模一样的问题又刷出来。车轱辘话来回说了几十遍之后，罗雅拍案而起——我怕你们？爷今天不睡了！反正明天——不，已经是今天了，今天是周日，想赖床就赖床。她果断下床打开电脑。

然后她另开了一条微博，把前一天在山上发生的事简单说了一遍，又把跟康、彭两位警官说过的不科学放生的危害都写了一遍，做成一个大图片的格式发出去，还艾特了一下那两位明星。

然而问题并没有解决。

那些几乎复制、粘贴一样完全不过脑子的评论，或者说根本就是单纯的人身攻击又塞满了她新开的这条微博下。

而她更崩溃地发现，在许多诸如"你妈炸了"的污言秽语中，夹杂了一些不一样的声音。

"这什么森警啊？太废物了。不如把皮脱下来给我，我干得都比他们好。"

"我跟你们讲，我老家那边的林业局自己都带头吃野味的。"

"森警就会没收玩家人工繁育的鹦鹉，收回去都给养死了。遇到野生动物他们屁都不管。"

"这女的吹牛吧？她还敢怼警察？谁给她的勇气？梁静茹吗？"

罗雅很少在网上发言，这一句话竟引来这么大的反响，以至于颠覆了她对世界的认知。

原来除了相关专业人士，根本没人愿意关注科学问题，没人在乎真相，这些人更喜欢陷入疯狂的维护偶像、阴谋论、网络暴力和自我感动中无法自拔。

说不失望、不生气是假的。罗雅漠然看着不断刷新的评论，仿佛身处罗马鲜花广场，而她就是火刑架上的那个。

刚刚体验了一把被一边倒地维护，现在又体验了一把被一边倒地攻击。

已经凌晨两点半了，情况并没有丝毫好转。罗雅郁闷地关上电脑睡觉去了。

02

大概是昨天的事情刺激了本来已经有些脆弱的神经，早上九点半，罗雅又一次从同样的噩梦中哭醒。

窗外的蝉在夏日的树荫中没完没了地发出噪声，为了能顺利留下后代，演奏着它们生命中第一首也是最后一首长调。它们躲在树木的枝丫中，不仔细找很难发现它们的身影。无数只蝉的声音交织在一起，混杂在都市的背景音中，更添一份喧闹。

她躺在床上缓了一会儿才起来。

食堂早就没早餐了。她翻出一包方便面泡上，嫌味道不带劲儿，又加了点老干妈进去，一边吃一边打开电脑看微博。

她已经做好了迎接更多垃圾评论的准备。

六千多条评论，对于一个关注和粉丝数都没超过200的小透明来说，这阵仗本身就够可怕了。乍眼一看，的确仍然都是些污言秽语，或者看似文明实际尖酸刻薄的内容。但她仍然耐着性子一条条翻下去。一直翻了几百条，才有一条不一样的进入视野：

"你们这么说太过分了。森林公安依法办案而已，又不是跟谁有私仇。难道由着他们违法犯罪不管吗？而且我觉得博主说得有道理。既然是放生，那么就应该以动物能生存为第一优先考虑，而不是害死了动物还要忙着自我感动。"

罗雅眼前一亮。说这话的并不是她的好友，这个ID她从来没见过。在她已经被狂轰滥炸了六千多条垃圾评论之后，这条评论令她精神一振，心中一暖。

再往下翻，转发、评论、私信，几乎仍然全是骂她的话，偶尔有三五个帮她说话的人，也无一例外都被打成了"黑子"，然后被网络暴力覆盖打击了。

罗雅气不过，把那些特别恶劣的侮辱性言论截图发了一条："不要在你们哥哥那儿岁月静好，到我这儿就污言秽语。我不管你们哥哥是谁，他的行为不妥，还不让人批评了？难道你们觉得他是完人，永远不会犯错吗？"

她不说还好，这条一发上去，本来已经快要消停下来的粉丝又像被捅了窝的马蜂一样围了上来。

骂她的还是那些话，眼瞅新消息提示那儿又显示几十上百条。还有粉丝说："哥哥就算有错，你不会私信他吗？为什么要发到公开平台上来？就算你不是黑子，你这样带节奏也会让黑子看见然后攻击哥哥的！""又不是人人都是生物学家，不知者不怪。"

罗雅一阵无语，她关上电脑，不想继续再跟他们废话了。转发评论那么多，也不知道那位明星能不能看见。不过也许就算他看见了，也不会理她这种小透明吧。

说到底，这件事上她能说的能做的也就这么多了。看了下时间，已经快11点了，下午有个知名国际环保组织的活动，她报过名的，得收拾收拾准备出发了。

罗雅倒是过她充实的课外生活去了，网络上依旧不平静。

她没有看见的是，那位男明星发了一条新的微博："放生是成全我的功德，只要我心是好的，就是一件功德。它的死活就看它的造化，如果真死了也是它命中合该有这一劫。"此条微博一出，几乎是矛头直指罗雅，又像是给他的粉丝发出了一个明确的进攻信号。如果罗雅有时间再打开微博看看，会收获一个40000+的大"惊喜"。

然而罗雅暂时没时间关心微博了。星期一她要带本科生上山做野外观察实习，为期三天。

那位明星的粉丝发现后面的攻击得不到丝毫回应，得意地宣告了一下已方大获全胜之后，也就该干吗干吗去了。

他们倒是歇了，有些人的麻烦来了。

因为罗雅吐槽森警的那条微博被转发了两万多条，虽然基本都是在骂罗雅，但是也形成了舆情，康平实习的石门山派出所刚好有自己的官方微博账号，账号管理员很快就发现出了问题，立刻上报给了所里。

星期三，罗雅在带着累得跟狗一样的本科生们满山乱窜的时候，康平和彭警官被所长叫到了会议室——他们所实在太小了，大家都在一处办公，只有会议室是个僻静的所在。

"你们俩看看这个。"年近半百的老派出所所长把电脑屏幕转过来给康平他们看，"上周刚办了件大案，分局领导说要表扬我们，网上就出了这样的消息。这上面说的是不是真的？我不想调阅执法记录，我想听你们俩怎么说。"

康平一听就知道大事不好。那天罗雅和陈晓妍到所里做笔录的时候，只说了发现违法买卖野生动物并报警的过程，怼人的细节略去没说。当时康平还挺感激她们的。谁承想她们没在所里说，倒是跑到更大、更开放的平台上把他们俩那天出的糗事全抖搂出来了。太狠了！真的太狠了！

"报告所长，她说的……是，是真的。"彭警官垂头丧气，这下肯定要被处分了。康平是学警，还有情可原，最多实习成绩受点影响，他可是工作了五六年的老森警了，没有任何借口可以开脱。

康平看了面有菜色的彭哥一眼，心有不忍："报告所长，我可以说说我的看法吗？"

"嗯，你说说，我听听有没有道理。"所长点了头。

"我认为，我们都不是生物学专业出身的，不可能像他们那些专业学生一样什么都认识，知道该怎么处理。所以……"

所长抬手打断了他："所以你觉得，执法时出这样大的纰漏是情有可原的是吗？"

"也……也不是。可是所长，这次不是也没出什么纰漏吗？"

所长一拍桌子："没出纰漏，那是因为人家学生几乎替你们把工作做全了！那是你们的幸运！应该感谢人家！可是昨天我开会回来，隐约还听到你们俩在那说什么'现在的学生真够闲的'。是不是在说人家？你们俩可真行啊，自己犯了错，不思反省进取，还要抱怨帮助你们的人。像话吗？回去，每人五千字检讨，手写！明天给我。"

康平瞪大了一双眼睛，彭警官也略有希冀地抬头："那，所长，我们捅了这么大的娄子，您不处分我们吗？"

"处分你们？呵呵，我当了十五年森警了。人家小姑娘说的，我也做不好。我凭什么处分你们？这次舆情算我的，我跟分局汇报，你们别管了。尤其是你啊小彭，你家里上有老下有小的，老人身体还不好，我还希望你能快点升上去，不能背这个污点。小康呢还太年轻，以后的路还很长，这次就吸取经验教训。下不为例啊。"老所长说完挥挥手让他们俩回自己座位去了。

康平回到座位上，心情比真的受了处分还要糟糕。他是刚来所里实习没几天，但是老所长对他、对所里其他同事的关心他都看在眼里。这里离市区很远，又是山区林地；如果不是有那么一座古刹在，附近几十公里内都没什么人活动。寂静，寂寞，偏偏防火巡护等任务又特别重；没有食堂，只有个小厨房，伙食很一般，日复一日地三鲜、炒豆角，偶尔有点排骨都算改善伙食。老所长的家就在附近的村子里，经常给大家带些自家的瓜果梨桃来当零食；据所里其他前辈讲，逢年过节还会给他们买鸡买鱼让他们打打牙祭；谁家有个三灾五难，他总是尽量照顾。自己工资不多，还总周济这个周济那个的，谁要是手头不宽裕了，跟他借钱，他从来没含糊过，也从来不催着还。老所长有个儿子，在外地读书，自打孩子离开家之后，老所长心里空落落的，就愈发把所里这帮熊孩子当成了自己的儿子。

现如今，老爹又帮儿子们把黑锅背了。虽然他老说自己不打算升职，不打算调动，就想一直在这里陪着孩子们，但是康平想，对一个兢兢业业十五年，把全部的爱都奉献给这片山林的老森警来说，这样太残忍了。

但是彭哥家也真的很不容易。他自己无所谓，但如果让彭哥受这个处分，他一样不忍心。

都怪那个学生。为什么非要捅到公共平台上去？康平几乎可以肯定，是那个叫罗雅的红衣女孩发的。她看上去尤其喜欢多管闲事。

公共平台……她ID是什么来着？玫什么风？梅超风？

康平用手机打开了微博。微博这个东西是这两年刚出来的，很多人在用，比博客方便。但是康平向来对这种社交平台兴趣泛泛，所以一直没有注册自己的账号。今天，他必须注册一个账号了，他有话要说。

罗雅那条光转发就直逼三万的长微博最近正在风口浪尖，没费多大力气他就找到了。

哦，原来她的ID是"玫间怀风"，想象一下她怼人时的不可一世，简直白瞎了这份静谧安详的诗意。

康平往下翻了翻转发和评论，嗤笑一声，也跟着回了句："看见大家都在骂你我就放心了。奉劝你一句，做人戾气不要这么大，不要一副众人皆醉你独醒的样子，你以为就你最高明吗？"

随后他开始欣赏起那些五花八门的人身攻击来。对他来说，这些人好像都跟他站在了一条战线上。他是越看越开心，越看越解气。就应该让那个人来好好看看，她有多不得人心。

然而翻着翻着，他又不开心了，他看到了那些骂森林公安的言论。

他忍不住跟那些人争论起来。

看到批评森林公安不认识常见动物的，他说："你们凭什么这么说森林公安？森林公安平常的主要职责是森林防火，不认识那些动物怎么了？"

看见说森林公安没收别人非法养的动物但是养不活的，他说："森林公安本来就可以没收动物并对违法人员做出处罚，没收鹦鹉怎么不对了？再说森林公安也不是动物园饲养员，动物园的饲养员还养死过动物呢。你们谁能保证自己养任何动物都能养活？"

看见有人说森林公安带头吃野味的，他说："你有什么证据证明森林公安知法犯法了？没证据你就是造谣！"

他觉得自己见招拆招，威风八面。一时间，罗雅的评论区仿佛成了他的战场。

直到彭哥拍了拍他："忙什么呢？别忘了五千字啊。"

哦对，他还有一篇检讨要写。

康平快快地关上微博，拿出几张打印纸，规规矩矩写上"检讨书"三个字，另起一行，写上"尊敬的领导，亲爱的同志们"，然后就卡住了。

天地良心，他虽然从小不是三好学生，但是从来没有写过检讨书这种东西。

然后他又上网开始搜索检讨书应该怎么写。别说，还真让他搜到好多关于工作失职的检讨书。他认真研究了一会儿，挑了一篇看着最顺眼的开始往自己身上套。

康平的字是极好看的，跟他的人一样，结构优雅，笔锋秀丽。即使是一份检讨书，也被他写得好像硬笔书法作品，还是参赛能拿奖的那种。但是字好看的代价就是写得慢。彭哥那手除了他自己别人基本都认不清的狗爬字勉强凑够五千的时候，康平才写了两千字左右。

"平儿啊，快下班了，你是继续在这儿写，还是去吃点饭晚上回宿舍继续写？"

"彭哥，宿舍网不好，我在这写完再回去。"康平头也不抬。

"那行，那我跟厨房说给你留饭菜，你快点哈。"老彭收拾收拾准备交班了。这里是林区，需要24小时有人值班，主要是因为有防火任务。

"好嘞，谢谢哥。"康平抬头冲老彭龇牙一笑。他已经能听到走廊里来接班的同事的脚步声。果然，没多久，办公室的门就被打开了。

"你们俩还没撤呢？"来人姓关，比老彭年纪还大一点，属于那种蔫了吧唧的老好人。他从小无父无母，在福利院长大。成年后倒是结过婚，但是没几个月媳妇就受不了他工资低还老加班，单位离家又远，既没钱也没时间照顾家，跟他离婚了。重回光棍身份之后，他索性不再存找对象的念头，终年住在所里，几乎承包了百分之九十的夜班。

"关哥，今天我陪你值一会儿夜班。"

"那行，我就把平儿交给你了，我去吃饭了。"老彭拍拍老关并不厚实的肩膀，拎着保温杯走了。

"放心放心，一定把咱弟照顾好。"老关也把保温杯往桌上一放，掏出茶叶泡上，一看康平水杯里没水了，顺手给他也泡了杯茶。"哥这没什么好茶，茉莉花茶你喝得惯不？"

"喝得惯，谢谢关哥！"康平赶紧接过，趁热喝了一口，"挺香的。"

老关乐呵呵走回座位打开电脑，调出十天八天也用不到一次的接警记录，然后拿出本书开始看。

康平回头看了一眼，《寂静的春天》。书名挺文艺的，大概又是时下流行的小清新文学作品，心灵鸡汤那种。想不到老关居然喜欢这种书。他笑笑，回头继续搞"艺术创作"——刚才写到哪儿来着？

办公室里静了下来，只有老关的翻书声和康平的笔尖和纸张之间的摩擦声。

20∶40，康平终于抬头伸了个懒腰，揉了揉脖子和腰，他的大作终于完成了。中间因为写错了几个字，追求视觉完美的他还重写了一页。

把几张纸整理好放在桌上，康平回头跟老关打了声招呼，跑去小厨房用晚膳去了。

小厨房的刘阿姨五十多岁了，无亲无故，二十多年前因为车祸失去了一条小腿，也干不了农活，本来是村里的五保户，但是她不愿意让国家白养着她，说粗活、累活干不了，零活儿还是能干一些的，就自己跑到派出所帮厨，也不要工钱。如果说老所长是这帮熊孩子的爹，刘阿姨差不多就是他们的妈。哦对，刘阿姨还捡了一条大黄狗，就养在派出所院子里，叫二娃，鬼精鬼精的，特别会讨好人。老彭他们开玩笑说二娃就是他们亲弟弟。

康平长得漂亮精神，特别得刘阿姨这个年纪的人喜欢。一见他进屋，刘阿姨立刻喜笑颜开地招呼："平娃子呀，你可来了。你彭哥跟我说给你留饭，这不，都在锅里温着呢。"

给他盛了饭，叮嘱了几句，刘阿姨就离开了。

菜式还是那两样，饭也是普通的米饭。但是今天他实在饿坏了，吃得比任何时候都香。吃着吃着，他想起自己之前在微博上的评论，也不知道那些人看了做何反应。于是他又掏出手机，打开微博检查自己的战果。

不看不要紧，这一看，他一点食欲都没了。

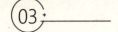

03

罗雅把本科生带回学校，到院里交了活动报告，确定人一个不少地回来，这才回了自己寝室。大热天的在山上窜了三天，这一身汗味儿加上泥土的芬芳分外销魂。不过作为生态专业的学生，她早就习惯了。

把各样装备分门别类拾掇干净收纳好，吃了房静给她打回来的饭，洗了个澡，又把脏衣服统统扔进公用洗衣机。罗雅终于可以消消停停地上床躺下，长吁一口气。

带别人上山可比自己上山累多了，要照顾这个、照顾那个，还得时刻提醒大家遵守纪律，还要给本科生答疑。小崽子们第一天新鲜，第二天腻味，第三天都累成了狗，哪怕她耳提面命即使不渴也要每隔十分钟喝一点水，还是有人不信邪结果中暑晕倒。由于中暑的小女孩坚决不让男生碰她，最后还是罗雅背着她走了四五公里山路回了补给站。然后罗雅自己也累成了狗。

唯一的好处是，只要一进山，什么噩梦都离她远远的，比起能睡个好觉，苦点、累点、脏点都不算什么。

才晚上8点。本来以为自己能躺倒就睡的，但是长期以来形成的生物钟让她虽然十分疲劳却睡意全无。

这样干躺着只会胡思乱想，罗雅又打开了手机微博。

未读信息：转发30000+，评论20000+，私信20000+。

这些人是闲得慌吗？

她耐着性子开始翻阅。私信，基本都是骂她的，依然不堪入目，略过；转发，一样，只不过内容上趋于整齐划一，都是诸如"只要心是好的，就是一件功德"之类。罗雅想了想，点开了那位男明星的微博，果然，这话就是他说的。罗雅摇头苦笑，这真是最坏的情况。

再看评论，由于微博是优先显示最新评论内容，所以在一片同样的"我放生是我积德……"里面，她一眼就看到了ID为"仲夏之狮"发的那几条格式不同又贱兮兮的评论——"看见大家都在骂你我就放心了。奉劝你一句，做人戾气不要这么大，不要一副众人皆醉你独醒的样子，你以为就你最高明吗？""森林公安本来就可以没收动物并对违法人员做出处罚……"

结合上下文语境分析，罗雅得出一个结论：这个"仲夏之狮"十有八九也是个森林公安。那些情愿尸位素餐的人她不想再理会，但是这个森林公安，她觉得还是有必要好好"沟通"一下。

"看到别人骂我你放心什么？你觉得我被骂了之后就会偃旗息鼓，从此再不敢讲科学了吗？骂我的人多他们就一定是对的吗？布鲁诺被烧死的时候，周围一定也有很多人拍手称快，然而几百年后他们还是得给布鲁诺修建雕像。如果你连分辨是非对错的能力都没有的话，大可不必在这大放厥词了吧。"

"森林公安依法罚没动物是对的。但是既然罚没之后的动物要在森林公安处暂存，你们能不能也上点心，起码在移交相关部门或放归野外之前让动物平安活着。我们都不是神，做不到绝对完美，那难道就不向着尽量好的方向努力吗？当然，目前我国没有专门的野生动物救助或收容中心，希望以后能有吧。"

"目前我国的一线森警不管是就职前还是就职后，的确没有硬性规定必须要会基础物种识别。但既然森警的职责里有打击破坏森林及野生动植物资源的违法犯罪活动这一项，自己就应该主动学习。不然就会像我遇到的那两位森警一样，执法不严，违法不究，乱执法。如果所有森警都这样，生态文明建设还有什么希望？"

以上就是康平看到的，罗雅没理别人，专拣着他一个人狂怼了三条，每一条都叫他哑口无言。本来还以为自己扳回一城，却似乎还是毫无起色。康平愤愤地关上了手机。剩下的饭菜他泄愤似的扒拉进嘴里，气闷地洗干净餐具，一时竟然不想回宿舍休息。

他跑到院子里，二娃在啃一个玉米棒子，看到他来，赶紧起来拼命摇尾巴示好。康平想了想，又跑回厨房，从冰箱里翻出一小块排骨，拿热水把上面的油盐涮掉，顺便算是给这块肉加加温，又把小骨头剔出去，剩下一块纯肉，拿出去给二娃吃了。

"二娃老弟，你说哥的命咋这么苦啊。实习第一天就遇上个母老虎，差点因为她背了个记过。到了网上她还不放过我，那么多人骂她她不理，专拣我一个人怼，可悲的是哥哥我还骂不过她。你说咋办哟！"

二娃伸出长长的舌头舔舔自己的嘴巴，又舔舔康平的脸，瞪着一双水汪汪的杏眼跟他相顾无言。它当然不可能给出任何答案，但是二娃纯良的小表情很好地安慰了康平被二次摧残的心灵。康平揉揉它的脸颊，又挠挠它的耳根，直伺候得它翻倒在地露出肚皮求虎摸，让他过足了手瘾。

多么善解人意的二娃，跟它一比，有些人怎么那么讨厌！

"晚安二娃，哥回去睡觉了，等哥周五轮休回家，给你买狗罐头吃。你一定没吃过狗罐头。可好吃了！"康平当然也没吃过狗罐头，但是他看广告里那些狗子都吃得一脸陶醉，想来二娃一定也会觉得好吃的。

暂时把恼人的人事物抛诸脑后，被二娃治愈的康平起驾回宫了。

周四下班，康平跟所里打了声招呼开车回家。小小的派出所里，他是两个有私家车人士之一，另一个是指导员，有一辆开了七年差不多快报废的五菱，常被他用来接送熊孩子们。

康平开的是一辆福特"猛禽"。这种很酷的越野皮卡从他第一天来所里实习的时候就引起了全所乃至附近村民的轰动。康平并不高大的身躯加上文静秀气的小脸，坐在大越野的驾驶位上有一种特别的反差萌，甚至有点喜感。身高直逼一米九的指导员看看福特，再看看自己的五菱，嚷嚷着让他开两圈体验一把开豪车是什么感觉。康平当然不会拒绝这种要求，他只是想，这算什么豪车，他爸那辆劳斯莱斯能顶它十辆。看着指导员像个孩子一样一边开着越野车转圈一边哈哈大笑，康平觉得他跟这车挺配的，然后他看见所里除了老所长之外都上了他的"猛禽"，连后面的敞篷货舱都跳进去了人。指导员等人都上满了，继续像个孩子一样开车拉着他们转圈圈，而老所长仍然像个慈爱的父亲看着孩子们胡闹，露出有点无奈又有点骄傲的微笑。连院子里的二娃都兴奋地一边跳一边狂摇尾巴……

回家这一路，康平都在想着这几天在所里的点点滴滴。要是实习结束之后自己能分在这个所里就好了呀。他由衷地这么希望。

石门山区在B市最西边，康平家在北二环，最短车程43公里。

周四晚上有点堵车。康平开了两个半小时才回到家。不知道老妈等饿了没有。

天色暗沉沉的，似乎要下雨，头顶有很大一块乌云压着，越来越大，越来越厚重，直到最后一点蓝天的影子也被乌云彻底遮住，康平的心情也跟着低落下来。

这一片算是B市比较上档次的小区。临着古建和公园，即使在闹市中心也是风景绝佳。旁边还有B市最好的大学之一以及附属幼儿园、小学一直到高中。康平的妈妈就在那所大学当教授，他自己也是从幼儿园开始就在这些附属学校就读，成绩中上，如果不是临到高考时一时冲动，今天他也不会跑到穷乡僻壤的派出所吃苦受罪了。

直到今天，他还是能想起那天的场景。

康元甫，他的父亲，在高考报志愿的时候强烈希望他能报工商管理或者金融专业，毕业以后好来接手家里的公司。然而在那之前差不多两年时间，从康平高一开始，康元甫就因为公司的各种国际业务满世界乱飞，一年到头不着家。

"我生日的时候，你不在家；妈妈生日的时候，你也不在家。我生病了，妈妈给你打电话希望你安慰我一下，你都不肯，你忙着开你的那些破会！妈妈胃出血住院，只有小姑姑请的护工照顾她。就连爷爷去世你都没回来！你眼里就只有钱，根本就没有我们！我才不要你的破公司！你就是个奸商！你根本就不知道什么叫家庭责任！什么叫社会责任！"那天康元甫难得回来一次，说是带他出去吃西餐。吃着吃着又以为他好为由，明为规劝实为命令地让他在那两个志愿里二选一。康平实在受不了，终于爆发。

"不要我的公司，你想干什么？你能干什么？"康元甫用餐巾擦擦嘴，儿子的哭闹对他来说是根本不用放在心上的小事，"家庭责任？我不在外面赚钱，你能住一流的小区，吃高档西餐，穿名牌衣服，从小到大都上名校吗？你从小就一堆乱七八糟的爱好，又要学钢琴，又要跳芭蕾。我都依着你，给你报最好的学习班。这些钱是大风刮来的吗？凭你妈妈那点工资，她供得起你吗？社会责任？"他扭头向窗外看了一眼。夏日炎炎的马路上，一名交警正汗流浃背地疏导交通，连反光背心都湿透了，"交警有社会责任心，但是人家的工作你干得了吗？你吃得了这份苦、受得了这份罪？"

康元甫的神情中已经带了一丝轻蔑。他太了解自己的儿子了。从小娇生惯养，因为怕被晒黑连户外运动都很少参加，以至于到高中了，别的男孩子身高飞长，他还只有一米六多。他喜欢的是器乐、舞蹈。康元甫觉得儿子以后很有可能想要当个音乐人。

"我……我……"康平也抬眼看了看外面那位交警。他很黑，脸上豆大的汗珠，蒸腾的汽车尾气使得他的身影都开始飘忽扭曲，以至于康平一时难以分辨他到底是三十岁还是四十岁。

做课间操都要补涂防晒霜的康平沉默了。

但是他一转脸，就看到老爸脸上那种狂霸酷炫跩的霸道总裁标配表情，青春期少年的逆反心理可以战胜一切："谁说我吃不了苦？我最喜欢警察！我就要当警察！我还要当好警察！到时候要是被我发现你犯法，我会大义灭亲的！你等着吧！"

康元甫："……"

康平嘴上虽这么说，但是屁大个孩子临时起意说要当警察，又哪里知道警察也分很多种。报志愿的时候，他捡着带"警"字的学校填，根本没细看自己选的是刑警抑或是武警还是别的什么警。然而警察院校不只看文化课成绩，还要考体能，他选的那些专业还都是对体能有要求的。康平这小身板跳芭蕾还行，跑三千米能累哭，最后以文化课第一、体能测试倒数第一的成绩，被N市森林警察学院录取了。彼时，这所警察学院还叫"N市森林公安高等专科学校"。是的，康平一个B市一流高中年级前六十的成绩，考了个大专。别说老师，连校长都震惊了。他妈妈宁教授更是好长时间没脸见人，不停埋怨老公不应该刺激孩子。

康元甫当时还安慰妻子："别急别急，你看咱儿子像是能坚持下来的人吗？用不了半个学期他就会哭着回来。到时候让他复读一年，明年还怕他不乖乖走咱们给他指的明路？"

宁教授回忆了一下儿子的日常，抽抽搭搭地点点头，算是勉强答应了。

谁知道他们都"轻敌"了。

康平不仅坚持下来了，而且毕业的时候，体能成绩是"优秀"。对他来说，遗憾的是他学的不是经侦，就算学的是经侦，也不能参与调查直系亲属的案件，没办法抓他爸经商方面的违法犯罪活动。

04

前面不远就是自家小区了，从这里甚至能看到自己家里亮着的柔和灯光，那灯光透过精心修饰的布艺窗帘照出来，仿佛能撑起暗沉沉的天幕，也结束了康平的又一次回忆。

如果时间能倒回去，他还会选这条路吗？他不知道。

康平把车停进车库，坐电梯上到八楼，刷了指纹锁开门。

"儿子回来啦！"厨房里传出宁若菲的声音。这个房子的格局本来是可以做开放式厨房装修的。但是宁若菲不习惯，她还是喜欢在一个不用太大的、色调温润的私密空间里不受打扰地烹调食物，然后打开厨房的门，把精心装盘的食物一样样端到外面的餐桌上，大家再一起享用。对她来说这是一种仪式感。康元甫当然尊重了妻子的习惯。所以他们家还是有一个传统的封闭式厨房，厨房里不仅有或颜色淡雅或造型可爱的各种电器、炊具，还放了一些布偶和杂志，窗边甚至还挂着小星星彩灯。跟康元甫书房那种黑白灰为主色调的直男癌审美呈两个极端。

康平对这个充满少女感的厨房没有任何不满。事实上只要能让老妈高兴，别说梦幻少女，就算是哥特风或者蒸汽朋克他也会跟着喜欢的。

"儿子，进来帮妈妈端菜啦。"宁若菲的声音很快再次传出来。康平赶紧去打开厨房的门，只见老妈端着一盘龙井虾仁，笑眯眯地跟他示意后面流理台上还有好几个菜。

"妈，我爸今天又不回来，你做这么多，咱们俩吃不完啊。"

"没事，吃不完就留着明天热热再吃嘛。你在山里实习肯定吃了不少苦，老妈还不得多给你做点好的解解馋。"这也是宁若菲的好处，她疼爱儿子，但也从不因为家境富裕就铺张浪费。

这一餐吃得甚是满足，老妈净挑着他平常最爱吃的菜做，饶是康平日常很注重保持身材，今晚还是吃多了。

收拾完碗筷，康平被宁若菲拉到沙发上坐下。

"跟妈妈说说，这一个星期实习感觉怎么样？"

感觉……如果没有那个叫罗雅的女孩出现，一切是多么完美啊。"都挺好。"康平拣着所里的新鲜事说给老妈听，连二娃那条狗都讲了半晌。

宁若菲听得两眼放光。她特别喜欢猫啊狗啊这些小宠物的，无奈康元甫对它们过敏，家里不能养，所以她每次只能跑到朋友家撸撸猫狗过干瘾，回家前还得注意清理干净身上残留的猫毛狗毛，那阵仗，搞得跟有外遇一样。"回头，看你什么时候方便，带老妈去你们所看看呗。你看你遇上这么好的领导和同事，咱们得好好感谢一下人家对你的照顾。对吧？"

"老妈，你就别装了，什么看望领导同事，你的真实目的就是想去揉狗，是也不是？"

宁若菲嘿嘿一笑："狗，我是一定要揉的。但是看望你领导同事也是真心的。他们在那么偏的地方坚守这么多年，都不容易啊。吃的喝的我都买好了放在冰柜里，你后天早上回单位的时候记得带上。不多，一点心意。"

"好，我知道了。对了妈，我还想给二娃，就是那只狗，买些好的狗粮、狗罐头什么的。它在我们所之前一直是人吃什么它跟着吃什么，那些多盐多油的东西对它来说可不健康。"

"没问题，咱们家旁边新开了家挺大的宠物店，买这些太容易了。"宁若菲最欣慰的就是儿子和她一样喜欢小动物。喜欢小动物的男孩子都很善良，虽说森警这个职业让她着实怨念了许久，但毕竟是儿子克服了重重困难坚持下来的，她也只能默默支持。

想到森警，宁若菲眼珠一转，又想到了别的事。

"儿子啊，妈问你，你们所里有年轻姑娘吗？"

"我们所除了小厨房的刘阿姨是女的，连狗都是公的。您要是不介意刘阿姨年纪比您还大，我……"

"浑小子！"宁若菲弹了儿子一个脑瓜崩儿，"严肃点，说正事呢。"

"哦。那您说。"

"你看，你们所里要是不具备这个条件啊，妈妈这里倒是有个还不错的人选。妈妈的好朋友杨阿姨你记得吧？她先生有个学生，我见过一面，漂亮，大气，品学兼优，听你杨阿姨说她特别善良，也喜欢小动物。妈妈觉得你们俩看起来很般配，你要是愿意的话，妈妈什么时候安排你们见一面？"

"妈，都什么年代了，还搞相亲那一套呢？您儿子才22岁，还有的是时间寻找真命天女。您还是让我随缘好不好？"喜欢小动物就能合得来吗？要是没有遇到过罗雅，康平可能真就信了。罗雅喜欢动物，可是她不喜欢人啊。看她差点把人一脚爆头的那个架势，看她得理不饶人的强横，看她在网上怼天怼地的霸道，看她……总之罗雅现在是他的心理阴影。

"行，妈不强迫你。"宁若菲不想第二次承受康平爆炸式反抗带来的玉石俱焚一样的伤害，"不过人家姑娘是真的非常优秀，考研的时候成绩全校第一哦。我可听说她之前是有个日本男朋友的，要不是人家因为男朋友回国最后分手了，你还没这个机会呢。这么优秀的女孩子抢手着嘞，你当心过了这个村就没这个店了。"

"这种人啊，崇洋媚外，多半是想靠找个外国男朋友结婚然后移民。就算没了这个日本男朋友，人家也会找美国男朋友、德国男朋友，总之啊，人家看不上俺们中国男孩。咱就别自找没趣了。"

宁若菲盯着儿子，半晌，她叹了口气，一声不吭回房间了。

留下康平瘫在沙发上，望着砸在窗子上碎成一片又汇成细流的雨点发起呆来。

第三章

古玩市场
背后的罪恶

　　红，指鹤顶红，并不是武侠小说里的那种剧毒，而是盔犀鸟的头骨;黑，指的是犀牛角;白，指的就是象牙。

01·————————

　　星期五，罗雅起得比较早，今天她有好几组数据和录音要拿去实验室分析。这几天她睡得都不错，精神头也足。她一边哼着自创的小曲儿，一边溜溜达达往最近的食堂走去。

　　刚走到食堂门口，罗雅听到后面有人喊她的名字。她循声望去，来人是一个笑得很灿烂的男孩儿，一身最普通的牛仔裤和黄格子衬衫，穿在他身上却有别样的阳光帅气的味道。这人是高她一届的学长，也是郑教授引以为傲的得意门生之一，林鹏。

　　"哈喽啊老林！"

　　"哈喽啊罗爷！"林鹏加快几步跑过来，"怎么，我听说这几天发生了点儿事儿？"

　　"是有点，不过也不是什么大事儿。"

　　"还不是大事儿呢，这也就是你，换了别人，这可就是跳进黄河也洗不清喽。"

　　"嗨，都过去了。你刚从莲花山回来吧？走走走，我先给你接风，咱俩先去吃饭再说。"

　　两人边说边往食堂里走。早餐没太多花样，罗雅喜欢这个食堂的豆沙包，随便又配了点清粥、小菜，和林鹏两人随便找了个犄角旮旯坐了下来。

　　林鹏却不打算结束刚才的话题，他盯着罗雅打量了一下："你不要每次瞎逞能，看看你这眼圈青的，好几天没睡好了吧？"

　　"没睡好是因为前几天带小崽子们出去浪了，既当爹又当妈来着。现在这些小孩是越来越不好带了，无组织无纪律，吃不了苦受不了累。也不知道以后考研还能有几个愿意考生态的。"

　　"别那么悲观，想想咱们这一代人小时候，也被叫'小皇帝''小公主'来着。现在看看你我，还不是什么活儿都能干。人总是会成长的嘛。"

　　林鹏是个妥妥的乐天派。罗雅着实羡慕他这种遇到什么事都能笑呵呵面对的性格。

"对了，"林鹏吃完了盘子里的饭菜，他突然神秘兮兮地问罗雅，"罗爷，周末有空不？"

"啥子事？"

"你日语不错吧？周末我们几个哥们儿要做个市场调研，需要一个日语好的妹子装一下外宾。你要是方便的话，我们想请你帮忙。"

"装外宾？不是什么正常调研吧？黑市？"

林鹏呵呵一乐："不愧是罗爷，明察秋毫！不过我还得跟你交个底，这个是我们几个自己组织的调研，给你的酬劳可能会很少。而且这活儿有点危险。你要是觉得不合适，我不勉强你。"

"哎，见外了不是。咱们兄弟还要什么酬劳啊。你再看看兄弟我这身手，只要不是面对持枪匪徒，咱还是不怵的。这活儿你不算我一个我可跟你急。"

"那咱就明天早上见。"

"妥。"

两人吃完了饭分道扬镳，罗雅专心做她的数据分析去了。林鹏却多留了个心眼，他给罗雅身边的几个死党发了一圈短信，把罗雅这几天的状态了解了个大概。

院里论坛那件事儿早就传开了，罗雅可以说不战而胜，以罗雅的性格，她不会过多纠结于这种事。那么按房静说的那天晚上罗雅又上网到凌晨两点半，后来发生的事才是导致她情绪不佳的主因。

社交平台就那么几个，校内论坛、微博、QQ群。林鹏想了想，打开了微博。

他赌对了。罗雅那篇转发评论加起来有五万多条的微博赫然在目。

林鹏简单看了一遍博文，认为罗雅说得非常有道理，只是这样直白地在公开平台指出别人的错误的确可能引起反弹。不是每个人都愿意听真话，能接受批评的。

接着，他看到了"仲夏之狮"那好多条评论和罗雅回怼的几条。

这人大概也是个森警，林鹏想。

要不怎么说英雄所见略同呢。

不过林鹏觉得罗雅回复的那几条还是太客气了，他琢磨了一下，也给那个ID回复了几条更"凶猛"的。

轮休是个难得的可以睡懒觉的时间，康平在自己的大床上舒舒服服赖到10点，才懒洋洋地拿起手机，准备刷刷新资讯。

看了几条新闻之后，鬼使神差地，他又打开了微博。

未读消息2条。

"你这人可真有意思，几万条的侮辱谩骂人身攻击你视而不见，博主一个脏字没说，只是对那个明星的不当行为做出了批评，同时说了一下可能引发的不良后果，反倒成了'戾气重'。双标不要太严重！你不想看到别人比你高明的样子，别人说不定更不想看到你那副蠢样呢。"

"森林公安的职责里有没有保护野生动植物？既然有的话，你以为把动物罚没了就没事了吗？尽力挽救这些动物的生命难道不是森林公安应该做的吗？如果真是什么危重伤病处理不了也还算情有可原，可是连最基础的临时安置都做不好说不过去了吧？干不好不如让贤，不要浪费纳税人的钱。"

ID"林雕林鸮林雕鸮"。

这是怎么回事？一个两个的怎么就盯着他一个人怼呢？康平很生气，打算好好理论一下，可是好不容易写好一条，一点发送，界面显示"由于对方设置，您无法评论"。

他被拉黑了。

骂完人就拉黑，是不是玩不起？

要说这事儿还真怪不了林鹏，他是做好了跟这个"仲夏之狮"大战三百回合的准备的。怪就怪罗雅上午做完了一组数据分析想要休息一会儿，打开微博，一眼就看见林鹏那两条评论。这件事到现在为止，所有帮她说话的人都遭受了网络暴力，她不想把林鹏也卷进来，所以她把那个贱兮兮的"仲夏之狮"拉黑了，然后发短信给林鹏，感谢了一下他的好意，并且表达了把那两条评论删掉的想法。

"就留那儿，不要删。"林鹏回道，"你说的有错吗？我说的有错吗？既然我们说的没错，那就不要删。网络暴力是很可怕，但我跟你一样有面对它的勇气。"

好吧。罗雅就知道，林鹏这个人看着一副好说话的样子，其实轴得很。

他们俩想就这么算了，康平可不想。大号被拉黑是吧，他还可以再注册个小号。

就在他刚建了个小号打算"开炮"的时候，有电话打进来了，是他老妈。

"平平呀，起床了没呀？吃早饭了没呀？妈妈有两本书忘在书房了，你要是有空的话能不能帮妈妈送过来呀？"

好吧。小号开炮暂缓，康平跑到书房找他老妈要的那两本资料去了。

与此同时，罗雅也接到了一个电话："雅雅啊，你在学校吗？昨天你们郑老师的朋友拿了些果干儿过来，我给你们做了些小点心啊，你要是方便的话来杨阿姨这儿拿，回去给同学们分一分啊。"

杨阿姨，就是罗雅的导师郑教授的妻子，是这所大学历史系的教授，主攻中国古代史。他们两口子的亲生女儿在美国读博。少了女儿承欢膝下，杨教授就时常做些好吃的分给自己和丈夫的学生们，还会邀请学生们去他们家做客。她最喜欢的学生就是罗雅和陈晓妍，简直视如己出。当然，偏爱肯定会招妒，之前李薇编派罗雅拍马屁就是拿她经常出入郑教授家当把柄的。

关于这一点，房静当时回复："如果一个人考研成绩全校第一，如果她研二就快把毕业论文写出来了，她还需要拍马屁吗？"

罗雅看了看表，马上要中午了。她正好可以去杨阿姨那拿了东西然后去食堂吃饭。

杨阿姨做的小点心和她的笑容一样甜，满办公室都是奶香和果香。罗雅临出门的时候，她还拉着罗雅问："雅雅啊，周末有没有空啊？阿姨又悟出来一套五代壁画的复原，你有空的话来试试呗。"

"姨，我这周答应林学长跟他们去做黑市调研啦。下周我再陪您做复原可好？"

"哎呀，林鹏这个臭小子，又跟我抢人。回头我得跟你们郑老师吹吹枕边风，卡他毕业。"杨阿姨叉腰做了一副夸张的生气状，又拉着罗雅的手嘱咐，"雅雅，阿姨知道你是个很要强的女孩子，但是这种黑市调查还是有危险的，你可要当心，一定要保护好自己，啊。"

"姨你放心，我会小心的。"

好不容易杨阿姨舍得放人了，罗雅拎着一大盒点心跑去等电梯。杨阿姨办公室在顶层，电梯上来比较慢，她无聊地打开手机逐个查看消息提示。好不容易电梯上来了，她进去往角落一靠，刚好刷到微博。

一个最新的评论，ID"狮子很生气"："骂完人就拉黑，心虚了吧？"

这人怎么没完没了的。

电梯持续下行，陆续有人进进出出，罗雅也没在意，她专注地回复着微博评论。

玫间怀风："心虚毛线，烦你而已。"

狮子很生气："拉黑我也没用，我可以注册小号。"

玫间怀风："我可以把你小号也拉黑，你注册多少我拉黑多少。"

然后，罗雅就把他刚注册的小号拉黑了。

"What's the f……"

狭小的电梯里突然有人爆粗口，罗雅猛地一扭头，哟，这不是那个漂亮得像偶像明星的学警吗？想不到如花似玉的美人还会爆粗口呢。

康平余光瞟到电梯里有人回头看他，他刚想抬头为自己不慎的粗鲁致歉，就看到了角落里一脸揶揄的罗雅，真是冤家路窄。

"是你……"

康平很想说：要不是你在网上乱说话，我们所长也不会背一个处分。你这人怎么这么讨厌！

但是罗雅没有给他机会。

"康警官，今天怎么有空来我学校啊，上次那些犯罪嫌疑人审得怎么样啊？

"有没有继续搜查啊？有没有起获别的赃款赃物啊？有没有查到违法交易链啊？怎么着也能顺藤摸瓜查到几个盗猎团伙了吧？

"还有上次罚没的动物，是还在你们所吗？都还好吗？有几只骨折的，还有好多只当时就特别弱的，都还活着吗？什么时候能转移安置或者放归自然啊？"

本来一门心思想要在网上狠狠骂罗雅一顿的康平突然面对现实中的本尊，什么都没来得及说就被一顿抢白，比上次还惨，简直是出师未捷身先死。

并不知道自己在网上已经怼过对方两轮的罗雅同情地想：这么简单的问题都回答不上来，这位一个星期以来到底在忙啥？

电梯里还有别的人，罗雅也不想太伤康平的自尊。眼看着一层就要到了，她对康平笑笑："康警官，如果你来我学校不是来跟我说案情的，那就恕我失陪了。"

康平："……谁说我是来找你的？"

电梯间离楼门口也就二十几步的距离，罗雅的步速很快，饶是康平刻意快走几步想拦在她前面把刚才没说出口的话说完，还是没能在走出这栋楼之前实现这个愿望。

网上怼完人就拉黑，现实中怼完人就跑是吧？

康平脾气上来了，在楼门口拉住了罗雅的胳膊。

"你等等。"他连客气的称呼都不用了。

"松手。"罗雅微微转过头，用一种关爱傻子的眼神关爱了他一下，"刚才电梯里人多，我不想太伤你面子。但是康警官，你不可能永远是个学警，别人也不可能永远容忍你这样懈怠。除非你以后不做森警，要做就拜托你摆正态度，把业务能力提高上去。否则别怪我下次还怼你们。说来，这两天我在网上也遇到一个人，十有八九是你同行，业务能力不咋地，酸话怪话倒是一大堆。啧啧，你最好不要变成那个样子，那只会让人彻底瞧不起你。"她说着，并没有像那天盛怒之下时那样狠狠甩开他的钳制，而是慢慢拧转手腕，以一种绝对优势的动作把手抽了出来，然后盯着他的眼睛压低声音说道："不要嘴上说不过就想动手。真打起来，你未必讨得了便宜。万一我没轻没重把你这张漂亮的脸蛋打残了就太可惜了。"

说完，她再一次给他留了个英姿飒爽的背影，兀自溜达去食堂吃饭了。

康平再一次凌乱。他不是没见识过罗雅当初一脚撂倒贩子的动作，那叫一个快准狠，刚刚罗雅那个不显山不露水的动作，是一种实用徒手格斗技巧，应该是源自西斯特玛[1]，她用这个动作告诉他，她刚刚并不是在吹牛。

康平从小就生得漂亮，人也聪明可爱，凡是见过他的，上至八

---

1. 西斯特玛：一种俄式格斗术。

十岁老奶奶，下至刚会走路的小女娃，没有不喜欢他的，大家对他说话从来都是柔声细气的，哪有女孩子会这么无情冷酷地对待他。康平免不了有很大的心理落差。

看把她给厉害的！这种偏执、刻薄的人肯定没朋友！康平决定，一定要把罗雅这种女孩——不，她都不能算个女孩，她就是个母老虎，母夜叉——列为黑名单榜首。

康平垂头丧气地往家走，路过老妈说的那家新开的宠物店，进去买了狗罐头，又跟店里的小猫玩了一会儿，心情才慢慢转好。

嗨，自己实习结束还不知道要分到哪儿呢。那个罗……是叫罗雅吧？好像是研二，应该也很快就毕业了。大不了自己明年少来学校溜达。偌大一个B市，自己惹不起还是躲得起的。只是，他有点担心，罗雅不会盯着他们派出所不放吧？隔三岔五找个碴在网上骂他们一通这种事，她恐怕做得出来的。啊！还有，自己今天在学校遇到她还跟她拉拉扯扯这事，她那么睚眦必报，不会又要添油加醋在网上胡说吧？

想着想着，康平的头又大了。刚才那么冲动干什么？还嫌让人抓住的把柄少吗？他赶紧打开手机搜索微博，看那个"玫间怀风"有没有发什么新的吐槽他的内容。

微博上一片宁静。

生怕罗雅在微博上放大招，所以他每隔一会儿就打开手机看看。一直持续到晚上睡觉前。还好无事发生。

罗雅当然没空理康平，她回去之后又分析了几组数据，就着手准备第二天调查黑市的事了。

林鹏选罗雅来协助调查是有原因的。B市有很多文玩市场，规模都不小，金银珠宝、书画摆件等不胜枚举，也不乏象牙、犀角、玳瑁、穿山甲鳞片、盔犀鸟头骨等国家重点保护野生动物的制品混迹其中，可谓真假参半，黑白相间，当然，如果是真货那是被明令禁止或限制交易的。这里面，尤其以象牙和玳瑁制品最受日本人喜欢，非法买卖和小件走私屡禁不止，甚至一些手艺人为了迎合日本人的特殊爱好，会把那些野生动物制品雕刻成春宫图、生殖器等。

这几年濒危物种管理办公室、林业、工商、海关等部门查处越来越严格，不法商家不敢明着把那些违禁商品摆出来，碰到生面孔来问也大多会说没货，倒是对外宾防范不那么厉害。

罗雅的日语口语水平不错，日常交流不费劲，但如果要装识货懂行的日本人，她还得另下功夫。词汇是很容易补充的，作为"外宾"，她也不用去特意使用黑市暗语。她要努力做到的是让自己的气质看上去像日本人。

除了前男友，这几年她也认识了别的日本朋友。罗雅努力回忆那些女孩子的言谈举止，对着镜子反复练习。语调，语气，音质，整体气质，都要做很大的改变。

"こんにちは（你好）。"

"よろしくお願いします（请多关照）。"

"逆嚎，卧香腰那葛。"

傍晚房静回寝室的时候，看到的就是罗雅对着镜子点头哈腰、挤眉弄眼的样子，逗得她哈哈大笑，自己笑还不够，还发了一圈短信把陈晓妍她们几个全找了来。几个女孩子叽叽喳喳地给罗雅提出各种建设性、非建设性的建议和意见。

多亏了这几位的"耐心"指导，晚上睡觉前，罗雅的"声台行表"总算像那么回事了。

周六一大早，房静6点就起来了，把罗雅拉起来化妆，还把自己的豆绿色小清新裙子借给了罗雅。

"雅雅，注意安全！一定要平安回来啊！"房静模仿日本老电影里的场景挥舞着毛巾倚门相送。

罗雅不习惯地扯了扯小裙子，又回忆了一下昨晚好不容易找到的感觉，以一种非常别扭的姿态找林鹏他们会合去了。

"罗……咳，妹妹早啊！"林鹏看到罗雅的新造型，一句想要脱口而出的"罗爷"硬生生拗成了"妹妹"。

"不要叫我罗爷，今天我叫安藤雅子（Ando Masako），你们可以叫我雅子（Masako）。"

吃罢早饭，该商量的也都商量得差不多了。生态学这个专业是不方便提的，学这个的绝大多数都是生态保护和野生动物保护的坚定支持者。这几年举报野生动植物相关违法犯罪行为的主力就是这些学生，更有人在微博等公共媒体平台公开严肃批评文玩圈里炒作和消费濒危野生动物制品的现象，现在已经成了不法商贩的眼中钉。

同伴里有人把家里的商务车开出来了，一行六人上车后，林鹏一声令下，大家首先向B市最大的文玩市场进发。

这个市场位于B市南三环附近，占地五万多平方米，最早创立于上世纪90年代，除了卖各类文玩字画、珠宝玉石，也有些现代工艺品。这个市场分好几个区，有三个入口。靠近正门的前半段是一个很大的露天市集，说是露天，其实也是有个巨大的遮雨棚的，只是没有墙，几百个小贩在棚子底下摆摊，每个摊子都不大，卖的基本都是些小件，很多还是仿的。而靠近东西两个侧门的后半段却有一排排的仿古平房，飞檐斗拱，装修也都十分雅致，里面都是比较大的店家，卖的东西通常也更真、更值钱些。罗雅一行要分三组，分别从不同的入口进入。

罗雅和林鹏是A组，两人假扮成情侣，走的是正门。外面骄阳似火，一下车两人逃难一样地快速走到市场里有遮阳棚的地方，这才松了一口气。

其实这个文玩市场是有所谓"鬼市"的——每周末的两天，凌晨4点市场就会开门，买卖的都是"高级货"。

在古代，要出手这些"高级货"的大部分不是盗墓贼就是落魄贵族，不想让人看清脸认出来，才选在天不亮就出货。如今盗墓贼当然少了，落魄贵族更是没有，但是鬼市被行家们保留了下来。

罗雅他们之所以没选在鬼市交易的时间进来，是因为他们的年龄、身份跟古玩行家不沾边，跟真行家一搭话准得露馅；而且鬼市交易的东西大多是古物，更可能是有许可证的，他们查也没用。反倒是白天出来的这些小贩子手里可能有各种违禁商品。

罗雅装作对什么都很感兴趣的样子，在这个玉器摊子前面转转，又在那个木器摊子前问问。操着那种半生不熟的、一听就是外国人说的中文，中间还夹杂着日语，以一种尽量压低但还是能让周围人听到的音量跟林鹏交谈着。她说的日语林鹏当然不大能听懂，只能胡乱应付一下，但是那些故意说得乱七八糟的中文林鹏可是全都能听懂的，他一边憋着笑一边放慢语速给罗雅"讲解"。

林鹏长得高大帅气，罗雅今天特意连胳膊、腿都上了很厚的粉底，愣是把小麦色的皮肤捣饬得白了好几度，穿上清雅的连衣裙，加上房静给她化的淡妆，配上同学们七拼八凑来的凉帽、彩色墨镜、耳夹、项链、小手表，整个变了个人，再加上她的眼睛本就又大又圆，睫毛卷曲，现在是一个高挑的日本"淑女"。两人走在一起十分引人注目。

不一会儿，很多小贩就注意到了这一对儿"异国恋人"，纷纷向他们兜售起自己的货物。在他们看来，罗雅这个日本小姑娘已经被琳琅满目的中国工艺品迷住，并且挑花了眼，而林鹏是一个想要极力讨好自己女朋友的中国学生，实际对文玩一无所知。这样的客人"宰"起来是最容易的。

"小伙子，来看看这个，上好的翡翠，多称你女朋友啊。"

"日本朋友，来看看这个，红宝石的胸针，你戴，大大的漂亮！"

"不会日语你能不能别出来丢人了？"一个坐在角落的摊主大笑着说。接着他也开始用流利的日语夹杂着中文向罗雅和林鹏二人兜售起面前的货物来："小姐你看，这是清朝的古董，这个是明朝的。还有这些，是现在做的。这个翡翠，老坑玻璃种，水头足，翠色也不错。小姐是哪里人啊？"

被嘲笑的那个小贩也不生气，笑嘻嘻地回一句："行行行，你日语好，回头来了印度人，有你求我的时候。"

罗雅没想到这个其貌不扬的小商贩日语居然这么好。要不是她做足了准备，现在可能还真的会措手不及。

"啊，我是横滨人，先生的日语说得真好呀！比我的中文好多了。"罗雅用日语回答道，接过贩子递过来的翡翠小挂坠把玩。

"真是漂亮呀！"她说着把小挂坠在自己脖子上比量，让林鹏看，"你看怎么样？"

林鹏装模作样地端详了一会儿，说："坠子是好看，但是你戴是不是太显老了？"

"我可以买给妈妈嘛。"

"可是妈妈不喜欢翡翠呀，她喜欢象牙和珊瑚，上次我给妈妈买了一枚珊瑚胸针，妈妈特别喜欢。"

"你说得对。老板，有象牙的坠子吗？"

很多异国情侣之间交谈都是双语掺杂的，老板听着罗雅一会儿说日语一会儿说蹩脚中文倒是见怪不怪，反倒赞赏她愿意努力说男方的母语，以后肯定是个好媳妇。然后他也配合着用中文回答道："小妹妹，我这不卖象牙，没有。你看，都是翡翠、琥珀和玛瑙。要是不喜欢翡翠，可以看看琥珀。颜色鲜亮，喏，还有蜜蜡。"

罗雅也吃不准是不是自己哪儿露馅儿了被小贩看出来了，或者小贩的防备心比较高，抑或是他真的没有违禁品。

这些商贩都是无利不起早的，如果不是生意需要，他们也不会专门去学外语。

通常一个人精通某种外语，肯定是跟那个国家的游客交易最多。而不同国度游客的偏好是不同的。比如刚才那个印度语很好的商贩，摊子上摆放的大多是景泰蓝装饰品、水晶宝石等，还有些丝绸绣品。而很多日本游客则对象牙、玳瑁做成的小件感兴趣。

林鹏他们一直觉得日语好的商贩就算现在没卖象牙，以前多数也卖过，或者打算以后卖。这次之所以找日语好的罗雅来帮忙，也是这个原因。

"蜜蜡是很漂亮，但我妈妈还是更喜欢珊瑚和象牙啊。"罗雅装作很失望的样子，把那个翡翠坠子放回了摊位。

摊主看她似乎真的不打算买，也不勉强，只是一副欲言又止的模样。

罗雅装作低头看别的商品，摊主跟林鹏使了个眼色。

林鹏看了罗雅一眼，见她"没有注意到这边"，便把耳朵凑过去。

"哥们儿，这个话啊我没好意思跟你女朋友说，象牙这东西，我不卖，我劝你们也别买。"

"为什么？"林鹏一副懵懂的法盲脸做得很到位。

"犯法啊，还缺德！"商贩压低声音说，"以前我年轻，不知道怎么回子事儿，跟着我师父卖过，这不，还专门学的日语。以前就图这东西来钱快，也没往深里想。前几年我师父让人抓了，我才知道，要弄这东西，好多是在大象活着的时候就把人家脸给锯下来。哎呀，你想想那血淋淋的，多疼！我听说，为了弄这东西，非洲那边的大象快给打完了。你说缺德不缺德！我那时候一做梦就梦到缺了半个脑袋的大象追着我要踩死我。我哭啊。后来我跑到动物园，对着大象抽了自己十个大耳刮子，发誓再也不卖象牙了，不光我不卖，这几个哥们儿，我都劝住了不让卖。这几年我全家吃斋念佛，噩梦才算消停了。"他说完又指指自己的摊子，"你看看，好东西多得是，咱干吗非赚那个不义之财呀？我看你女朋友好像真喜欢那东西，哥哥跟你说，还是劝着点儿吧。实在不行，你往后面走三道儿，看见那几个蓝布摊子了吗？那边有卖猛犸牙的，跟这个看着基本一样，可能稍微有点发灰，但是不明显。关键是那都是早就死了几千年几万年的，不用杀大象。"

林鹏点点头。他能感觉到面前这个商贩说的应该不是假话。

有意思，本来他还以为这人跟他咬耳朵是背地里有什么猫腻，谁承想这大哥居然也算是"自己人"。碍于今天的任务，他也不方便再较真——目前猛犸象牙的主要产地是西伯利亚的雅库特，获取猛犸象牙很多时候也要破坏冻土层上面脆弱的植被和水系，尽管比起屠杀现生象确实不那么血腥，但其实对生态环境的破坏也不小，只是因为猛犸象早就灭绝了，野生动物保护法管不到而已。

林鹏拍拍这个良心店家的肩膀，示意自己知道了，会努力劝说"女朋友"。见罗雅还在那儿东挑西拣，便凑过去虚揽住她的肩，问："挑得怎么样？有没有中意的？"

刚才商贩知道"安藤雅子"能听懂中文，把声音压得极低，是以罗雅并没有听清他们说了什么。但是看林鹏的表情，罗雅就知道这里没有东西可以"挖"。所以她也只能略作失望地摇摇头。

附近几个商贩见二人离开，也没说什么。等他们都走到隔壁通道了，旁边一个人推了推刚刚招呼过罗雅的那个商贩："猴儿哥，我看你真要成佛了。这眼瞅着到手的生意你都不做，你就算自己没货，帮别人带带货也能分点提成啊。你看你日语不都白学了。"

那商贩虽然被叫猴儿哥，但其实不姓侯，而是姓孙，因为属猴，人又精瘦，人中比较长，面相上有那么点儿雷公嘴的意思，所以从小几个哥们儿就戏称他"孙悟空"。慢慢地，有叫他"猴儿哥"的，有叫"大圣"的，有叫"大师兄"的，以至于后来很多人误以为他姓侯，也跟着乱叫一气。他在这些小事上也不计较，可唯有一样："不做，我发过誓不做就是不做。我跟你们说，你们要是谁做这个让我发现了，咱们兄弟情分也就到这了。"

旁边几个商贩连忙赌咒发誓自己肯定也不卖象牙。

猴儿哥看向罗雅他们离开的方向，那个日本小姑娘貌似铁了心要买象牙。他除了劝劝人家男朋友，别无他法。除了跟前的几个哥们儿，别人不可能都听他的。他深深叹了口气。

"老板，这个翡翠的坠儿怎么卖啊？"

"哦，这个三千，这个小的两千六。"

很快，有别的顾客光临，几个人各自招呼起来，这个角落又恢复了往常的节奏。

"刚刚那人让我劝劝你不要买象牙。你怎么看？"离开刚才那个摊位，估摸着商贩们不会再注意到自己了，林鹏收回虚搂罗雅的手。为了安全起见，两人小声用英语交谈。

"我也不确定他是不是看出我是假冒的，所以故意那么说。要不，再拜托别的学长去试一下？"

"好，那就再试试。如果他真的洗心革面不再卖象牙了，我倒觉得可以跟他好好聊聊。咱们再调查，终究不如人家圈内人了解得多，你说是吧？"

"你是说想把他发展成线人？"

"没错。"

罗雅沉思一下，不得不承认林鹏这个大胆的想法很有可行性。

林鹏掏出手机跟B组和C组联系了一下，说明了一下情况，他们俩则继续一条过道一条过道地逛过去。

其间也看到几个离远了看着像牙雕的东西，但是仔细检查就会发现，有的是牛骨拼接的，或者干脆就是骨粉压制的，有些干脆是塑料的，连勒兹纹理线，也就是俗称的牙纹都没有。

虽然面儿上的都是假货，罗雅和林鹏也没有轻易放过。因为有些时候这些假东西其实等于一种招牌，面上放的假东西，库房里可能就有真东西。

"安藤雅子"维持着对别的东西嫌东嫌西一定要买到象牙的状态，林鹏则跟每一个商贩仔细套话，但始终一无所获。

没过一会儿，另外两组各自发了反馈回来，表示那个商贩可信，确实是良心商贩。C组还要来了那个商贩的名片。

罗雅掏出手机给C组学长发了条短信。

见林鹏不解，罗雅嘿嘿一笑："安藤雅子以及她那个一定要买象牙和珊瑚的妈妈是虚构出来的，我妈喜欢翡翠可是真的。她要过生日啦，我看刚才那个挂坠真的不错，刚托徐学长帮我买了，回去把钱还给他。"

"你真是个孝顺孩子。"林鹏随口夸道。

两人说笑着继续查探，不觉间已经走到了大棚的中央区，猴儿哥说的那几个卖猛犸象牙的摊子就在这区域里。

此时已经临近中午，大家分区查探，又要交叉确认，肚子已经咕咕叫了，林鹏决定大家先各自去吃午饭，下午继续查。刚好大棚区附近就有一家M记快餐店，罗雅和林鹏就选中了这里。到了饭点儿，里面人满为患，两人一时找不到座位，只能端着盘子靠边等着。

突然，身后的交谈声引起了两人的注意。

"孙猴儿这傻×，当初不给我介绍短毛[1]门路，他以为这样就拦得住爷爷我？现在还不是被我找到了吗？"

"就是，这孙子忒能装了，干这行的谁比谁干净多少啊？就他会假清高。"

"嗨，还不是头两年他师父那事儿给他吓尿了。这年头儿，卖长毛[2]能挣几个钱啊？还得是短毛。这回哥哥我是非料[3]也来着，亚料[4]也来着。用不了几年，咱就能在三环以里再攒套房子。你跟着哥哥我，少不了你的好处。往后机灵点，知道吗？"

那两个人是正在用餐的，罗雅和林鹏背对着他们，这个时候如果回头会非常突兀，搞不好还会打草惊蛇，万一被贩子记住了他们的脸，以后再想在这个市场调查会难上加难。

罗雅在餐厅里扫视一圈，然后灵机一动，拿出一面小小的化妆镜照了照，然后对捧着餐盘的林鹏"撒娇"："我要去一下卫生间。"

林鹏会意一笑，说："好，我在这里等位置。"

罗雅快步向卫生间走去。用餐高峰期，卫生间人也很多，尤其女卫生间门口排着长队。罗雅排在队尾，刚好侧对着用餐区。视线

---

1. 短毛：短毛牙，不法商贩间的黑话，指代现生象牙。
2. 长毛：长毛牙，同样是黑话，指猛犸象牙。
3. 非料：指非洲象牙。
4. 亚料：指亚洲象牙。

穿过人群，她可以清楚地看到那两个人。而餐厅里人来人往，那两个人却不会注意到她。

此时正对她的那个人应该就是已经找到门路，打算买卖现生象牙的人。听他们刚才的对话，这人以前很可能是卖猛犸象牙的。他坐着，看不出准确身高，应该一米七左右，穿着一件深绿色T恤。人倒不是很胖，但因为脖子非常短，头又格外大，看着就像肩膀上直接架着个球一样，显得很粗壮。他皮肤不是很好，生着痤疮，有些红红的痘痘上还有脓包，大概是因为热，上面泛着一层不知道是油还是汗的液体，看着有点恶心。

卫生间排队的人群在往前缓慢移动，很快罗雅就必须走到被隔断遮挡的地方。但她已经记住了那两个人的特征，见林鹏正在看她，便朝林鹏微微颔首，然后跟着队伍走到了隔断后面。她掏出手机，把新发现告诉了其他两组学长。很快，收到了徐学长的回复，他已经到M记外面等候了。

等罗雅出来时，发现林鹏已经找到了座位，只是他坐的位置正对落地窗，还是背对那两个人的。

罗雅走过去坐下，正好看见窗外的徐学长正背靠着M记的墙打电话。她朝林鹏眨眨眼，然后便只是抱怨卫生间人多。还有外面天气热这些杂七杂八的事情。林鹏也不说别的，两个人中文、英语、日语掺杂地讨论起游玩计划来。

没过一会儿，那两个人就起身出门了。林鹏给老徐发了条短信，老徐不紧不慢地跟在了那两人身后。罗雅和林鹏大致确认他们走到了大棚中区，直到老徐的身影也被人群完全遮挡，C组的另外一位学长的身影出现在那一条过道的拐角，二人这才吃完了午饭，优雅从容地收拾了餐盘出门。

根据C组的最终确认，那两个人的确就是大棚中央区附近卖猛犸象牙的，两人是一个摊位的，穿绿T恤那人是老板，另一个人在给他打工。

罗雅和林鹏绕了小半圈到吃午饭前的那个摊位附近，慢慢向目标靠近。

在离那个绿衣男子还有三个摊位时，罗雅被面前摊子上的东西吸引了注意力。

"姑娘喜欢这个吗？"这个摊子的老板是个四十多岁的女性，摊位上主要是些木雕、根雕，仅在靠前的一排放了些手串，还有几个灰色半透明的小雕件。有几个手串上的黄色珠子，上面带着面积不大的红色圆斑。她见罗雅的目光一直盯着手串看，便随手拿起来一个递到罗雅手中："姑娘识货，都说一红二黑三白，这红的可是好东西，不多要，4000元你拿走。这个帅哥是你男朋友吧？"她又转对林鹏说："帅哥，看你女朋友这么喜欢这个手串，还不买一个送她？"

林鹏随便笑笑敷衍过去，低头装作陪罗雅挑选的样子，心里已经"问候"这个女的了。这一个摊子，虽然明面上没有象牙制品，但已经算是五毒俱全。

刚刚老板说的"一红二黑三白"都是有说法的：红，指鹤顶红，并不是武侠小说里的那种剧毒，而是盔犀鸟的头骨；黑，指的是犀牛角；白，指的就是象牙。这几种野生动物都是濒危物种，也是国家二级以上重点保护野生动物。她卖的手串里就有一红、二黑。当然，这些也就是个贵，跟好看是一点边都不沾的，主要是逢迎一些人"只买贵的，不选对的"的消费心理。除此之外，那几个大小几乎一样的灰色半透明雕件，用的是穿山甲的鳞片，还有那几个木雕、根雕中，有几个显然用的是崖柏和紫檀，这些都是国家二级以上保护植物。林鹏的专业研究方向也是行为生态，对植物鉴定不那么精通，要想更明确剩下几件是不是也属于涉保植物制品，得问B组那两位研究植物的。

林鹏掏出口袋里早就准备好的手帕给罗雅擦了擦额头的汗。这是他们早就商量好的一个暗号。C组老徐打从罗、林二人走过来就一直在旁边转来转去，时时关注着。看到这个暗号，他拿出手机，拨通了罗雅的电话。

罗雅接起电话说了几句日语，又一点点提高音量，装作听不太清的样子。

大棚区确实嘈杂，罗雅走到过道尽头去"接电话"，留林鹏一个人跟摊主聊天。

讲电话是假，开相机偷拍才是真。林鹏有个跟罗雅用的同系列的卡片机，自动变焦快速，电池续航能力强，存储卡空间也大，唯一的缺点是比较显眼，夏天男生是不方便直接用的，只能装在特制的女包里，由罗雅使用。本来他们也想过搞一套专业的暗访设备，后来发现这类设备的成像都很模糊，基本没办法做举报用的证据。

罗雅今天背的小皮包经过特殊改装，包上有一圈装饰性的小洞，都包了金属边，看着很时尚。其中一个是主拍洞口。一个自制的小型潜望镜很好地解决了相机镜头可能反光被人发现的问题。小相机被两个特质的夹子牢牢固定在包底。最佳拍摄距离、角度是早就研究好了的。罗雅装作找化妆品补妆来掩盖自己设置相机的动作，然后真的拿出粉饼假模假式地扑了两下粉，才迅速走回了那个摊位前。

这时候B组的张学长已经过来会合了，装作跟他们俩不认识的样子，自顾自挑选摊子上的东西，一边还赞不绝口："这个雕工真不错。这个料好。老板，这个不便宜吧？"把那个女摊主哄得眉开眼笑。她捧着一尊弥勒佛雕像说："今天我净碰上识货的了。你看这个，这个是花梨木的。还有这个笔筒，小叶紫檀！还有这个，这可是红豆杉的，你看电视上都说红豆杉能抗癌，现在得癌症的多，你买一个放在家里，全家都不得病。"

罗雅三人腹诽：就算红豆杉能提炼出紫杉醇，头一回听说这药不用吃，摆着看就能起作用的。

B组老张以前也做过很多次这类调查，早就驾轻就熟。他跟摊主说着那些木雕的好处，一面勾着摊主自己把那些违禁品的材料说出来。对方说黑话，他也跟着说黑话，要是不认识的怕会以为他也是在这市场混了七八年的捡漏儿行家。

罗雅见拍得应该差不多了，顺手拿起一串儿犀牛角的手串搭在自己手上问林鹏："我选择障碍了，你看这个和刚才那个蜜蜡的哪个更称我？"罗雅今天穿的是一条浅豆绿的小裙子，这个黑不拉几的手串一点都不相称，当然搭配黄色会更好一点，这也只是相对而言，要说最相称的，还是象牙白。这也是陈晓妍和房静左挑右选给她选了这条裙子的原因。

林鹏当然说："嗯，我觉得还是刚才那条蜜蜡的好看，要不咱们再去讲讲价。"

摊主见煮熟的鸭子要飞，不乐意了："姑娘你要喜欢黄的，我这个鹤顶红的也有黄，也不差，不用非得买琥珀蜜蜡。你再试试这个。"她说着拿起一条鹤顶红的让罗雅试。

罗雅用日语跟林鹏说："怎么办？我觉得戴上这个看起来像个傻瓜，这两个我都不喜欢，我还是喜欢刚才那个蜜蜡。"

林鹏其实听不懂她在说啥，但是根据她的表情和语境猜到了大概，配合着说："其实那个蜜蜡也不是很称你，我还是觉得你戴象牙的最好看。"他说着看向旁边的几个比较集中的猛犸象牙摊位，把罗雅手上那两串丑不拉几的手串放回摊位上，礼貌但是略带遗憾地冲那个女摊主点了个头就拉着罗雅走了。

女摊主喊了几声，见唤不回两人，悻悻地嘀咕："不买还浪费我那么多时间。日本鬼子真不是东西！"

等她再回头，发现刚才一直跟她聊得热火朝天的那个小伙子也走了。

"又没开张。"她一脸怨色地继续向走过路过的人们兜售。

罗雅和林鹏来到猛犸象牙摊子前，还没等开口，那个绿T恤男子先说话了："我刚才见过你们。"

罗雅以为他发现他们跟踪过他，全身的汗毛都竖起来了，林鹏的神经也紧绷起来，但又不能凭这一句话就判断己方暴露。两人正强作镇定，就听那人接了一句："真有缘，刚才咱们在一个餐厅吃过饭，我们就坐你们俩后面来着。小姑娘，你是日本人吧？"

后面这句听着像套近乎，但也不能因此就放松。这句话也可以暗示双方都能听到对方的谈话，或者暗示双方都知道对方能听到自己谈话。

罗雅赶紧说："啊！那我们真的太有缘了。早知道刚才应该跟您认识一下，这样您是不是还可以给我们算便宜些？"

那贩子倒笑起来："你这么漂亮，那肯定是要给你算便宜些。来看看吧，要我说，还是象牙适合你。"

罗雅赶紧做觅得知音状："哎呀，您太有眼光了！我想买一件首饰送给我妈妈做生日礼物。不知道您有没有。"她说着，还伸手拿起了一个小摆件，上面的勒兹纹夹角呈锐角，确实是猛犸象牙。

那贩子跟同伴对视一眼，压低声音说："有倒是有，但是不能摆出来。你们要是诚心买，可以跟我们去库房看看。"

罗雅跟林鹏也相视一笑，知道今天有鱼上钩了，连忙答应。

贩子让同伴看着摊子，自己起身带罗雅他们去了文玩市场外的一间居民楼。

一路上双方进一步攀谈起来。罗雅尽量靠外走着，因为贩子身上传来的仿佛好几天没洗澡的汗臭味，饶是一个生态学专业跑惯了野外的女汉子都顶不住。其实林鹏也顶不住了，但他要负责跟贩子攀谈套话，没法躲，只好一路咬牙切齿暗自苦笑着撑下去。

贩子姓赵，早些年开过饭馆，后来嫌赚钱不够快，又跟人倒腾起了文玩，已经干了快五年。之前他一直想弄一红二黑三白，可是苦于刚入行没有门路，又被老卖家排挤，只能卖卖刚被炒起来的猛犸象牙。后来上面来查了一波，几个老卖家落网，其中就包括孙猴儿的师父。供货商那边一看销路受影响，主动联系了新的下家，他这才有机会沾手"尖儿货"。旁边这个一室一厅是他租下来的，虽说主要当库房用，但也能住人。

随着他打开房门，一股更难闻的味道扑面而来。大概是混合了汗臭、脚臭以及几天没倒的垃圾腐败的味道。

看到罗雅明显皱起来的鼻子，赵姓贩子不好意思地挠挠头，说："哎呀二位见谅，我们这儿平常两个老爷们儿住，卫生方面没太注意。"

罗雅矜持地摆摆手，林鹏又把手帕掏出来让她捂鼻子用，二人才跟着贩子走了进去。

原本用作客厅的空间里摆着好几个架子，上面是大大小小的盒子，有纸板的，有木头的。

贩子打开一个扁木盒，里面有四个格子，每个格子里都有一只象牙镯子。

罗雅摘下彩色墨镜，把手镯拿到眼前细看。勒兹纹夹角是钝角，现生象牙无误，而且应该不是旧件改新，用的就是新料。如果是旧件、坏件改新，那一般会穿成珠子做成手串。

罗雅立刻表现出很感兴趣的样子，请贩子再多拿出一些来挑挑看。贩子也觉得大生意上门，得意地又拿出好几个盒子，一一打开给罗雅看。

厚实的手镯、珠子大而饱满的手串、雕工繁复的项链，罗雅摸着这些东西，尽量不去想大象死前遭受的折磨，一遍遍告诉自己这是为了替它们报仇。

贩子则在一边说得口沫横飞，一副志在必得的样子——他也两天没开张了，今天这单做成了够他吃一个月的。正想得美，大门被敲响了。

"谁呀？"贩子喊。

"物业，今天检修煤气管道，你没看到门口贴了通知吗？"

这是个老旧小区，门口的通知经常是旧的没清就贴新的，加上些零零碎碎的小广告，整个单元门上乱极了。老头儿老太太们闲工夫多还能特意看看有没有新通知，年轻人多半不会注意这个。赵姓贩子也没怀疑，过去开了门。

开完他就后悔了。

门外的是森警和市场监督管理局的。

赵姓贩子、林鹏和罗雅都被命令靠墙蹲下。

这是一场实实在在的抄家。赵姓贩子货架上的东西林林总总加起来价值超过两百万元，等待他的应该是十年以上有期徒刑。

罗雅和林鹏声称只是来看货，还没有付款，所以不构成犯罪。森警严厉地批评了他们俩，并且说口说无凭，还是得去公安局接受调查。那贩子这时候倒挺厚道，还替他们打包票说真的没达成交易，被森警一瞪闭嘴了。

直到贩子被押走，罗雅探头看看，确认他绝对听不见屋里的声音了，才从包里拿出偷拍了半天的相机给森警看，顺便把之前卖盔犀鸟头骨的那个女贩子也举报了。

森警和市场监管的工作人员也立刻笑嘻嘻地变了脸，跟二人握手道："刚才那位徐同学把事情跟我们说了，感谢你们支持我们工作。真是辛苦你们啦。以后我们还可以多保持合作。不过还是得辛苦你们跟我们走一趟，演戏得演全套嘛。"

算上最大的两个贩子，罗雅一行成功举报了五个涉嫌非法买卖濒危野生动植物制品的犯罪嫌疑人，这一天算是没白来。但是也因为到森林公安处配合调查颇费了一番工夫，原计划暗访两个文玩市场，最后只完成了半个。

"今天大家都累坏了，咱们先到这儿，下周要是大家都有空我们再继续。"林鹏带大伙儿去狠撮了一顿火锅，一群人才打道回府。

罗雅回到宿舍楼就冲进了浴室，光卸妆就花了二十分钟。看着脸上还残留的不知道是眼线还是睫毛膏的黑色痕迹，罗雅长叹一口气，真不知道那些每天化妆的妹子都是怎么熬的。再想想那些长期卧底的警察，罗雅心中更是对他们钦佩万分。她只不过装了一天"别人"，就已经心累得想死了。

不过，如果能为那些冤死的动物讨回一点点公道，受什么罪她都心甘情愿，总比像十七年前那样，眼睁睁看着盗猎分子在面前逞凶强得多。那时她太过弱小，除了哭喊，什么都做不了。当时的恐惧、不忍、不甘通通变成仇恨的种子，深埋进她心里，长出带刺的荆棘。

第四章

《寂静的春天》

　　正常情况下，如果是雕鸮等留鸟，在这个时间要开始找自己的领地，而雀鹰等候鸟要跟着大部队南迁了。

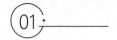

天下无不散的筵席，一晃三个月实习期就结束了。纵使再不舍，也得服从组织安排。康平正式入职的单位是市区里的森林公安处。

所里给他开了个小小的送别联欢会，其实就是七八个人聚在一起啃刘阿姨炖的排骨和鸡。康平把家里的小提琴拿来了，给大家演奏了几首曲子。指导员被勾得兴起，把尘封好久的口琴翻了出来，吹了首《送别》，大家都哭了。警察又不能喝酒，一群人灌可乐和格瓦斯灌得肚子里叮当咣啷地响，这一宿人人都成了企（起）业（夜）家。山里的晚风，哪怕在盛夏也是凉爽的，吹走暑热，却吹不走离愁。

实习最后一天，康平给每个人都送了一份礼物，连二娃都有份儿。他说以后只要一有空就回来看大伙儿。老所长带头儿，大家也给他塞了好多土产。二娃没什么能送他的，只给了他一脸口水外加一身狗毛。康平用手机拍了大家的合影，说要洗出来放在卧室里。他还给二娃拍了一段撒欢儿小视频，说以后用来解忧。

这一天下班时，他在大家送别的目光中坐进福特"猛禽"的驾驶位，二娃像有所感应一样"呜呜呜"地哼唧起来，要不是有链子拴着，它已经蹿进车里了。

老关突然对他说："你等一下，我想起来还有个东西。"说完就跑回宿舍，转眼又跑了出来，手上拿着一本书，塞到驾驶室，说："兄弟，这书不错，送给你做个念想。"

康平定睛一看，是那本《寂静的春天》。他笑着接过，心想老关是想把情怀进行到底，还要发扬光大。

"谢了二哥！我肯定好好阅读。"派出所除了所长年纪大到可以当他们的父辈之外，其他都算同辈人。从指导员排下来，老关排第二，所以人人都叫他关二哥。然而这个关二哥完全没有过五关斩六将的武力值，只有对兄弟们好这点，确实挺像关云长的。康平打开车门又使劲儿抱了关二哥一下，被二哥塞回车里。

老所长拍拍车门，跟他说："又不是以后都见不着了，不要搞得跟生离死别一样。赶紧回家，往后到新的单位工作，自己多长点儿心眼儿，多学多看，不能混日子了。需要我们帮忙的，可不许瞒着。"

"知道啦。"康平再次跟众人挥手告别，然后发动了车子。

他开得极慢，但众人的身影还是慢慢消失在后视镜里。

是啊，确实不是生离死别，只是他已经习惯了这个地方，习惯了这一群亲如家人的同事。虽然对这份工作没有那么热爱，可他也想和他们一直这样相伴下去。

如果一个人很喜欢他的工作，那他会不断充实自己，会乐于面对各种挑战；而如果一个人不爱他的工作，那他会得过且过，会故步自封。

比如康平，并没有去新单位报到的喜悦，反而从旧单位离别的愁绪还占着他的心房，爬上他的眼角眉梢，以至于在新同事们眼里，他有点心不在焉。

C区森林公安处的处长朱云海把康平领到办公区，先给大家介绍了一下康平，又让康平自我介绍。

康平立正敬礼："大家好，我叫康平，毕业于N市森林警察学院。很高兴认识大家。"

这就完啦？大家面面相觑。朱云海一见气氛开始尴尬，赶紧带头鼓掌表示欢迎。但是处里一共就这么小猫三两只，再使劲儿鼓掌气氛也热闹不到哪里去。

康平也察觉自己似乎心不在焉得有点过分，但他同样没有心情弥补什么，在大家礼貌的掌声中静默着，等着新领导的进一步指示。

朱云海现年42岁，正值壮年，是个经验丰富的老警察，以前也侦破过不少案件。不过干森林公安这差事，他也是两眼一抹黑。想他一个刑警出身，对林学啊、野生动物保护啊、鉴定之类的一窍不通。在这个刚成立还不到三年的森林公安处里，他还处于带着所有人摸着石头过河的阶段。如今近处的几块石头都快被他们盘出包浆来了，再往前的路却还没着落，河对岸也似乎离得还很远的样子。

想起当初自己被派来当这个森林公安处处长的时候，虽说是升职了，可他一点也高兴不起来。这里靠近市中心，统共就那么几个公园绿地，连正经森林都没有，要森林公安干什么？

后来他才知道，森林公安不是必须要在森林里待着的公安，也不是只会保护森林的公安。即便在B市这种大都市内，也是有很多野生动物生活的，而且辖区里还有不少文玩市场、花市鸟市等，时常有不法分子干些违法运输、买卖受保护的野生动植物及其制品的勾当。但是光知道这些没有用，从没有受过相关专业训练的他带着跟他一样外行的民警们，在很长时间内都因为对不法分子做不出有效打击而觉得十分沮丧。他也摸排过，也试图让手底下的小伙子去当卧底，可是行家哪有那么容易当的，很多时候他们这边话还没怎么问呢就已经露馅儿了。比起让嫌疑人溜走更让人懊恼的是明知道对方不干净，明知对方在骗自己，就是抓不住也拿不出有力证据将其绳之以法。

最近，这种状态似乎有了一点点改变——两个多月前他们辖区接到群众举报，成功侦破了一个较大的非法野生动物贸易链，让他隐隐约约感觉要摸到路了。

21世纪什么最重要？人才！专业的人才！所以他刚听说有个N市森林警察学院毕业的高才生要结束实习，就赶紧给要了过来，却不承想见了面才发现当事人似乎并不情愿陪他们一起过这条河的样子。

看到面前这个长得很精神可是一脸闷闷不乐的孩子，朱云海一时也不知道从何处着手开导他。

他抬头在办公室逡巡一圈，然后指着靠窗的一个位子对康平说："你把座位安排在那儿吧。那里采光好。"

康平依言把东西搬了过去，旁边立刻有新同事过来热心地帮他拉开椅子，还伸出手："你好，我叫白树，大树的树。"

康平虽然对自己不能留在M区派出所感到难过，但他也知道这不是眼前这帮新同事的错。所谓伸手不打笑脸人，他也赶紧伸出手回握了一下："你好。"

白树看着新同事默不作声地把不多的东西一样样拿出来安置好，越看越觉得这位新同事长得真是令人赏心悦目，就是看起来不太好相处的样子。但是没关系，他相信他的热情可以融化一切冰雪。

他看见康平从纸箱里拿出一本书，突然眼前一亮。

"你也喜欢这本书吗？"他指着那本书问康平。

康平闻言低头一看，是那本《寂静的春天》。

"哦，这个是之前实习的地方的好朋友送我的，我还没来得及看呢。"

白树的眼神稍微黯淡了一下，但他很快又点点头："那你好好看看，这书很不错。"

康平狐疑地看了他一眼。怎么这年头老爷们儿都喜欢小清新心灵鸡汤文学了？随后他又仔细端详了一下这位叫白树的同事，比起糙得跟老树皮一样的关二哥，这位小白同学确实更像会看小清新文学的人，他高瘦、白净，五官俊逸，不笑的时候就已经很出众了，笑起来堪称昳丽，就是稍微带着那么一点点吊儿郎当的气质。

他点点头，拿出两个书立放在桌面上，把箱子里最后的几本书连同那本饱受关注的《寂静的春天》一起放好。他没发现白树看着他的眼神又黯然了一点点。

森警的工作刚起步，老百姓对这方面的信息也不了解，没几个人报案，所以处里安静得很，跟别的警种忙得饭都顾不上吃的氛围形成鲜明对比。

康平想要不言不语地享受一会儿宁静安详的时光，坐回自己座位的白树却似乎不打算放过他。他们俩的办公桌紧挨着，中间没有挡板，只有两人的电脑显示器算是障碍物。白树只要稍微歪歪身子就可以看到新同事那张帅气的脸。

"普斯普斯。"他朝康平发出两声奇怪的气音。

康平闻声抬起头看他："怎么啦？"

白树小声地问："我该怎么叫你？是叫你小康？还是叫你康弟？"不等康平回答，他又自问自答道："叫小康好奇怪啊，全民迈步奔小康，全民，哈哈！那叫康弟……嘿嘿，我又不是靖哥哥。那不如我叫你平平吧。"

康平心想这位白同学欢脱的性格和俊逸的容貌还挺有反差萌的。

"你今年刚毕业吧？我肯定比你大，你得叫我哥。"

康平从善如流："白哥，其实你直接叫我名字就好。"

白树趴在桌子上，一脸的神秘兮兮："哎哎哎，那多见外，咱俩坐对桌，那得比别人更亲对吧？给你透露个小道儿消息，咱们头儿可是说了，等你来了要让你给大伙儿教教课。哥哥我课还是爱听的，但是最怕考试。你可别搞什么三天一小考十天一大考那一套啊。"

教课?

康平有点蒙，怎么自己突然就众望所归了呢? 教什么? 怎么教? 他要是有教人的本事就不会一次又一次被个小姑娘训得跟孙子似的了。他赶忙摆手:"白哥你说笑啦，我这刚毕业，哪儿会教课啊。"

"刚毕业知识才是热乎的啊，处长说了你可是高才生，才高八斗那种! 你就别谦虚了，过度的谦虚就是虚伪。"

康平心说:我是真心虚!

他还想再说什么，白树桌上的电话响了。白树赶紧接起来，一边还朝他挤眉弄眼，意思是等会儿再聊。

"喂，您好，这里是C区森林公安处……对，请问有什么可以帮助您的? 你们家蟑螂太多了? 阿姨，不好意思，蟑螂的问题我们处理不了……对，蟑螂是动物，但不是野生动物啊。要不您多买点杀虫剂喷一喷? ……啊好，再见啊阿姨。"

身后响起几声轻笑，白树回头瞪了一眼，安静了。然后他挂了电话，见康平一脸见了鬼的表情看着他，摊开手耸耸肩:"每个月能接二三十个报警电话吧，绝大部分都是这种。这还不算最奇葩的，上个月还有人报警，说他们家的狗被邻居家的狗给……咳……让我们去把邻居家的狗绳之以法的。你说这都叫什么事儿啊。"

"那……就没有正常报案的?"

"嗯，你别说，还真有。上上个月，有人报案，说……"

白树说得正起劲儿，门口突然探进一个脑袋，人还没进屋就朝他嚷嚷:"小白，你在呀，有空不?"

康平稍稍扭头，见来的也是个俊秀青年，年纪和个头儿都跟白树相仿，三十来岁，一米八左右，浑身散发着一种柔和从容的气息。如果说白树热情得像十月里香山的满山红叶，这个青年就像六月里颐和园的映日荷花。见他没穿警服，康平寻思着是隔壁林业的人。

果不其然，这人都走到跟前了，白树也没起身，只拉着他说:"我给你介绍一下，这是叶枫，比我还大三个月，你得叫叶哥。整栋楼跟我关系最铁的就是他，你来这儿之前，我们俩可是这栋楼里的双璧，只要我们俩一起出去那回头率百分之百。你一来，咱们仨就可以组个三剑客了，那要一起出去，回头率得百分之二百。"

他又指着康平跟叶枫说:"这是我们处今天刚来的兄弟，康平，是N市森林警察学院的高才生！回头他要给我们上课，你可一定得来听听。"

康平连忙摆手想要再推托，却听到叶枫开心地说："那敢情好！你们什么时候组织一定要告诉我，回头我把我们林政那边的兄弟也叫过来听听。"

白树一副孺子可教的样子，用手捋着并不存在的长须，摇头晃脑地微笑，康平已经想钻到桌子底下去了。

见康平神色似乎不大对，叶枫捅捅白树说："对了，我来是有正事儿的，你要有空的话再过来帮我个忙呗，还是上次那件事儿。"

"还没弄完呢？行，我这就过去。"白树笑嘻嘻点头应了，起身跟叶枫去林政办公室。

没有人跟他叨叨讲课的事，康平松了一口气，头转回自己的办公桌上，却不自觉地看到那本静静立在桌上的《寂静的春天》。这本书到底有什么魔力？他伸手把它抽了出来。

他没有看到序言，也没仔细看目录，直接翻到了第一章。

原来是本科幻小说，还是灾难类的。

看了几眼之后，康平把书合上了。他本来就对科幻小说兴趣一般，尤其不喜欢那种风格特别压抑沉重的灾难类小说。答应关二哥的事，只能往后拖一拖了，现在他真的没心情。

无论什么警种，办公室都一样乏善可陈。除了自己对面白树的桌子和旁边窗台上摆了几盆花以及角落里几乎所有办公室都会有的那几样绿植之外，这里一点养眼的东西都没有了。

上午的阳光透过百叶窗的间隙洒进来，康平眯了眯眼睛。屋里安静极了，除了剩下的几个同事或翻书或敲击键盘的声音之外，再无其他，连墙上挂钟"嗒嗒嗒"的声音都能听见。他不怪新同事们对他不在乎的样子，是他自己拒人于千里之外。康平坐在角落里发呆，漫无目的地将视线落在窗外的树冠上。天气刚刚开始凉爽，外面没什么花了，树叶倒还是绿的。他们办公室在二楼，正好能看到外面那些灌木的树顶。好脏啊。康平想，B市的沙尘和雾霾也算是出了名的，那些本该苍翠的绿色，都像蒙了一层灰黄的纱，又仿佛碧玉外面裹着石头皮。

康平看着蒙尘的树，仿佛在看自己今后的人生。原本他做好吃苦受累，流血流汗的准备的，但现实是他连流血流汗的机会都没有。原来比起辛苦，无聊才是更折磨人的。记得前段日子好像某部电视剧里有过这么一句话："光荣在于平淡，艰巨在于漫长。"照这么说，现在他还真是在从事一项光荣而艰巨的工作。

他把脸埋在双掌间。

冲动了啊。

02.

　　与此同时，罗雅也坐在宿舍里呆呆地看着外面的树。她的寝室在二楼，一眼望出去却望不穿茂密树叶织成的树墙。

　　今天不是周末，罗雅是跟导师请了假的。

　　她脑子里一遍遍过着刚才跟妈妈通话的内容。

　　"妈，我有个好消息要告诉你，我研究生论文快要完成了，导师说可以评优，顺利毕业不成问题。他还给我写了推荐信，这样我想申请普林斯顿大学的博士也会很顺利。"她想听到母亲的表扬，就像以往每次通话那样，母亲总会说："雅雅真棒！"

　　但是这次，没有。

　　"雅雅……"电话那头母亲的声音显得疲惫，似乎还带着哽咽。虽然她极力忍耐，但骗不过贴心的女儿。

　　"妈，出什么事了？"

　　"雅雅，你听妈妈慢慢地跟你说……"

　　妈妈说得很小心，但是再小心，终归是要把事情说出来。

　　罗雅的父亲罗秦是一名老刑警，一个多月前，在逮捕犯罪嫌疑人回程的路上发生了车祸，驾驶员和犯罪嫌疑人重伤，罗秦和另一名警官轻伤。伤势没什么大碍，但住院期间，查出罗秦患有慢性粒细胞白血病。

　　罗秦一直是一线刑警，快退休了还只是副支队长，工资一般。罗雅的母亲唐爱兰原本是当地纺织厂的车间主任，后来纺织厂倒闭了，她自己开了个店面做裁缝，在成衣品种越来越多样、价格越来越便宜的当下，裁缝店也只能干些缝缝补补的活儿，收入也一年不如一年。要不是两口子还有些积蓄，亲戚间多有帮衬，医保也能报销相当一部分，这场大病就可以让他们家负债累累。

　　"雅雅，医生说，你爸爸这个情况最好尽快做骨髓移植，就算移植成功了，以后也要长期吃抗排异的药。这些都很贵。妈妈本来不打算告诉你，但是，雅雅，咱们家没钱了。之前存的钱，本来打算供你读博的，现在都拿出来给你爸治病了。你二叔、三叔还支援了咱们不少。雅雅，妈妈知道你一直想出国深造，但是如今……我们对不起你。"妈妈终于还是泣不成声了，罗雅也是泪如雨下。

"妈，别这么说。我爸怎么样了？"

"病情已经稳定住了，配型也找到了，是你三叔，就等着手术了。"

"好，妈，你好好照顾我爸，也照顾好自己。你们不要有心理负担。我这就请假回家。"

挂断电话，罗雅飞速跟导师请了假，然后跑到学校旁边的火车票售票点买回家的车票。

再回到寝室的时候，她的眼神里已经不见了慌乱。自己家是个什么家底她心里有数，只是衣食不缺而已。如果一切风平浪静，她出国读博，多争取些奖学金就不成问题。但现在……她低头看看自己的智能手机，这是这两年最新出的，可以上网，可以拍照，功能非常多，是她考研成绩全校第一，父亲送给她的礼物，她用了快两年，虽然肯定有点贬值，但也能卖个好价钱。她又翻出那枚准备给母亲当生日礼物的翡翠小挂坠，是她用攒起来的稿费买的，当掉的话应该也值2000元左右。还有……还有什么呢？

罗雅搜罗起自己其他的家当，发现除了正在用的笔记本电脑之外，再无其他。笔记本电脑暂时是不能卖的，她还得用它完成毕业论文。

看来等探病回来，她只能开始打工赚钱了呀。

当天晚上，罗雅就坐上了B市开往家乡的火车。附近的二手手机市场她去了，店家说她那部手机因为摔过几回品相不好，只值500元。这点钱只能是杯水车薪，她就没卖。那枚玉坠子她打算回头给妈妈，要不要当掉还钱由妈妈决定。

这一天一夜，罗雅在火车上想了很多很多。

如果当初自己不是因为心里的执念非要报这个没油水的生物专业，还要考更不赚钱的生态学研究生，如果她学的是金融、企管那些高薪工作相关学科，是不是就不会给家里添这么大的负担，甚至还可以帮家里分担很多压力？她为了拔除心里那棵荆棘所做的选择和努力，反倒将她推入了新的窘境。

还记得十七年前，她跟着妈妈回乡下看望外公外婆。大她四岁的表姐带她去湖边玩，却碰见盗猎者用自制猎枪打鸟。一只天鹅中弹，正落在她眼前的浅水里。七岁的她拼命跑过去将天鹅捞起来抱在怀里。那时候，它还有呼吸，胸前的伤口汩汩地冒着血。她哭了，抱着它往家跑，她想救它。可盗猎者追了上来，从年幼的她的怀里抢走了天鹅，当着她的面一把扭断了天鹅的脖子，还把她推在地上。她在湖边大哭，表姐吓得完全忘了反应，愣愣地看了许久才想起背着她回家。那之后，她和表姐发了好几天烧。回到城里之后，她哭着对父亲说，她长大以后也想当警察。

父亲心疼地擦掉她不停滚落的泪珠，问："能告诉爸爸为什么吗？"

"当警察，我就有枪，就可以把坏人都打死！这样他们就没办法再干坏事了！"

父亲叹了一口气，亲亲她的额头，说："宝贝乖，你看爸爸就经常去抓坏人，但爸爸也不能随便开枪，更不能随便杀坏人。当警察的话，要保护老百姓的生命财产安全，要维护法律的公正，不能滥用私刑，就算抓到了坏人，也得先交给法院去审判。爸爸知道你很愤怒，很难过。但仇恨解决不了任何问题，它只会让你越来越无法理智地思考。如果你想救更多的动物，你就要多学习，多锻炼，让自己变得强大。"

罗雅含着泪点头。

后来，她拼命努力学习，每次都考年级第一名。她跟父亲学擒拿、格斗；她偶尔会捡到受伤生病的小动物，不眠不休地照顾它们，有些被她救活了，她把它们放归自然，有些死去了，她哭着把它们埋葬。她在高考填志愿的时候，选择的都是生物学相关专业。她以全省第二名的优异成绩考上了B市师范大学生命科学学院。她以第一名的成绩考取了本校生态学专业硕士研究生，全家都以她为傲。

是的，曾经这也都是她的骄傲，可现在，她突然感到后悔。原来自己竟然一直这么任性，而父母对自己又是如此宠爱和纵容！

可惜世界上没有后悔药。

第二天半夜火车到达C市火车站，罗雅直接去了省第一人民医院。然而紧赶慢赶，爸爸还是已经被推进隔离仓了，只有守在隔离仓外等着她的亲人们。

罗雅的父亲有三个弟弟，兄弟间感情甚笃，只是现在仍然在世的只有两位了。

这次罗雅的父亲突然病倒，三叔一家除了出个大活人当骨髓供体，又是出钱又是出力。二叔在基因配型的时候被刷下来了，只能留在外面当苦力，又是给大家租房子，又是张罗各种琐事。

从前就是如此，无论遇到怎样的艰难险阻，这一大家子人都会一起扛。罗雅知道这一点，所以只是担心、心疼，却没有崩溃。她心中充满了感激，却不必说什么客套话。因为她知道，如果有一天他们遇到了难处，她也会毫不犹豫地倾尽全力帮他们。

"雅雅，今天很晚了，你爸都已经休息了。你二叔给租了个房子，咱们先回那儿，你也好好休息一下，咱们明天再过来看他。"唐爱兰托着女儿的脸蛋儿帮她拭着泪。看到女儿强自镇定的样子，她只会更难受。

她的雅雅是那么努力那么优秀的孩子，他们两口子一辈子省吃俭用就是想让她可以无忧无虑地追寻自己的梦想，拥有更加光辉灿烂的人生。可是美好的心愿恐怕今后也只能是心愿了。即便雅雅可以申请到全额奖学金，她又怎么可能抛下身患重病的老父亲和勉力支撑的母亲独自出国呢？

唐爱兰几乎可以肯定女儿会选择怎样的路。

而罗雅也的确像她想的那样。

隔天，罗雅去医院探视过父亲。罗秦知道自己的病会拖累女儿，铁骨铮铮的汉子老泪纵横。罗雅多想好好拥抱父亲，也吻一吻他的额头，可她进不去，只能一遍遍说着安慰的话。好不容易让父亲的情绪稳定下来，知道要等手术还要好多天，而自己再也帮不上什么忙，罗雅决定买票回B市。

她最喜欢的电视剧《士兵突击》里，老七连连长，后来的师侦营营长高城说得好："日子，就是问题叠着问题。眉头打开，清清心火。"哀叹哭泣、后悔挣扎都是没有用的，既然问题来了，那就解决问题。

刚回学校，罗雅就马不停蹄地跑去了勤工俭学处。很多家庭有困难的孩子或者想要提前适应社会的学生都会从这里获得兼职信息。

很快，她就找到了一个看起来还不错的兼职，是一个叫"来都来了"的咖啡厅的服务员，每天晚上7点到10点，周六、周日早10点到晚10点，要求外语好，如果能全勤，月薪3200元，可以月结，还能拿小费。在一堆周薪几十、月薪几百的招聘启事中，这一条格外显眼。就是有点远，在C区，乘坐地铁加公交单程差不多需要五十分钟。

不管了，她现在太需要钱了。罗雅掏出手机给招聘启事上的电话拨了过去。

接电话的是位女士，听声音三十多岁，说话很随和，在听罗雅介绍了个大概后，问她晚上有没有空，可以直接过去面试。

罗雅又赶紧风风火火回到寝室，翻出自己最体面的衣服，力求打造一个良好的形象。

没一会儿陈晓妍来了，她是知道罗雅家的变故的，听说罗雅要一个人去面试，陈晓妍果断要陪她一起去，罗雅也没拒绝。

"来都来了"位于B市最繁华的商圈之一，这里有高楼大厦，也有传统特色的步行街，各类大小企业鳞次栉比，也吸引了不少艺术家来此献艺。是以这里的餐饮、服务业十分发达。

罗雅和陈晓妍在一大排各色餐吧、酒吧、特色小店间走了半条街，才在一栋高大的商务大厦一层发现了那间"来都来了"咖啡厅。

不怪罗雅她们找得慢，实在是这家店的装修跟它的名字反差太大了些。落地窗外是一排三层的花架，上面种满了各色花卉，店里靠窗也有一排低矮的花墙，还有很多吊盆花卉从天花板错落地垂挂下来。店里用书架做了合理的隔断，书架上有很多整洁的图书，不是那种用来糊弄人的假书。还有一些看上去是雅座的地方，旁边用来做屏风的是特制的景观鱼缸，每个鱼缸里养着不同的小鱼，似乎是要以此区分雅座的名字。整个店的色调都很淡雅，搭配柔缓的音乐，让人一进去就感觉美得像梦境一样。

老板是位很优雅的女士，一边招呼其他员工倒水，一边说："自我介绍一下，我叫齐白云，你们可以叫我齐姐或者白云姐。哪位是之前跟我通电话的同学啊？"

"是我，你好，我叫罗雅。"

接下来的面试很顺利，罗雅精通英语和日语，形象好，气质好，又很聪明，而且一看就是单纯开朗的孩子，齐白云非常喜欢她，随即同她签了录用合同，明天开始过来见习一周，然后就可以正式上岗了。

看齐白云这里一切都很正规，陈晓妍也放了心。

两人在齐白云的引领下参观了整个咖啡厅。说是咖啡厅，其实这里也提供中式茶，还有各色茶点、西点、冰点、冷热果汁和几样快餐。这里的咖啡很正宗，餐饮的价格在这个地段也算公道，加上环境好，老板又会经营，每天从早到晚几乎都客人爆满。

"虽然我这里是咖啡厅，不像酒吧、舞场之类的地方鱼龙混杂，不过也可能遇到些浑蛋客人。你长得漂亮，说不定会有人想对你动手动脚。如果真遇到了，不要忍，让他立刻滚出去，跟他说我店里就这规矩。"齐白云说这话时霸气的表情和她店里柔美的装修风格形成了鲜明对比。

商家大多讲究"和气生财"，然而这个"和气"往往很多时候是以委屈自己和员工为代价的，生来的财却不一定能惠及做出牺牲的员工。在决定接这份兼职的时候，罗雅已经考虑过这种情况。她也思考过如果真遇到这样的情况自己是要为了钱委曲求全还是把臭流氓揍成猪头然后扭头就走，之前没有想出结论，现在可不用纠结了。

"不早了，你们俩早点回学校吧。"齐白云带二人走到吧台，让里面的咖啡师拿了两小包咖啡粉出来，分给她们一人一包，"我跟你们俩投缘，这个是见面礼，你们俩回去尝尝。小雅，明天见。"

"明天见，白云姐。"

03

　　不只面试很顺利，接下来的见习和上岗也很顺利。齐白云很会挑人，店里的其他同事都是热心又好相处的人。没几天，罗雅就能把工作做得非常出色了。这样一来，她也受到了店里一些常客的喜爱，这让困顿中的罗雅看到了一丝曙光。

　　罗雅努力记着这些常客的喜好。有一位杨小姐，是个业余作家，最喜欢店里的气氛，每个工作日下班后几乎都来这里写作，齐白云给她留了张专用的桌子，她爱喝卡布奇诺，最爱搭配马卡龙；还有一位康先生，最喜欢把角靠窗的雅座，总是在那里招待客人，他自己也经常来喝两杯，不是点摩卡，就是点冻顶乌龙。

　　说起这位康先生，罗雅总觉得看着十分面善，却又死活想不起来到底在哪见过他。康先生五十来岁的样子，很儒雅，也很风趣健谈，还时常给服务员一些小费。听小李说，他是附近商圈一家跨国集团公司的老总，跟齐白云的关系也很好，齐白云能在这里开一家咖啡厅还能把生意做这么好，少不了他的帮衬。

　　当然，也有人曾经嚼舌根说齐白云说不定和这位康先生有一腿，被小李他们几个揍了一顿，再也不敢来了。

　　"我们大姐头跟康总那是纯洁的兄弟情！"小李他们如是说。

　　罗雅也觉得齐白云跟这位康总肯定是清白的，她看人不能说十分准，但她可以打包票齐白云绝不是会破坏别人家庭的人。更何况……她瞄了一眼咖啡厅的第三位熟客，袁先生。打从她开始在这兼职起，就发现这位袁先生几乎天天都能抽空来这里待一会儿，风雨无阻。他没有固定位，屋里满座的时候他就让服务员在外面小花园给他支一张桌子，周末恨不得一日三餐都在这解决。只要齐白云一出现，他的眼睛就像发现目标的雷达一样锁定过去。傻子才会看不出他暗恋齐白云，只是不知道什么时候才能鼓起勇气表白。

　　"袁先生，今天喝点什么？"袁先生对饮品也没有特定的喜好，之前他还会看每日推荐来决定喝什么，等都尝过之后，就开始各种闭着眼乱点了。比如现在，他又闭着眼睛往菜单上一按，然后睁开眼，发现按住的是蓝莓冰茶。

"就要蓝莓冰茶。"

罗雅展现职业微笑："好的，请您稍等。"

其实这个袁先生哪哪都好，一表人才，风度翩翩的，据说还是个富二代海归，学历也高。只是他这个性格，要追求到齐白云，恐怕还有很长很长的路要走。

罗雅刚要转身去报单，余光瞥到马路对面的异样，她又转了回来。

"怎么了？"袁先生好奇地问道。

"哦，我是想说今天周日，照例，店里开发了新的甜品，您要不要来一份儿试试？"

"好啊，那就来一份儿吧。"袁先生愉快地答道，然后就一脸期待地开始等待齐白云的出现。

罗雅却已经没空关注傻白甜的恋情了。借着刚才多说两句话的工夫，她看清了马路对面发生的一切。那里有一家宠物店，平常有卖猫、狗、仓鼠之类。刚刚一个穿着牛仔夹克、拎着蛇皮袋的人，在跟老板交谈几句之后，把蛇皮袋给了他，而后老板低头看了一下袋子里面的东西就反身回去，应该是去拿钱了。

罗雅之所以特别注意到这个人，是因为这是他这个月第二次出现在她视野中，尽管每次穿着都不太一样，但是身形没有变，关键是他每次都会拎一个蛇皮袋。从袋子的形状来看，里面很有可能是一个纸箱。

在什么情况下，一个人会把货物卖给宠物店主，而且这么遮遮掩掩的？

跑到后厨报完单，罗雅请了一小会儿假。她换回自己的衣服，又向同事借了一顶棒球帽，从咖啡厅后门绕了出去。

其实罗雅很清楚，既然交易是偷偷摸摸的，那么"东西"就很大概率不会被摆在明面上。所以一开始她就不会往那家店的正门凑，就算要凑也要做足准备再去。今天她能做的只是去摸个底。

马路对面本来是一片上世纪80年代盖起来的居民楼，楼体比较旧，最高才六层，没有电梯的那种。临街的一层被普遍改成了底商。由于靠街这边的门都是后来在墙上凿出来的，房子原本的门一般都还保留着，也作为商铺的后门。像这种老旧小区连围墙都没有，单元门更是形同虚设。罗雅过马路之后很快就找到了宠物店所在的单元。她没有贸然进去，而是留在墙边观察了一会儿，恰巧看见宠物店主把那个蛇皮袋丢了出来。

罗雅想去看看蛇皮袋里留下的痕迹，但又怕被店主发现，只能暂时忍耐。她挨近到窗子下面，在一片猫叫狗吠中，她听到了一阵鸟鸣声，那是一种惊恐的鸣叫声。罗雅神色一凛，这叫声她太熟悉了，是小型隼类的声音。她连忙打开手机录了一段视频。

担心自己太过显眼，她又闪身进了居民楼里，宠物店的后门是关着的，她不清楚里面的人是不是通过猫眼在观察外面，不敢靠在门上听。突然，她脑子里灵光一现，想起口袋里揣着一张小纸片，是要帮房静买日用品的清单。她把纸片掏出来，装作低头看地址的样子，在一楼多逗留了一会儿。只这一会儿她更加确认那是鸟叫声无误，而且不止一只。

然而很快，宠物店门里传来脚步声，听着是向着门口走来的。

04

　　这个时候如果出去反而更容易引人怀疑。罗雅一不做二不休，爬上了二楼，敲响了右边一户人家的门。

　　"谁呀？"门里传来一个老奶奶的声音。

　　"您好，请问这是陈晓妍家吗？"她临时借用了闺蜜的名字。

　　"不是，你找错啦。"

　　"哦。那您知道她住哪儿吗？"

　　"不知道，你去问问别家吧。"

　　"谢谢啊。"

　　然后她又如法炮制地敲了左边那家的门，得到了一样的回复。

　　她一边嘀咕着："跟我说的是这里啊，没错啊。"一边低头看地址一边慢慢下楼走出了单元门。路过宠物店后门的时候，她特意又装作不相信地址有误的样子扭头朝楼上看，完美回避了被人看到正脸的时机。

　　走出单元门，她长吁一口气，一抬头，正看见有拾荒的大爷把那个蛇皮袋连带里面的盒子捡走了。

　　她慢慢跟在后面，等大爷走出宠物店主的视线范围，她赶紧上去，装作误把重要的东西扔了的样子，征得大爷的同意，翻看了蛇皮袋和里面的纸箱。

　　里面的东西再一次印证了她的判断，那是几摊鸟粪，还有些掉落的体羽。从鸟粪的量来看，起码有三只。

　　罗雅已经走到了马路上，她远远望着那家店面，琢磨着怎么才能进一步侦查。

　　她在琢磨人家，有人也在琢磨她。

　　"来都来了"隔一条街的商圈中，一座商务大厦的8层，一个男人正若有所思地低头看着远处的罗雅。

　　康元甫刚刚结束一个国际电话会议，走到窗边活动有些僵硬的脖子和肩膀，一低头，就看见了"来都来了"新来的服务员。他看见罗雅走到了对面小区，没一会儿又从另一边转了出来，然后盯着那一边的几个小店站了半天。她戴着一顶帽檐很大的棒球帽，从他的角度看不清她到底看的究竟是哪家店，她看的那个范围里有一家烟酒店、一家洗衣店、一家文具店，还有一家宠物店。凭直觉，他感觉罗雅看的应该是宠物店。

但她盯着人家宠物店干什么呢？女孩子大多都喜欢小动物，如果有喜欢的动物，光明正大进去看不就行了？就算不买，店家一般也不会赶人。

康元甫在楼上一直盯着罗雅走过马路，回了咖啡厅，对罗雅的行为仍然是百思不得其解。他有点不放心。虽说从这个兼职服务员来了之后，他对她的印象一直很好，但是一个人留给别人的印象是可以刻意经营的。如果她怀着什么不可告人的目的，可别给小齐惹什么麻烦才好。

左右今天已经没什么重要的公务，康元甫索性下楼，他要看看这个女孩到底想要干什么。

康总在这里是有固定位子的，而且因为太熟了，早就不用服务员领位。他自己轻车熟路地过去坐下，正好能看见罗雅刚才关注的那一片店面。

同时，他在店里搜索罗雅的身影。从刚才的观察来看，如果她有什么计划，应该还在策划、观察期，恐怕不会那么快实施。

没一会儿，罗雅端着茶和点心来到他面前。

"康总好，这是您的冻顶乌龙，还有白云姐送您的'花果山'，您慢用。"

花果山是齐白云自创的甜品，用草莓、杧果、黄桃、菠萝搭配新鲜茉莉、玫瑰瓣和蜜桂花，浇上炼乳调制的椰奶，再舀进去一勺冰激凌，风味绝佳。康元甫吃过一次赞不绝口，所以但凡他来的时候如果齐白云在店里，总会亲手给他做一份。

"谢谢，你们老板在忙？"康元甫随口问道。

"是呀，在跟厨师研究新品配方呢。"

康元甫点点头："好，那你去忙吧。"

康元甫看着罗雅去招呼其他客人。从刚才的观察看，她的神情没有丝毫异状，如果不是足够坦荡，那就是有极深的城府。

这个女孩，一定要小心提防。

康元甫在咖啡厅坐了两小时，遗憾的是再没有发现罗雅有任何异动。他只好发短信给私人助理，让他找人严密监视罗雅在这一区域的一举一动。

晚上下班的时候，齐白云照例开车把罗雅带到地铁口，多嘱咐她一句"注意安全"，看着她进地铁了才驾车离开。

今天她总有种奇怪的感觉，好像她的咖啡厅处在一种不正常的注目之中。不是小袁那种傻兮兮的爱的注视，是另一种更加隐秘的关注，就像监视。

自己开店这么些年，这一片儿的人都知道自己不好惹，偶尔有些王八蛋被丢出去，也不敢回头闹事儿。附近有竞争关系的几家都是堂堂正正做生意的，相处多年，虽然是竞争关系，齐白云也相信他们的为人。如果不是冲自己来的，很有可能是冲店里的员工。最近，店里最吸引人眼球的就是新来的罗雅了。

想起这个耀眼如明珠的女孩，齐白云的嘴角漾起微笑。

罗雅却不知道自己已经被跟踪了，她照常坐地铁，换乘公交回了学校，进寝室的时候已经困得不想理世间俗事，只想沐浴更衣之后赶紧跟周公下棋去。

转眼又是周末，唐爱兰给罗雅打电话来，说罗秦的手术已经成功了，目前在抗排异期，一切体征良好。罗雅听了心情大好。

估摸着今天那个蛇皮袋男又会出现。她做兼职时特意带了那个偷拍专用相机，不出意外地拍到了男人和宠物店主交易的画面。但是光有这个是不够的，袋子里面是什么，她心里有数，可是她有数没用，要报警抓人、要定罪都是要讲证据的。

由于偷拍时过于专注，她不知道自己的一举一动已经被康元甫全程看在了眼里。

其实店里空间很大，隔断又比较合理，罗雅选择的位置相当隐蔽，一般人是注意不到她的，除了像康元甫这样已经把她当成重点盯防对象的人。一周的一无所获使得康元甫神经紧绷，罗雅越是"按兵不动"，他越觉得她酝酿的"阴谋"可怕。但他不是个喜欢脑补的人，因为脑补和预设立场通常会对人产生严重误导。

康元甫盯着罗雅，自然也能看见罗雅在关注什么。说起来，那个拎蛇皮袋的男人，上周似乎也出现过。但是罗雅为什么对他这么关注，甚至不惜动用偷拍？他这样想着，又给自己的私助发了短信，让他再找人去盯着那个男的。

第二天，康元甫收到私助的报告，说那个蛇皮袋男是个到处抓鸟、收购野鸟的盗猎者。

"老板，要报警吗？"私助问。

"先不要打草惊蛇，我大概知道她要做什么了。"康元甫微笑道，"你去跟小吴说，继续跟着那个女孩，不过要保护好她的人身安全。"

对于老板突然180度大转弯的态度，私助感到十分震惊，但他没有多问，赶紧去布置任务了。

当天晚上，康元甫回家时意外地发现儿子居然也在家。

说来真是尴尬，明明同处一个城市，爷俩居然已经一个多月没见过面了。而每次见面，他都会觉得儿子不开心。

对于儿子会选择这条路，康元甫是有些愧疚的。如果自己当初不那么强势，如果多点时间陪陪孩子，多倾听孩子的心声，说不定一切都不一样。他看着许久没人弹已经有点落灰的钢琴，有片刻的失神，但很快他就又是一副没事儿人的样子问康平："你现在周一轮休啦？"

"没有，只有这周一轮休，我跟别人调了一天班。"

"哦，那就趁这个机会好好休息。"康元甫有点想拍拍儿子的肩膀，可是犹豫了一下还是把手收了回来。

"对了，我记得你辖区是C区吧？"

"是啊，怎么了？"

"你这个单位，是不是会管动物的事啊？"

"那要看什么动物，阿猫阿狗我们是不管的。"

"哦，那你平常会像巡警一样到街上巡逻吗？"

康平呵呵地冷笑起来："别逗了，就我们那几个人，巡逻？C区有多大您知道吗？我们就算累死也巡逻不过来。"

"话是这么说，不过我觉得，还是尽量多出来走走看看比较好，你看……"

　　"哎呀你好烦啊！你用不着对我说教，管好你自己吧。"康平
打断了他的话，赌气回了房间，甩上了门。

　　留康元甫坐在沙发上叹气。

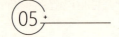

到了第三周，罗雅决定主动出击了。她提前准备了另一套衣服、假发、墨镜，甚至还买了一支口红。上一次的"化装侦查"令她学到了不少东西。她打算故技重施，再装一回外宾。万事俱备，只等蛇皮袋男出现。

果不其然，又是同样的时间段，那个男人拎着包着纸箱的蛇皮袋出现了。罗雅早就扮好，只等店老板刚把蛇皮袋拿到屋里，她就走进了宠物店。

当然，这一切又都在康元甫的眼皮子底下发生的。这两周，他对这个女孩子产生了极大的兴趣，而且因为他一直派人监视着蛇皮袋男，也大致知道罗雅会在什么时候有进一步行动。

负责跟着罗雅的小吴也出现在视野中，向康元甫投来征询意见的眼神，并在康元甫的示意下跟了进去。然后，他就看见罗雅操着日语，混杂着十分不熟练的中文，在店里"卡哇伊"了一路。

来了个外宾，宠物店的店员显得十分客气，耐心地赔着笑，看罗雅在店里招猫逗狗。

罗雅正在想找什么借口去查查刚才被拿进里屋的几只野鸟雏幼鸟，却听到里屋传来隐约的鸟叫声。

罗雅眼睛一亮："啊！这里还有鸟吗？我最喜欢鸟了！我可以去看看吗？"

店员明显犹豫了，就听罗雅说："在我们日本，大家都说猫头鹰是福神哦，我原来就养了一只，可惜来中国留学不能带它来。我好想念它呀。"

店员应和道："是啊是啊，猫头鹰多可爱啊，我就喜欢《哈利·波特》里面的海德薇，要是有猫头鹰也能给我送信就好了。"

"是的吧？你也喜欢猫头鹰！真是太好了。我们可以成为朋友吗？"

"当然可以，我们是朋友啊哈哈。"

"那你知不知道在哪里可以买到猫头鹰？我太想要一只来解我的相思之苦。"

店员左右看看，见店里还有其他人，就将罗雅又往靠近里屋的地方带了带，然后小声说："咱们是朋友我才跟你说，你要是喜欢猫头鹰，不用去别处，我家就有。"

罗雅兴奋地喊："真的吗？太棒了！"

店员赶紧摆手说："嘘嘘，小声点啊！我跟你说，这儿和你们日本不一样，猫头鹰不能明着卖。所以我们都放在后面了，一般是熟客来了才给看。看你这么喜欢，今天我们破这个例，你跟我来。"说着她拉着罗雅的手往后屋走去。

负责监视罗雅的小吴见不方便跟，赶紧走出去向康元甫汇报。

康元甫听了之后挑了挑眉，心里隐隐有了些猜想。他让小吴原地待命。

却说罗雅进了宠物店里屋，闻到了浓烈的鸟类独有的气味。

店主见店员带了陌生人进来，一瞬间有点慌，但更多的是生气，刚要开口训斥，就听到店员说："老板，这位安藤雅子小姐说喜欢猫头鹰，想买一只。"

一听对方是日本人，店主的神情肉眼可见地放松了下来。他开始用流利的日语跟罗雅攀谈起来。幸亏罗雅功底好，又有了上次的经验，应对得滴水不漏。店主见找不出可疑的地方，便让她在一群大大小小的猛禽里挑选。

北方已经过了鸟类的主要繁殖期，到了迁徙期。眼前的猫头鹰和别的几只红隼、雀鹰都是亚成体[1]，换算到人类年龄的话相当于十四五岁。正常情况下，如果是雕鸮等留鸟，在这个时间要开始找自己的领地，而雀鹰等候鸟要跟着大部队南迁了。可是，罗雅在这二十多只猛禽中，居然发现了幼鸟的身影。那是南方的一种猫头鹰，草鸮的幼鸟。南方天气暖，食物也相对丰富，所以很多南方的留鸟一年可以繁殖两到三次。

罗雅蹲下来摸摸幼鸟的头。半大的小鸟已经知道怕人了，拼命向后躲闪，一边发出像瓦斯泄漏一样"噜噜"的示威声，一边摇晃着身体试图恫吓罗雅。

---

1. 亚成体：还未完全成年，但是已经有了跟成年个体不相上下的活动能力。

“哈哈，很可爱，对吧？”店主说。

“是呀是呀，真的很可爱。”——可爱个毛线啊！你看不到它都吓坏了吗？

说话间，罗雅包里的手机突然响了。

“抱歉啊，我出去接个电话。”罗雅礼貌地说着。那是她预先设定的闹铃。这次她只给自己二十分钟，无论成与不成，都会用一个假电话让自己撤出去。

店主当然不能说什么，由得罗雅走到门外。

罗雅确实在打电话，不过不是接听，是播出。她拨通了之前查到的C区森林公安处的电话。公安处离这里并不远，只隔三个路口。

接电话的是一位女警官，她详细记录了罗雅举报的地点和细节，说会尽快出警。

罗雅回到店里，继续稳住店老板，不给他转移罪证和逃跑的机会。

第五章

您好，请问
猫头鹰该怎么养？

　　猛禽对食物的要求非常高，尤其是雏幼鸟阶段，需要吃整只的猎物，包括猎物的骨骼、皮毛、内脏甚至内脏内容物。

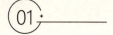

罗雅参与侦破的这起象牙买卖案，后来被正式定名为6·17特大非法买卖、走私濒危野生动物制品案，结案后，局里给了C区森林公安处嘉奖。趁着周末中午没什么事，白树他们把轮休的人也叫了回来，跑到附近一个饭店自己组织了一顿庆功宴。其实6月17日康平还没来报到，还在别处实习，这次嘉奖没他什么事儿，但是白树不管这些，一个电话把康平从家拽了过去。本来也叫了处长，但是朱云海以自己年纪大了疯不动了为由推辞了，让年轻人自己去闹。当然，处里还是要留人值班，留下来的是声称自己减肥期见不得别人胡吃海塞的微博"官V"管理员李佳。

康平看了看李佳那不到一尺七的小蛮腰——这还要减肥？

"当然，姐姐我可是马上要去给人当伴娘的人，难得要穿美美的小礼服，必须把身材维持好！"李佳嘻嘻笑着，"说不定我还能遇上什么浪漫情缘呢。"

白树轻咳一声，喊大家："走啦走啦，我订了位子，一会儿过时了。"

有人发出意义不明的："哦——"

白树拿手指头怼着那起哄架秧子的人的腰眼儿总算把人推出去了。

隔壁叶枫还有另外几个林政的兄弟也在，这个案子虽然出警的是森林公安处，但是后期很多工作少不了林政的功劳。本来大家感情都很好，也就凑一桌庆祝了。

白树收到李佳短信"有案子，快回来"的时候，刚抢到一块酸菜鱼。看短信的工夫，酸菜鱼被不知道哪个人偷走了。他把筷子一扔，拎起康平的领子："走走走，有案子了。"

康平一口可乐从鼻子喷出来，然后全贡献给了裤子。还好他今天穿的裤子颜色深。

叶枫也擦擦嘴，关照兄弟们先吃着，他也跟过去看看情况。

罗雅在宠物店里等了十几分钟，终于等来了满身可乐气味儿的"C林三美"——这是C区园林绿化局大院全体工作人员给三人组取的绰号，彼时，白树对这个称号选择了欣然接受，并依长幼有序原则自领了"二美"，叶枫看着李佳抽搐的嘴角再看看自己这犹自乐在其中的傻兄弟，直摇头。

早在康平他们刚过路口的时候，宠物店老板就收到了通风报信，打算锁门跑路。罗雅见状眼疾手快地拉住了对方。老板大惊失色，慌忙想挣脱，却发现这个看上去很瘦的女孩力量实在很大，而且动作战术性很强，尽管他有男性天生的体力优势，还是不能立刻摆脱她的钳制，于是他大喊店员。店员是女的，对罗雅难以形成牵制，反而被罗雅一把就甩在了地上。

店老板急眼了，抄起旁边的一把剪刀对着罗雅，威胁她快滚。

罗雅冷笑，指指自己脖子："来，朝这扎！我看你敢不敢。"

店主愣住了，就在这一愣神儿的工夫，罗雅抓着他的手腕一拧又往旁边门框上狠狠磕了一下，登时疼得他松了手。

罗雅趁机把剪刀抢下来扔远，店主还想再抢，被罗雅一个反关节擒拿按在了地上。

"我×！"店主气急败坏，再加上疼，又朝摔得有点蒙的店员喊："别看了，帮忙啊！"

听见有动静，小吴赶紧跟康元甫发短信说明了一下情况，然后跑进来大喊着："哎哎，你们冷静点！有什么事好好说啊，别打了！"

但是显然不奏效——当然，小吴也根本没指望这句话就能奏效，这一声也不是喊给屋里这几位听的。

店员挣扎着起来想要用椅子偷袭罗雅，被一直留心她的小吴揪住撂倒，椅子也摔飞了。

店里的阿猫阿狗都吓得叫了起来，宠物店里的动静，尤其是小吴那刻意的一嗓子引起了几个路人的围观，也给康平他们指明了目标。

康平他们刚进屋，连"谁报的警"都没问出口，就看到了屋里有一男一女分别把另外一男一女按在地上的景象。

罗雅所处的位置靠近里屋，光线较暗，康平一时间没有看清她的脸，只是觉得里面那个女的有点眼熟。

这时靠外的小吴已经发现警察进来，赶紧招呼："警察同志快来，刚才他们打起来了，这女的要拿椅子砸人，被我制止了。"

罗雅也抬头看向外面。刚才的动作太剧烈，她本来就没戴好的假发歪在一边，现在的她形象有些滑稽，但进来的几位显然没空关心这个——

白树："是你！"

康平："怎么又是你！"

"你们俩怎么一起来了？"没等康平回答，罗雅又一脸恍然大悟，"哦，我想起来了，你之前是实习，现在正式分到这边了吧？快别愣着了，赶紧进来帮忙。"

康平本来是想帮忙的，可是一听她呼呼喝喝的，就又不想理她了。反而是叶枫上去从小吴手里接过了那个女店员的控制权。他回头看了康平一眼，没说什么。

白树一看这个情形就知道罗雅大概又帮他们抓到大鱼了，开心地上前接手控制住宠物店主。那店主一看警察都已经来了，知道自己已经跑不了了，干脆放弃了挣扎，行尸走肉一样被白树和罗雅合力拎了起来。

罗雅干脆把歪了的假发扯下来塞进包里，用下巴指指屋里的那些装猛禽的柜笼，又指指店主，对白树说："白警官，这个人非法买卖猛禽，我盯了他快一个月了，他总是从一个拎蛇皮袋的男的那'进货'。这些都是他的罪证。另外，你们最好审一下还有谁是他同伙。你们还没来的时候，他接了条短信，然后就想跑。"

那个贩子突然像想起什么似的喊："警察同志我没买卖猛禽，那是我朋友捡的，放在我这救助，对，救助！我是做好事的呀！"

罗雅从包里取出相机，关闭拍摄模式，回头对他说："别狡辩了，你每次给那个蛇皮袋男钱的时候，我都拍下来了。还有你和你的店员刚刚向我兜售猛禽的全过程，也在里面。"

店主这下彻底傻眼了，终于放弃了挣扎。

白树点点头，拿出手铐把店主铐上，一看叶枫控制着女店员，就让康平把手铐给他。

女店员哭喊起来："我不知道，我什么都不知道，我只是个打工的！都是他做的！警官！警官你放了我吧！"

小吴嗤笑："你不知道？那刚才帮他抡椅子打人的时候怎

么那么起劲儿呢？”

女店员狡辩："我……我以为她是打劫的！我只是想救我们老板！警察同志，我是正当防卫！我没犯法！"

白树冷笑："这些留着在审讯室说吧。"然后他又转向小吴："你是她朋友？"他指的是罗雅。

小吴赶紧摇头说自己不认识罗雅，只是来买猫的，凑巧撞见这事儿了，就顺手帮了罗雅一把，而罗雅也证实了这一点。

康平指着罗雅问小吴："既然不是她朋友，你怎么就确定这个人不是来抢劫或者干别的坏事的呢？怎么就毫不犹豫地帮她呢？"

小吴笑了，说："警官，我不确定谁是好人谁是坏人，所以一开始我劝架来着，他们不听。我是后来看这个女的要拿椅子行凶才把她按住的。"

白树点点头："哦，那麻烦你跟我们回处里做个笔录吧。"

小吴表示同意。

罗雅对这位白警官的印象非常好，上次她和林鹏他们举报象牙贩子的时候，就是这位白警官出警的。她建议道："白警官，这个店里我已经勘察过，所有的猛禽都在这了，有红隼、雀鹰、纵纹腹小鸮，还有草鸮幼鸟，一共17只。都是国家二级保护动物，这应该是特大刑事案件了。这还不算他以往可能卖出去的。我认为应该尽快把他带回去审讯，顺便抓到那个送货人。我这有那个人的照片和视频。另外我刚才一直开着相机偷拍，不仅这个人非法买卖猛禽抵赖不了，他想持械伤人也是证据确凿。"

白树对这种把一切证据都给你找全的报案人简直佩服得五体投地："太感谢了！对了，上次的案子结了，揪出来一个团伙，我正想抽空打电话告诉你呢。"

却听康平质疑道："偷拍？你不知道偷拍是违法的吗？侵犯别人隐私权。"

白树和叶枫都惊诧地回头看他。

罗雅莞尔一笑："偷拍别人的合法行为才是违法的，我偷拍的可是他的非法行为，之后只把影像资料作为证物提交司法机关，是否侵权要由法官判断。康警官，一别三月有余，没想到你还是一点长进都没有。现在，你的警号前面可没有'X'了呢。"

"你！"康平觉得自己就是贱，早就知道说不过她，偏偏不信邪，还想屡败屡战。

白树赶紧在自己欣赏的报案人和同事之间打圆场："平儿，你赶紧找个东西装一下这些鸟，带回处里。"

康平虽然赌气，但是知道自己没什么胜算，尤其今天又有一大堆围观群众，他不想弄得更难看，只能就坡下驴。那些猛禽被分别装在几个多层柜笼里，凭他一个人显然搬不走。康平用相机拍了几张照片作为证据，然后在屋里随便找了个大笼子，就要把那些猛禽全装进去。

康平觉得自己已经很给罗雅面子了，却不想罗雅又出声了："等等！"

这怎么又不依不饶了呢？

罗雅早就看出康平的逆反表现，她也不想火上浇油，但是眼见着康平要把好几种猛禽放在一个大笼子里，她觉得自己再不出声阻止的话，一会儿就等着给这些鸟收尸吧。

"康警官，你猜，为什么贩子会把它们放在不同的格子里？"

康平瞪着她，眉眼间尽是怒气。

"总不会是只为了方便展示吧？"罗雅扭脸对那个女店员说，"要不，你告诉他？"

女店员惊疑不定地看看罗雅又看看康平，问："我要告诉他，能算我有立功表现吗？"

罗雅："你想多了。算了，还是我来说吧。这些猛禽在野外都会互相攻击，甚至是可以互相捕食的，之所以不放在一个笼子里就是怕它们打架造成伤亡。连贩子都比你懂得多。康警官，三个多月前我对你说的话你怕是当耳旁风了吧？另外，运输野生动物，尤其是野鸟，不要用笼子。它们在这种能看见外面却出不去的环境中会异常惊恐，专业一点的说法是应激，然后它们会不停地冲撞挣扎，会导致二次伤害。"

康平的脸这下是真的一阵红一阵白了。这和上次不一样。上次他是学警，出头的是前辈，而且所里所有的前辈都宠着他。这次，他是被新同事们寄予了厚望的人，却当众露怯了。

康平刚想说从这儿到处里就十几分钟的路程，应该没什么大碍，却听白树问："那罗同学，你说应该怎么办？"

"我觉得可以到隔壁借几个纸箱，里面垫上毛巾或者旧衣物，盖子上扎上通气孔，把这些猛禽按照不同物种分别放进纸箱里，盖上盖子，保持黑暗、安静，然后运输。或者退而求其次，这家宠物店是有卖猫包的，也可以拿来凑合用。不过这些是好找，但是拿回去之后你们要怎么照顾它们呀？最好还是开辆大车来，把后面那些柜笼搬回去吧，那些用来做短期容留还可以的。"

白树和叶枫对视一眼，然后对罗雅说："好，就按你说的办。"

几人正开始准备布置纸箱，另一批警察进来了，为首一个警官问："我们是C区六里屯派出所民警，刚刚有人报警说这里在斗殴，什么情况？"

几人面面相觑，还是白树出面交涉："你好，我们是C区森林公安处的。这家店的店主涉嫌非法买卖国家重点保护野生动物，被热心群众举报了，随后他想要持械行凶，被群众当场制伏，另外一位是看见里面打架进来劝架的，目前就是这么个情况。我们打算把嫌疑人带回处里审讯。"

"哦，原来是森林公安处的兄弟，你好你好。"带头的民警友好地跟白树握了个手，又跟其他几人点点头，"那好，这个案子应该由你们负责，我这边登记一下就好了。"他说着又向小吴伸出手道："面对不法分子愿意挺身而出与之搏斗，兄弟好样的，练过？"

现场瞬间安静了，小吴尴尬极了，赶紧解释："不不不，警官您误会了，是这位同学，跟不法分子搏斗的是她，我是后来进来劝架的。"

民警听了瞪大了眼睛，伸出去的手都忘了收回来，愣了愣才说："小姑娘可以啊。"

罗雅嘿嘿一乐，握住民警伸过来的手，稍稍用了点力，说："确实练过。"

那个民警也乐了："女孩子身手这么好，了不起，跟谁学的啊？考不考虑来当警察呀？"

跟谁学的？罗雅心说，我爸是刑警，我从小在警属大院长大，我四叔生前还是特种兵呢。但是这些说来话就长了，她也无意解释太多，只说："暂时还想先把书读完，以后说不定会考虑的。"

民警说："对对对，多读书！知识越多能力越强！当警察可不是凭一膀子力气就行的。不过就凭你今天干这些，要是真当警察，一定也是这个。"他竖起大拇指，"哎，我可不是跟你开玩笑，你真考虑考虑啊。"

罗雅也只能笑着点头。

当警察吗？很早以前，她真的想过。

02

　　想撺掇罗雅当警察的可不只是那个民警，还有听了白树他们报告的朱云海。

　　这已经是罗雅第二次帮他们侦破特别重大刑事案件了。有专业知识，有身手，有正义感，这样的人才真的是可遇而不可求，不过可不能便宜了治安，要当警察也得弄到他森林公安处来。

　　这次的案件由于证据确凿，连审讯都省了不少事，犯罪嫌疑人对所有违法事实供认不讳。那个蛇皮袋男也被顺藤摸瓜找到了，从他家里还搜出了没来得及出手的两只燕隼和一只金雕，算是人赃并获。这人的情况类似吸毒那种以贩养吸，是靠盗猎和贩卖猛禽来支撑自己非法饲养猛禽的开销。金雕是国家一级重点保护野生动物，非法捕猎、买卖、运输一只就已经是重大刑事案件，加上罗雅之前偷拍到的其他证据，这几个主犯也都是十年有期徒刑打底，从犯也得是三年以上五年以下有期徒刑。白树写个报告都忍不住哼个《解放区的天》。

　　处里每个人都很开心，除了康平。

　　这一次，他算是丢人丢到姥姥家了。

　　本来他一来处里就一副冷冰冰的样子，同事们对他也就不甚热情，要不是有朱云海对科班出身的他满怀期待，白树又会帮着活络气氛，别管他长得多出挑，在处里也会慢慢变成一个纯粹的花瓶，在墙角等着落灰的那种。

　　然而自打这次出警回来，康平能明显感觉到白树对他也不似以往那般热情，虽然还是照常称兄道弟，但总有些什么东西不太一样了。

　　就比如现在，白树坐在自己的位子上对着键盘一通忙活，看起来开心又专注，已经好半天没理他了。这要是搁以前，他总会隔一会儿就探头跟自己说说话。他想到一个多星期以前处长派活儿的时候，他为了不被处长"抓壮丁"眼神躲闪，却瞄到白树向他投来的眼神，从热切，到失望。其实他不是故意躲着不想负责照顾动物，第一，他真的不会照顾猛禽，真怕照顾不好落埋怨；第二，一想到这十几只猛禽是怎么来的，想到当时罗雅的那副傲慢神态，他心里就说不出地别扭。所以他余光看着白树终于从他身上收回了视线，为了不让大家再对他失望，自己举起了手。

他也知道自己不成熟、情绪化。做这行本来就是他脑袋一热决定的，又因为不肯服输才坚持读完了他一点也不喜欢的课程，包括体能训练。虽说应该干一行爱一行，但直到现在，他还是不知道这一行到底有什么可爱的。先就这样吧，或许哪天他发现这行的可爱之处了，也会全情投入，又或者他终于受不了了，那就放弃、改行。

而白树在忙什么？他在刷微博。

把那些猛禽带回处里照顾已经快两星期了。处里没有专门给动物预备的房间，曾经联系过B市动物园，但是动物园说没有足够的场地了，暂时不收。而C区森林公安处本来就是个小地方，别说动物，连人办公的地点都是跟林政拼的。最后还是跟叶枫他们商量着腾出了一间库房，简单布置了一下，用来安置这些作为物证的动物。

地方是腾挪出来了，但是这些可是活物，要吃喝拉撒，就需要有人照顾。整个C区森林公安处就没有一个畜牧或者动物医学出身的。别说养猛禽了，他们中绝大部分连小鸡小鸭都没养过。

一大群人先是围着罚没回来的动物兴奋了半天，说到该谁来照顾它们的时候，就开始面面相觑了。本来朱云海是想让大家轮流去喂喂食，打扫打扫粪便啥的，但是看到有几个人明显退缩的模样，他又犹豫了。照顾动物看似简单，其实却是精细活儿，有一点不上心，动物就可能死给你看。以前处里也曾零星罚没回来鹦鹉、蜥蜴之类，就往办公室角落里一放。一开始大家都没当回事，也没有个成章程的规定，只是谁想起来就去喂点食，逗一逗摸一摸。但是这样一来，喂多了喂少了喂错了都没个谱。所谓鸡多不下蛋，人多瞎捣乱。有一次他发现鹦鹉的粮食缸子底下那层都发霉了，上面还在添新粮，也难怪那段时间几只鹦鹉都精神不振、腹泻，要不是他发现及时做了紧急处理，又把几只鹦鹉带去了兽医院治疗，怕是不等结案，鹦鹉就全死光了。打那之后，朱云海就存了个心思，要是再罚没回来动物，得找个认真又喜欢动物的人专门负责。

他本来觉得最有可能胜任这项工作的应该是康平，毕竟科班出身，就算学的不是畜牧、兽医，好歹相关知识应该比别人多些。可是看着康平一副躲躲闪闪的表情，他这个出了名的佛系领导也不想强人所难。正琢磨应该把活儿派给谁的时候，就见白树左右看看，然后举手说："头儿，要不，这回让我试试负责照顾那几只鸟吧。"

这真是一瞌睡就有人送枕头啊。白树这个小伙子虽然性格比较跳脱，但工作起来也是认真负责的，朱云海二话不说就答应了。其他人也松了一口气。

其实白树想单独负责这件事也是经过认真考虑的。以前朱云海发现的问题，他同样看在眼里，只是他们处成立不久，大家都是从其他警种上调过来的，还有转业军人，在照顾动物这事上水平都差不多，谁也不敢说自己更高明，所以之前不会有人抢着单独做这个工作。很多时候动物出了毛病，他们都不知道是什么毛病，也不知道因何而起，当然也就不知道该如何避免。可是不断重复出错，就算没人责备，他们自己心里也过不去。那毕竟都是一条条小生命啊。眼见着头几天还健康活泼的小动物精神一天天委顿下去，最后死在眼前，而这一切可能是因为自己照顾不善导致的，但凡是个三观正常的人，都不会好受。

然而面对这样的情况，处里的同事渐渐有了两种截然不同的态度：一种是有动物来的时候干脆眼不见为净，不去看，不去想，不去照顾，这样动物死了自己可能就不会那么难受，反正森警的岗位职责里没写一定要照顾动物；另一种就是拼了命地想多学些知识和技术，争取让动物少出问题或者不出问题，能平安等到被转归安置或者放归野外。

白树就是后者。

虽说是把活儿揽下来了，可是白树心里也没那么踏实。最关键在于他还是十分不自信。虽然这几年他从各种渠道学了些杂七杂八的"知识"和经验，但是都不成体系。本来还有些网上百科他以为可以拿来当参考，但因为那种平台谁都可以上去编辑，错误非常多，吃了几次亏之后，白树也不敢相信网上百科了。

说来，康平被处长争取来的时候，他一开始也是对其满怀期待，想着多向科班出身的人才学习，谁承想康平执法的时候看起来没比他们强多少不说，对动物也不怎么愿意上心的样子。

白树伤心了。他心中有个跌坐在地的小人儿哭喊着："几个月的殷切期盼，终究是错付了！"不是说康平不好，相处这段日子，他知道康平人品是不差的，只能说，他不是他心中森警该有的样子吧。

现在，他也没空悲秋伤春。这两星期虽然他已经尽心尽力照顾，来得比别人早，走得比别人晚，恨不能24小时住在处里。可就在这样的努力下，那几只草鸮幼鸟还是出问题了。

最开始，是年纪最小的那只不太爱站着，总趴在柜笼里；后来年纪大的两只也趴下了，站起来跟跟跄跄，走路歪歪斜斜，再后来干脆拖着两条腿，用两只翅膀像蝶泳一样在笼子里扑腾。

白树急啊！他以前没照顾过猛禽，更没照顾过幼鸟，但是再没经验也能看出不对劲儿了。

他赶紧跟处长打了个报告，拎着三只幼鸟去了附近的兽医院。可这些宠物医院平常治的都是猫猫狗狗，最多还能治个兔子，对鸟类本就生疏，更没什么机会治疗猛禽的疾病。白树带着鸟从早跑到晚，居然一家能给它们看病的宠物医院都没有。

他沮丧地回到处里，把幼鸟们放回柜笼，看着它们无力挣扎的样子，他难过极了。但是他还不想就这么放弃。现在是网络时代了，现实中寻求不到帮助，说不定网上有能人呢。线上百科他不相信了，他去逛了某些所谓专业论坛，发现里面都是良莠不齐的帖子，还经常说法不一，发帖人互相不服，经常能掐起来。外行别说很难分辨真假，光是看那些别字连篇的掐架就一个头两个大……

突然，白树脑子里灵光一现，就在三个月前，他看过一篇吐槽不科学放生的微博，里面顺带说了某地森林公安派出所民警出警不专业的问题。虽然他也是森警，但是他觉得那位博主说得非常对。当时他看很多人去人身攻击博主，气不过，还去帮博主说了几句话，没想到紧接着他也被人身攻击了，搞得他十分郁闷，半个多月不想打开微博。

如今细想，那位博主如果能指出森林公安的不专业，不恰恰说明他/她是很专业的人吗？思及此，白树赶紧打开微博想给那位博主发消息问一下。

03

因为毕业论文基本快完成了，罗雅最近轻松了些。郑教授说上午有位Y国教授要到学校做分享报告，感兴趣的都可以听。罗雅和其他几个同学很积极地去了，然后一群人就被晾在了小报告厅里。过了一会儿，负责去接那位Y国教授的同学发了短信回来跟大家说他们堵路上了，需要二十多分钟才能到学校。

大家坐着百无聊赖，罗雅随手打开微博看了一下。过了三个多月，那个明星的粉丝终于算是消停些了，虽然隔三岔五她还是能收到几条恶毒的私信，但已经丝毫不足以影响她的心情。经此一役，虽然她最终可以说是败了，却也不是全无收获，其一就是让自己的心理承受能力有了质的飞跃；其二，她发现还有那么十来个人是愿意听她科普，甚至愿意跟她站在同一阵线与别人据理力争的。人虽然少，却让她看到了一丝希望。

最新一条私信是一个有点眼熟的ID发来的，罗雅点了进去。

ID"勇敢的小白鼠"发私信问她：您好，请问猫头鹰该怎么养?

罗雅回复：您好，我国所有的猫头鹰都是国家二级保护动物，未经相关部门许可不能捕捉、买卖、运输和饲养。

不怪罗雅回复得这么生硬。近几年Y国有位女作家写了本畅销小说，被M国拍成了很受欢迎的系列电影，主角和他的朋友们人人都养着一只猫头鹰，看起来很神气。因为电影备受欢迎，很快在全球掀起了养猫头鹰的风潮。可是猫头鹰毕竟是猛禽，应激强，对环境、食物等要求都很高，即使在发达国家都很难做到成熟的商业化人工繁育，不法分子又想赚钱，于是一边在网络上买营销号，大肆鼓吹猫头鹰的"可爱"，炒作其作为异宠的价值，对它们的凶猛、易应激等只字不提，引导很多不明真相的网友大喊"好萌！我也想养"；一边利用一些非洲、东南亚等国家经济不发达、相关法律缺失、执法不严、官僚腐败等漏洞进行大规模盗猎和走私。很多猫头鹰，尤其是雏幼鸟死于盗猎和非法运输途中。而一些跟风的买家其实根本不会养，偷偷买回家之后新鲜两天，要么就是嫌弃它们咬人、叫声难听、粪便恶臭而丢掉甚至吃掉，要么就是胡乱喂东西很快就给养死了。Y国女作家听到自己的作品居然造成了这样的不良影响，多次在公开场合道歉并呼吁人们不要饲养猫头鹰作为宠物，可是已经太晚了，非法贸易链已经形成，甚至在R国还出现了名为"萌宠"，实际会对猫头鹰产生很大伤害的猫头鹰咖啡馆。而国内也开始有了这样的苗头，已经出了好几起较大规模盗猎和非法运输猫头鹰幼鸟的案件。罗雅不能不更警醒些，她对所有可能跟非法饲养异宠相关的问题都选择这种普法式回答，能点醒一个是一个，虽然大多数人置之不理甚至反唇相讥。没关系，她习惯了。

　　但是这个"勇敢的小白鼠"……哦，罗雅想起来了，上次她被那个明星粉丝狂轰滥炸几万条的时候，这个人应该是那十来个帮她说话的人之一。如果对方对动物保护有一定的了解和支持，那么对方问这个可能是捡到了猫头鹰想要救助。思及此，罗雅给对方补发一条：

　　　　如果您是在救助幼鸟，可以按照以下方式处理：
　　　　1. 如果幼鸟没有伤，您捡到它的时间又不超过48小时，可把它放回捡到它的地方附近的树上，离远一点观察下，如果有亲鸟回来照顾它就可以不用再干预；
　　　　2. 如果是伤病幼鸟，建议您给它嘴角滴些温水让它慢慢饮下，可以喂一些生鸡肉应急，安置在垫了毛巾、扎了通气孔的纸盒里，保持黑暗安静温暖，尽快联系您所在地的林业局或者森林公安进行救助。如果是成鸟，可参考幼鸟处理模式的第二条。猫头鹰有一定的攻击性，请您在操作时注意保护自己，比如戴上皮手套。此外，由于野生动物可能传播一些疾病，建议您全程戴好口罩、不要揉眼耳口鼻，并在接触完动物之后好好洗手。

　　其实罗雅目前掌握的急救知识也不成系统，这都是她以前经常捡受伤生病的小动物时，通过各种渠道学习并积累起来的经验。

　　她刚把这条发出去，就见"勇敢的小白鼠"发来了回复，是回复她之前那条留言：您好，我有许可的。我们领导让我养的。

罗雅失笑：猫头鹰是国二，养这个需要你们省林业厅开具许可证，可不是随便什么领导一句话都可以养的哦。

回复完这句话，那边好几分钟没有了动静。正当罗雅以为对方放弃交流的时候，就见"勇敢的小白鼠"发来了新的私信：那个……我就是林业的，我是森林公安。这是我的警号：×××227。实不相瞒，我们单位前段日子罚没了一些猛禽，但是我们都不会照顾，有几只猫头鹰幼鸟看起来像生病了。之前我看过您发的科普内容，觉得您十分专业，所以才来向您请教。他说完还附上了十几张猫头鹰幼鸟的照片，从其中几张猫头鹰在桌子上的照片的背景里，能看到墙上的警徽和"森林公安"字样。罗雅选择相信对方的身份。

照片中的草鸮幼鸟看起来都瘫痪了，问题似乎很严重。但是对此罗雅也不知道具体什么原因，她读的是生态专业，不是动物医学专业。凭这几只幼鸟，罗雅初步猜测对方应该是南方某省的森林公安，既然对方没有细说自己的单位，她也不强求，一个执法人员愿意向科研人员请教，在她看来是难能可贵的。她慎重地问：请问它们这样多长时间了？你们给它们喂过什么食物？

"勇敢的小白鼠"回答：三四天了，我们之前喂了十来天牛肉和猪肉，还有猪肝。

凭直觉，罗雅认为问题应该出在食物上，但是具体病因、病理、该怎么治她也不知道，她如实回复了对方，并答应会尽快帮他问问动物医学专业的专家。

这时，那位姗姗来迟的Y国教授终于进了报告厅，同学们纷纷收回心思认真听报告。说来也是巧了，这位Y国教授的研究课题是寄生虫对鸟类行为的影响，其报告内容多少涉及了动物医学领域，所以他一讲完，罗雅就果断举手提问。

Y国教授也不是动物医学专业的，对罗雅的问题无法直接回答，不过他说："很多原因都可能导致鸟类瘫痪，比如中毒、寄生虫或病毒感染，再比如营养不良，等等。我无法确切回答你的问题，但我想我的一位朋友应该可以帮你，她叫Angela，目前在M国的明尼苏达大学猛禽救助中心做兽医，这是她的邮箱。"

罗雅向教授郑重道谢。送走了这位教授，她三步并作两步跑回了办公室，把那位"勇敢的小白鼠"给她发的所有消息如实发给了Angela。

M国和我国是有十几个小时的时差的，罗雅发完邮件的时间应该是明尼苏达凌晨一点左右。这个时间对方应该已经休息了，就算人家愿意帮忙，那也得等人家睡醒呀。

想了想，罗雅又打开微博，把这个进展跟"勇敢的小白鼠"说了一下。

白树看到"玫间怀风"的回复真的太高兴了。虽说这个病该怎么治还没个头绪，但有一个人愿意这么尽心尽力帮他，他真的很感动。总归自己这回没有看错人。他又赶紧向罗雅表达了谢意，并且说不管结果怎样，罗雅都给了他很大的精神鼓舞。

罗雅又何尝不感动。从三个月前，乃至更早以前，她遇到的几个森林公安都是敷衍了事，懈怠到令人恼火。好不容易碰到一个尽职尽责的，她当然要尽力帮忙，这样才不会让对方冷了热情寒了心。想到几个月前，她就又想到那个中看不中用的康姓大花瓶，真是见一次被他气到一次，他怎么还不改行呢？

罗雅又发了一篇微博，把这件事大致说了下。因为白树没有告诉她真实姓名和工作单位，所以她只能以"某位不知名的森警"为代号狠狠夸赞了一番他的敬业精神，说所有森警如果都能这么负责就好了。同时，罗雅没忘批评一下康平两次水平极差的出警。她也不知道康平全名叫什么，只说了他以前在石门山派出所，现在又跑到C区森林公安处去了。

夸赞了该夸赞的人，批评了该批评的人，罗雅心满意足地关闭了微博。一看时间已经下午两点半了，她鬼使神差地打开了邮箱。她有点矛盾，一方面，她不想打扰人家休息；但另一方面，她又希望对方能看到，愿意早一点回复她，这样她也可以早一点帮助那个"勇敢的小白鼠"，早点给予幼鸟们有效的治疗。眼睁睁看着动物很痛苦，自己却束手无策的煎熬，还是越早结束越好。

一个新的未读邮件——Angela回复了，而且用的中文。

04._____

罗雅同学：

你好！

很高兴认识你。我祖父是中国人，所以我从小就学习中文。你可以叫我的中文名字"安琪"。同时我也很高兴，在中国开始有人注意到野生动物的保护和救治，我很乐意帮忙。我看了你的陈述和照片，据我的经验，这些幼鸟可能是患了佝偻病，也就是你们说的软骨病。你可以尝试给它们补充维生素D和钙剂，看看是否有所缓解。必要的时候，可以使用注射而非口服的方式。另外，猛禽对食物的要求非常高，尤其是雏幼鸟阶段，需要吃整只的猎物，包括猎物的骨骼、皮毛、内脏甚至内脏内容物。它们会把营养摄入体内，而一部分不能消化的体积较大的残渣会在胃里结成团，第二天吐出来，也就是吐食团。雏幼鸟需要规律地吐食团，这会使它们更健康。所以我的建议是买些小鼠、鹌鹑之类喂它们，当然还可以尝试经常添加一些大点的虫子，比如蝗虫、蟋蟀。

祝你好运！

安琪

罗雅开心得几乎哭了出来。

有人愿意帮自己的感觉太好了。

她很快把这种美好的感觉传递给了"勇敢的小白鼠"。

白树为自己这么快就得到明确的答复感到惊喜。打开罗雅邮件的时候，他乐得几乎是蹦了起来，吓了周围同事包括康平一大跳。

"白哥，怎么了？"康平狼狈地问，他刚才正在喝茉莉花茶，被吓得手一抖，半杯茶水扬在脸上。幸好水不太烫，不然就毁容了。

白树赶紧拿出手绢给他擦干净脸，然后跟其他几个人嚷嚷："对不住对不住，忘形了。那个……你们先忙，我出去一趟，头儿要问起，跟他说我带鸟看病去啦。"说完一阵风似的跑出去了。

留下同事们议论纷纷。

"看病？不是前两天刚看过吗？"

"老白这是又抽啥风呢？"

"佳姐，能不能管管他啊？这一天天一惊一乍的可要了命了。"

"别闹，我是他什么人啊，我能管得了他？"

"哎，他不是……"

"啥？"

"没……没啥……佳姐你忙，你忙。"

镇住了这帮互坑的人，李佳也不自觉地把目光投向了门口，当然早就看不见白树的身影了。白树这段日子这么辛苦她也是看在眼里的，她也想帮忙，但苦于无从下手。看他这么兴奋，不知道是不是找到新的突破口了呢？

罗雅心知就算找到了治疗方案，这种慢性疾病要治疗起来也没那么快见效，她相信如果方案有效，"勇敢的小白鼠"会跟她说的。

现在，她还有别的事要忙。就这会儿工夫，她新发的那条"拉踩"微博就得到了二十多条转发和三十多条回复。虽然从数量上看跟上次明星粉丝来围攻的阵势根本没法比，但是这次的内容更值得重视。除了少数两三条回复是跟着罗雅一起肯定了那位不愿意透露姓名的森林公安的认真敬业之外，其余的都不那么友好。其中有几个ID罗雅隐约有些印象，应该是上次明星放生事件中就跑来骂森林公安的，这次，又是这几个ID挑头，发了许多类似的内容：

"国家就应该让老百姓饲养野生动物，甭管是给人吃还是养，你们看但凡让养的猪、牛、鸡，都没有灭绝风险。这也不让养，那也不让养，越保护越少。"

"官方好多年繁育不成功的，民间早就繁育成功了。高手在民间。"

"就为了几只破鸟，随随便便就抓人判刑，毁人家一辈子。保护野生动物就不保护人类了吗？这个法是恶法，我们不遵守。"

"我从上次的事开始关注博主的，感觉森林公安就没干过什么好事。就这水平还不如让我来。"

"那些鸟在野外本来就不可能都活下来，就算让人养死了也算自然淘汰了。搞不懂你们矫情什么呢。"

　　总结起来就是林业和森林公安都是光吃饭不干活的，但凡被他们罚没的动物都没有好下场，盗猎者、贩子和某些知法犯法的玩家反而是正义的化身。

　　上次，罗雅被明星粉丝搞得身心俱疲，尚腾不出工夫理这些人，这一次，没了明星粉丝搅浑水，这些充满了诡辩的言论是那么扎眼。罗雅甚至能想象到如果"勇敢的小白鼠"看到这些，他或她一定会非常难过的。而她也不能说都是康花瓶那种人几颗老鼠屎坏了一锅粥，因为当下，我国森林公安的整体水平确实有待提高。

　　想了想，罗雅把这几条回复截图下来，单独发了一条微博集中驳斥这些谬论。

　　实际上我们目前已经驯化成熟的家禽家畜，其祖先大多具备共同的特点——整体不那么怕人，或者其中一些个体容易和人建立联系（也就是应激小）、对环境变化不太敏感、食物易获得，多为食草或杂食动物，又容易繁殖。如果一种动物同时具备这四种特质，其在野外的种群本来就容易繁盛，只要盗猎压力和环境压力不大，不是像当年M国人杀旅鸽时一样全员参与甚至不惜使用炸药，基本就没有灭绝的危机，这里面最具代表性的就是野猪、绿头鸭和灰雁。实际上这样成功的物种是少数，多数动物的情况刚好反之。比如马是广布世界的家畜，驯化度已经非常高，即使几乎符合了上面的全部条件，还是由于过大的盗猎压力，与其有亲缘关系的所有野外种群——欧洲野马在两百年前灭绝；普氏野马在上世纪七八十年代几乎野外灭绝，现在即使有一些人工培育野放的种群，世界自然保护联盟（IUCN）对其的评估仍然是濒危（EN）物种，也是我国的国家一级保护动物。诸如此类不胜枚举：毛丝鼠（龙猫）是常见的宠物，有大量的人工（CB）种群，但其野外种群是濒危的；豚鼠（荷兰猪）也是常见的宠物和皮毛动物，同样有很长的驯化史，但其野外种群已经灭绝；还有黄金仓鼠（金丝熊）的老家叙利亚被战争笼罩，野外种群也岌岌可危……其实人工种群不管有多少，并不能有效缓解其野外种群的生存压力。真正能缓解其压力的永远是人们停止直接对野外种群的盗猎行为，并保护好其自然栖息地。更何况，哪里是所有动物都能那么容易被人工繁育的？更不用提商业化养殖了。否则，我们就不必为增加一只大熊猫、朱鹮、绿孔雀而兴高采烈了。《里约大冒险》的主角小蓝金刚鹦鹉也是由中东土豪出巨资在繁育的，结果呢，还不是在野外灭绝的边缘苦苦挣扎[1]？说官方不如民间的，也是以偏概全。要想成功地人工繁育野生动物，固然要投入极大的人力物力财力，需要人潜心研究，还有一定的运气成分在。不可否认，有些官方繁育场所有失误的时候，造成过一些遗憾，而玩家的确在一部分物种的人工繁育上功不可没。但大熊猫、朱鹮等目前恢复野外种群比较成功的野生动物无一不是官方繁育的。如果繁育出来的动物不能用来补充野外种群，只是作为玩物被圈养的话，其实也没有什么意义。而且在人工和野外个体不容易区别的时候，万一再遇上监管不力，只会给盗猎者更多可乘之机。毕竟稳定繁育是要下很多本钱的，盗猎才是无本万利。

　　有些动物符合了可以稳定人工养殖的条件，可驯化，野外种群无生存危机，一般人都可以满足其生存所需，正常的饲养行为对其个体不会造成伤害，比如金丝雀、虎皮鹦鹉等，而这些，国家早就开放了合法饲养和买卖。

　　之所以要立法保护野生动植物，是为了保护生物多样性和生态平衡，究其根本其实是为了保护人类自己。如果不加管束，你也去抓，我也去抓，以现在的人口和购买力，一个物种很容易以极快的速度被消耗光，比如黄胸鹀[2]，也就是俗称的禾花雀，即使是受法律保护的三有动物，还是因为被讹传有滋补的功效，短短三十年间就从无危被吃成了极危。我之前参加了一个国际学术交流会，会上E国学者几乎声泪俱下地质问：黄胸鹀在我们国家自然繁殖都是正常的，为什么每年只要迁徙经过你们国家，第二年再回到我们这来的不足20%？你们都干了什么？

　　我们干了什么呢？我们中的一些人，宁愿听信子虚乌有的讹

---

1. 2010年，小蓝金刚鹦鹉尚未野外灭绝，2018年才正式被宣布野外灭绝。
2. 2020年，新的野生动物保护名录拟将黄胸鹀提升为国家一级重点保护野生动物。

传，认为这个动物滋补、那个动物养生，更为了攀比炫耀，对野生动物大肆杀戮；还有一些人，对这些不良行为漠不关心；以至于只有少部分人声嘶力竭地疾呼摒弃陈规陋习，却收效甚微，每每想要诉诸法律途径，就会被不法分子和不明真相的围观群众联手攻击，铩羽而归是常事。一些人对"以人为本"的理解就是当人和自然与动物有冲突的时候，站在人的一方，却不知道这些大肆杀害、毁坏野生动植物的人正在破坏自然环境，其实是在破坏所有人生存的福祉，他们才是人类之敌。

而且野味市场或一些鸟市上，大量不同的野生动物被集中放在一个空间很小的区域，简直就是给病毒制造了传染和变异的有力场所。只要有一个毒株变异成可以感染人类的，万一这种病毒还是高传染性、高致死率的，就会造成可怕的传染病大流行。会有多少无辜的人因此而家破人亡？国家又会蒙受多大的损失？

野生动物在大自然中被捕猎也好，自然死亡也好，那都是生态平衡的一部分，它们有各自的生态位，有各自的生态功能。人类并没有能力调控生态平衡，相反，每一次生态灾难来临时，人类都不可能独善其身。

森林公安水平不够，那就想办法帮他们提高水平，而不是在这里大肆攻击执法人员，反而纵容违法犯罪行为。此前，我也对我遇上的某两位警官非常失望，但这次的这位警官让我看到在森林公安队伍里还是有很多愿意努力、愿意做得更好的人在的。我愿意尽我所能帮助他们。

希望未来，我们的国家可以在生态保护方面做得越来越好。

一口气写完这些，罗雅心绪难平。她是在讲道理，可是写完这些，这段日子以来的怨气也像是一起发泄了出来。她暂时不想理别人怎么评论了，她只想静一静。

然而她不知道，自己这一番宏论，引起了B市园林绿化局森林公安局何局长的一番行动。

说来也巧，何局长之前在市园林绿化局开会的时候，有人提到新出了一个叫微博的自媒体平台，很受欢迎，而且森警引起过舆情。关于上次石门山派出所引起舆情的事，何局长是有所耳闻的，这次听到参会人员专门提出，他也认为应该重视在微博上的宣传工作，做好对人民群众的科普和普法，同时利于提高森林公安的执法水平，便于群众监督。于是他一开完会就打开微博浏览起来。他对一个普通的自媒体平台上一个普通学生引起的舆情很感兴趣。于是乎，他就看到了罗雅那篇转发评论加起来四万多的微博。虽然罗雅被骂得很惨，但何局长觉得，她说得有道理。所以他注册了一个私人账号，然后悄悄地关注了"玫间怀风"，时不时就看看这个小同学又说出了什么惊人之语。

后面罗雅的新博没有再引起过什么大的骚动，也经常发一些自己和同学的琐事、趣事，何局长也就看得不那么勤。

但是这次，他闲来登录的时候看到罗雅对森林公安的表扬，也看到了一些人对森林公安的攻击。他没急着自己出来反击，他想看看罗雅做何反应。而罗雅果然不负他的期望，洋洋洒洒又写了一大篇。

由于罗雅情绪激动，这一篇博文的内容显得比较散。但在何局长看来，无一不是肺腑之言，尤其最后，罗雅说她愿意帮助森林公安提高水平，让何局长感到一丝欣慰。他想了想，拨通了市园林绿化局局长的电话。

第六章

林政执法
交流会

如果猛禽长时间无法得到充分的运动，又要被迫站在光滑坚硬的平面上，就容易罹患脚垫病。别小看这种感染，对猛禽来说，其威胁程度不亚于癌症。

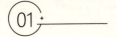

B市要举办森林公安、林政执法交流会了。

消息一出，大家反应不一，有欢呼雀跃的，有漠不关心的。

我国有森林公安这个机构，最早是在东北林区，但那个时候森林公安真的只是在森林里办公的公安，主要负责的还是防火、反特和治安工作。1988年，我国才有了《中华人民共和国野生动物保护法》，从那之后，森林公安的职责里才有了保护野生动物资源、防盗猎、非法运输和买卖野生动物。然而全国6万多森林公安队伍中，绝大多数都是非科班人员，他们有的是像朱云海一样从刑侦、治安岗位调来的，有的是转业军人。让他们和一般的违法犯罪行为作斗争，他们都是好样的，但是涉及野生动植物方面的执法，首先得会辨认物种以及相关制品，还得知道保护级别，又得做好执法后的处理。光第一点就难倒了很多人，因为即便是N市森林警察学院毕业的所谓科班出身的森警，物种辨识能力也有限，如果不是森警本人对动物格外感兴趣，额外学习过相关知识的话，是绝对赶不上动物学、生态学等专业的师生们的。

B市森林公安局也是有些历史的，以前也不是没有办过相关的交流培训会，但是这一次有所不同。这一次，他们邀请了B市师范大学、林业大学、农业大学里动物科学、生态学、动物医学、保护生物学等方面的很多学者，并且特意说可以带学生来参加，可以给学生交流和分享的机会。学术氛围十分浓厚。

星期一一大早，郑教授就把罗雅和林鹏叫到了办公室。告诉他们B市要举办森林公安和林政执法交流会的事情："这次他们说想邀请相关学者参加，我在被邀请之列，这是何局长给我发来的邮件，希望咱们能给他们提供一些物种识别，还有科学救助方面的知识。而且我看他们有意向开展关于这方面的合作，我知道你们两个一向在生态保护方面非常积极，做了不少事，那么对于这次交流会你们俩有什么意见吗？想不想跟我一起去呀？"

"好啊！这可是好事儿。"林鹏开心地说，"难得啊，他们终于愿意听听学术界的声音了。这是打算向好努力啊。"

罗雅也很高兴，但她还不知道这其实是跟自己多番努力有关。突然，她想到一件事，赶紧问郑教授："老师，这个交流会是只面向B市森林公安吗？别的地方的森警如果想来也可以参加吗？我最近认识了一个森警，一直想多学习这方面的知识，想提高自己。不过我感觉他应该是在南方工作，因为他问我的都是南方的物种。如果这次交流会可以面向外省，我可以去问问他愿不愿意来参加。"

"这个何局长没说，不过没关系，我这就帮你问问他。"郑教授听说有森警愿意提高自己也非常高兴，当时就拨通了何局长的电话。

何局听了也十分感动，但还是说："老郑啊，咱们这样办交流会还是第一次，仓促之下很多准备工作还不到位。还是先在咱们B市范围内试验一下，要是以后发现效果好，再向全国推广嘛。"

郑教授想想也是，挂上电话，跟罗雅说了何局的意见。

罗雅想了想，又问："那，我能收集会上的资料分享给那位森警吗？"

郑教授一乐："这个你就得去跟每个分享人沟通，看看他们愿不愿意把PPT外传。另外你们俩要去的话，也赶紧一人做个PPT出来。小林呢，物种识别是你的强项，你又喜欢生态摄影，你就出一个B市常见物种识别吧。小罗这段时间好像对动物救助比较感兴趣，那你就去收集收集资料，做个救助相关的PPT。你们看这样好不好？"

罗雅和林鹏当然点头称好。

"交流会就定在这周末两天。你们俩可要抓紧喽。另外，小罗，听说你不打算出国深造了，连国内的博士也不打算读了吗？像你这样研究能力突出的人才，放弃科研这条路真是太可惜了。如果还有老师能帮忙的地方，你一定要跟我说。要不……你还是再考虑考虑？"

林鹏看看罗雅，又扭过头去，他的不甘心快要溢于言表，他怕罗雅看到了更不好受。

本来大家一致看好罗雅是他们这几届里最有可能进入顶尖科研机构的人，也是最有可能大把大把出科研成果的人。但他同样理解她的选择，如果她在这样的情况下还只顾自己的学业，那就不是他们的好"兄弟"了。作为朋友，他们很清楚罗雅目前遇到的问题不是他们能解决的，可是眼睁睁地看她从此无缘那些极有可能属于她的成就，谁心里都不是滋味。

罗雅只是苦笑，她何尝不知道自己将要走上怎样的路，又何尝感受不到恩师和朋友们的遗憾之情？可她只能说一句："谢谢老师，我想我别无选择了。"

从郑教授的办公室出来，两人几乎立刻就跑回去做与会相关准备。林鹏的报告相对容易，因为本来就是他自己的专业，罗雅要做的却是她比较陌生的领域，除了涉及一部分动物行为学知识之外，绝大部分还是动物医学方面的知识。

如果是一星期以前让罗雅做这个报告，她心里肯定没底。虽说大家都跟生物学严密相关，但是若学科细化下来，生态和动物医学就已经离了十万八千里远，就比如同是传媒行业里，《博物》杂志的编辑和春晚主持人的工作肯定截然不同。

但那是一星期之前。现在，她有了坚实的后盾——安琪。

安琪从小在M国长大，是个混血儿。除了祖父是中国人之外，她的曾外祖父也曾经在中国生活过一段时间，全家对中国都有着深厚的感情，所以她一直向往着能亲自来中国看一看，只是由于种种原因未曾成行。在她的印象里，太平洋彼岸还处在经济水平比较落后、人民群众对生态环境保护毫无概念的阶段——"中国人，天上飞的除了飞机，地上跑的除了汽车，水里游的除了船，其他的见什么吃什么。"这种外国人长期以来对中国的偏见同样影响着安琪。这一次罗雅向她求助，让她感到十分惊喜和激动。原来不知不觉间，这个给了她四分之一血脉的国度，已经发生了日新月异的变化。

在得知安琪可以熟练使用中文之后，罗雅征得她的同意，把她的邮箱给了"勇敢的小白鼠"。而这位森警每次和安琪往来邮件都会同时抄送罗雅。在三个人的努力下，患了佝偻病的几只草鸮幼鸟正在以肉眼可见的速度逐渐痊愈。

安琪还建议给所有安置猛禽的空间里铺设便于清洗和消毒的塑料人造草皮，并且建议"勇敢的小白鼠"制作几种专门供不同猛禽停栖的架子。这样即使暂时空间不足，也可以尽量保护猛禽的脚，避免它们在救助容留期间罹患脚垫病。

"如果猛禽长时间无法得到充分的运动，又要被迫站在光滑坚硬的平面上，就容易罹患脚垫病。别小看这种感染，对猛禽来说，其威胁程度不亚于癌症。在一期、二期的时候，通过改善栖架表面、药浴和特殊的包扎方式还有希望治愈，一旦到了三期、四期，就跟癌症晚期一样，基本就是绝症了。那个时候，它们的双脚溃烂增生，连肌腱和软骨都会被侵蚀掉，每天就跟踩在刀山上一样痛苦，而且可能会继发败血症。可以说脚垫病是猛禽救助的大敌，一定要注意防患于未然。"安琪如是说。

看到这些的时候，白树又腾地跳起来，跑去把柜笼里的十几只猛禽挨个拿出来检查，果不其然，其中几只隼的脚底已经开始发红了，这就是安琪说的一起脚垫病的症状。万幸，安琪告知及时。白树拉着叶枫急三火四地跑到附近的装潢市场买了人造草皮和各种钢管、木棍回来，捣鼓了整整一下午，总算是把该布置的都布置好了。看着猛禽们明显舒服了很多的样子，两人这才长长地舒了一口气。

拍了几张布置好的新笼舍照片，准备一会儿给安琪发过去让她检验一下。一看时间，已经快下班了。两人赶紧拿出化好冻的小白鼠和鹌鹑，只把下消化道清除了，连着皮毛内脏之类的切成小块，又额外往上撒了点骨粉，这才拿去给草鸮幼鸟们吃了。

幼鸟跟成鸟不一样，每天需要多吃几顿。白树给它们安排的是早午晚三餐。眼见着几只幼鸟重新可以蹒跚着站立，并且能自主进食，他欣慰之余开始后怕。幸亏他一见情况不对就立刻去网上求助。安琪说再晚几天它们就彻底没救了。极度缺钙不仅会影响神经发育，还会引起肌肉痉挛甚至全身多发性骨折。另外，猛禽不能长期吃精肉，尤其最好不要吃大型哺乳动物的肉。不只因为这些肉无法提供它们成长所需的足够营养，更因为一部分肉可能含有的家畜常用的兽药对鸟类来说是有毒的。

一起去洗手间清洗喂食工具的时候，两人遇到了从里面出来的康平，他胡乱跟两人点了点头，就径自回办公室了。

看着康平有点疏离的背影，还有白树脸上略有些僵硬的神色，叶枫拿胳膊肘捅捅白树："我说，今天你们俩好像不太对劲儿啊，你跟平儿闹别扭了？"

白树耸耸肩："不是我跟他闹别扭，是他跟我闹别扭呢。你看这回咱们罚没动物回来，就咱们俩忙前忙后，还自己贴钱买冰箱买老鼠鹌鹑的。他咋说也是咱们兄弟吧，就能一直这样不闻不问？这也就算了，这不前几天草鹑出问题，我跑到微博上找专业人员问问，人家尽心尽力帮我，我就跟平儿说让他得空也多跟人家请教请教，多学点东西总没坏处对吧？哪承想他一看那人ID就冲我嚷：'你知道这人是谁吗？你知道她骂的是谁吗？你知道就因为她在网上乱说，让我原来的所长受了多大委屈吗？'那人家只说了地方，又没指名道姓，我哪知道说的是谁？不过后来我抽空看了那位新发的微博，我猜啊，'玫间怀风'应该就是小罗同学。那小罗同学连续两次批评的应该就是咱们康平同志了呗。"

叶枫讶然："小罗？上次帮咱们破象牙案，这次帮咱们破猛禽案的小罗？"

白树摇头苦笑："可不。她第一篇没指名道姓，第二篇可是把我们C区森林公安处给点出来了。这我要是还不知道她是谁，我不成傻子了吗？"

叶枫也跟着苦笑："那这么说她回回骂平儿，你还一个劲儿夸她，可不是把平儿得罪惨了。"

白树委屈极了："我有什么办法？我又不是网警，天天盯着网上。这都忙得脚打后脑勺儿了，要照顾鸟，还得跟安医生通邮件，光做安医生指导的那些操作我连喝水都顾不上，哪儿还有时间精力去微博上分辨谁是谁啊？再说他跟人家那点过节嘛，又不是什么深仇大恨，我也不是故意气他的，他跟我发什么火啊。"

叶枫一边帮他把洗好的器具擦干收起来，一边安慰道："你别急也别恼，我也觉得小罗说得有道理。平儿呢就是还没转过弯儿来，其实他人不错，就是刚毕业的孩子有点心高气傲的。当初你非要拉着人家哥哥长弟弟短的，那既然要认这个弟弟，你当哥哥的就让着他点，闹僵了多不好。要不，我去开导开导他？"

"行吧。"白树撇撇嘴。

叶枫倒是一片好心，可惜等他去办公室的时候，康平已经下班走人了。

叶枫挠挠头，只能暂时作罢，正要跑回去帮白树打扫笼舍，一转身却跟朱云海打了个照面。

"哎，小叶，我把钱包忘办公室了，赶回来拿。你怎么还没下班？"

"我来找康平，不过他好像已经回家了。"叶枫嘿嘿一乐。

他们区林政和森警关系本来就很好，也不只是他三天两头往白树这边跑，大家都经常互通有无的，所以跟对方领导也都很熟。朱云海和林政稽查的徐队又是出了名的脾气好，见气氛不错利于开展工作，基本也就放任手底下人乱窜，养成了这帮家伙跟谁都没大没小的整体风气。

"哦，对了，我这可有好消息，要不要提前听听？"

"什么好消息呀？"

"今儿去市局开会，局领导说本周末要办一个森林公安和林政执法的交流会，这次请了很多学者过来，机会十分难得。一个单位只给三个名额，你明天可得积极跟你们徐队争取呀。"

"好嘞，谢谢朱处！哎！朱处，你们这边，得有小白一个名额吧？"

"那是自然，小白一直对这些事情最上心，肯定少不了他。"

"我现在就去告诉他这个好消息！"叶枫欢天喜地地跑了。

朱云海原地摸着下巴琢磨，剩下两个名额该给谁呢？

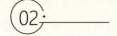

这边白树和叶枫倒是高兴了，独自回家的康平却闷闷不乐了一路。他也知道自己迁怒白树不对，但是眼瞅着白树巴巴儿地把罗雅捧上了天，他就窝火。现在吵都吵了，让他去跟白树道歉，他还拉不下脸来。

现在天黑得早，太阳就在康平眼前隐没进楼宇后，隐没进地平线，前车的尾灯晃得人焦躁，晚高峰大堵车更让人烦乱不堪，龟速前进的车流中，康平胡思乱想着蹭回了家。

把车停进地下车库时，他一眼就看到了旁边那个熟悉的车牌号，心情更糟糕了一些。

果不其然，一开门，就看见康元甫那张总是保持着高深莫测表情的老脸。

"爸。"康平今天一点也不想跟他爸废话。草草打了声招呼，他就想回自己房间。

"你等会儿。"

康平没理。

"站住！"康元甫的音调不高，却带着不容反抗的威严。

康平深呼吸一下，扭头带着一股子不屑对康元甫说："省省吧，我又不是小孩了。"言毕进屋，他重重地关上门，还把门给反锁了。

但是他挡得住他爹的人，可挡不住他爹的声音。

康元甫难得没发火，而是端着红酒杯踱到康平门口，靠在门上继续他未竟的扎心事业："怎么了康警官？不高兴啦？谁惹你生气了？他坏坏！爸爸帮你去打他！"

康平敢保证，这要不是他爸，他绝对要揍得他满地找牙。他随手抄起一本杂志恨恨地砸在门上。

谁知道康元甫还是不打算放过他："我来猜猜我们的警察同志心情为什么不好呢？是不是工作不顺心，干不好让领导批评了？被同事嘲笑了？也难怪啊，吃不得苦，受不得累，脾气还贼大，你就不是个当警察的料。早就叫你换个工作了你不听，何苦在这浪费时光呢？再磨蹭几年，等你想换工作恐怕也没那么容易喽。"

"你烦死了！"康平抓过一个抱枕捂住自己的头。然而这个枕头并不能真正隔绝声音，就算他捂着枕头，也能听到康元甫优哉游哉离开的脚步声，还哼着小曲儿！

其实在回来的路上，他就在思考是不是应该换个工作了。现在的工作环境、工作内容，还有现在的同事，没一样令人开心。要么就沉闷无聊，要么遇上点案件就让人焦头烂额，还动不动就让报案人训得跟孙子似的。但是他不开心是一回事，这话由他爸说出来就是另一回事儿了。

什么叫他吃不得苦受不得累？

他要真吃不得苦受不得累，警校毕业的时候能拿体能全优吗？

在网上罗雅气他，在单位同事气他，回家他爸还气他，还能不能好了？康平趴在床上捶枕头。天地之大，怎么好像就缺他这一点容身之地了呢？

正在气头上，手机却响了起来。

康平拿起来看了一眼，是白树。

他想也没想就挂断了，然后把手机扔到床边。

谁知道一秒钟后，手机又响了起来。

有完没完？康平一怒之下把手机关机了。

其实他不是不知道白树这个时候打电话来多半是想跟他和解的。之前跟白树发火，说到底是他任性，要道歉，其实也应该他给白树道歉。但白树越是对他包容，他却越恼。不是恼白树，是恼自己。每个人都一副很成熟的样子，张口闭口地说教，之后还要摆出宽容大度的姿态来，显得他自己特别幼稚。

反正这份工作自己大概做不久了，人际关系什么的，他也不想刻意维持。现在，他只想一个人静静。

稍微冷静下来的康平低头一看，发觉自己没换衣服就趴床上了，赶紧起来把床单被罩换了。

翻出睡衣，打算去沐浴更衣顺便把换下来的床品洗了。一开门，却发现烦人的奸商老爸还赖在沙发上喝红酒。

见康平抱着床单被罩出来，康元甫晃晃酒杯，朝他挑挑眉。"哟，大警官舍得出来啦？怎么？是不是终于想通了要辞职了？"

康平愤愤然进了卫生间，把自己脱了个干净，然后把脱下来的衣物连同刚才抱进来的东西一股脑塞进洗衣机。

洗发水都打到头发上了，康平突然一怔——他刚才是不是把换洗衣物也扔进洗衣机了……

现在再想抢救已经晚了。

大不了就裹着浴巾回房间嘛，反正浴室里一直有……唉？浴巾呢？

刚才光顾着生气了，他完全没注意今天浴室里没有放大浴巾。

尴尬了。

没办法了，澡都洗到一半了，康平只能快快地把澡洗完，草草地拿小毛巾把身子擦了。

也不知道奸商是不是还在外面喝酒，这要是万一让他发现了，还不又是好一顿嘲笑挖苦？康平悄悄把卫生间的门开了条小缝，偷偷向外观察——他爸还在那儿喝呢。

他怎么还不睡！

康平光着身子在卫生间里干耗，其实没比在客厅裸奔好多少。可是他实在拉不下脸让他爸给他拿浴巾或者换洗衣服。纠结了一会儿，康平又跑回去开始给大浴缸注水。要耗，干脆就泡个澡好了。

躺进浴缸里的时候，康平又开始胡思乱想起来。本来他真的想交辞职报告了，可是自己当初为什么要考警校呢？还不是不想让康元甫看不起，更不想做个事事依靠父亲，一切受父亲摆布的富二代。如果这个时候辞职，岂不是等于跟他爸认输了吗？那他这三年的辛苦努力不也跟着白费了吗？

想想刚进警校的时候，同学们都笑他瘦小，打拳像跳舞，跑步能累哭，射击成绩马马虎虎，除了文化课成绩高，其他简直一无是处。他每天比别人多练四个小时，为此近乎没有任何娱乐地过了三年，才在快毕业的时候用全优成绩让所有嘲笑过他的人闭上嘴。

要是才工作就放弃，那之前流过的血流过的汗，就真的毫无意义了。

要不就……再咬咬牙坚持一下？

可是他才挂了白树的电话……他这样拿人家当出气筒，人家怕是要伤心了吧。大概……以后不会想理他了吧?

康平捂住了脸。

差不多一小时后,康元甫喝美了,终于回自己房间睡觉去了。好不容易他有空回来想温存一下,宁若菲却出去开会了,这日子过得。康元甫黯然关了灯。

已经在浴缸里昏昏欲睡的康平终于听见他爸妈房间门关上的声音,这才松了一口气,从浴缸里出来,一看自己身上皮肤都泡起皱了。

他再一次蹑手蹑脚跑到卫生间门口,鬼鬼祟祟打开门缝朝外窥视,确定康元甫真的已经回房间了,这才用百米冲刺的速度裸奔回了房间。心跳如擂鼓。

羞耻感爆棚的康平火速拿出另一套家居服换好,再一次把自己埋进了枕头堆里。

康平身心俱疲地躺回床上,一扭头瞥见了被他关机的手机。

想了想,他把手机拿过来,重新开了机。"嘟嘟嘟"的几声提示音闪过,是短信。他一一看过去,最靠前的是白树的:别生气了,哥哥给你赔不是了。

然后是叶枫:平儿别生气,小白不是故意的。

接着是他爸:康警官是不是忘带睡衣了?哈!哈!哈!其实你可以出来的,不就是光腚吗?你啥样老子没见过呀?

有这么坑儿子的吗?康平气得把手机扔到角落,蒙上被子睡了。

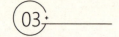

03·——————

　　第二天一大早，小风在吹，小鸟在叫，阳光在普照。

　　康平买了早点，知道这几天白树都来得早，他也特意提前半小时到单位，想跟白树道歉。

　　进门发现白树座位上没人，康平把蟹黄包和皮蛋瘦肉粥放到白树的桌子上。正想出门找人，却见白树喝着豆浆进来了。

　　还没等康平说话，白树已经眼尖地看到了桌上的东西，他喜笑颜开地快步走回座位，把豆浆放到一边，一边把便当盒的盖子打开，一边对康平笑道："这是给我的吗？费心了啊。"然后他赶紧坐下，准备开动。

　　康平有点扭捏地说："那个……"

　　白树叼着包子抬头看他。

　　康平眼神躲闪，期期艾艾地说："白哥，我……那个……不好意思啊，昨天我不应该朝你发火，是我不对。你别生气。"

　　却见白树嘿嘿一乐，朝他摆摆手："不错不错，有进步，我还以为我得哄你十天半个月你才能好呢。"

　　康平却脸红了，这分明是挤对他是个幼稚鬼。正想说什么，朱云海突然进门，敲敲桌子喊了声："来来咱们开个小会。都过来都过来。"

　　朱云海把所有人都聚拢到跟前，然后把昨天收到的关于大会的通知告知了大家，并公布处里决定派出的三位成员名单。

　　康平对这种会议根本提不起兴趣，他本能地往白树后面躲。听到朱云海念到自己名字的时候，他认命地叹了口气——就知道领导不会放过他这个"科班出身"的大学生。

　　突然，白树盯着康平的桌子，若有所思地说："平儿，你说，送你这本书的兄弟，这次会来参会吗？"

　　康平顺着他的视线看到桌子上那本《寂静的春天》。糟了个糕，他答应二哥好好看这本书，但是直到现在为止他还只看了头两页。

白树一看他的表情也明白了，摇摇头，几不可察地叹了口气。

四五天的时间一眨眼就过去了。

罗雅还曾经给白树他们处打了个电话，一是想问问那几只猛禽怎么样，二是想告诉白树有这么个培训会，希望他也能争取来听一听。可惜话没说两句白树那边就要出警，也就草草地挂了电话。

这次派去参加会议的人是康平、白树，李佳因为主动承担起接听群众来电，做好野生动物保护的基层工作，想多吸收知识好流畅跟群众沟通，也在名单中。

星期六一大早，康平拎着一大堆东西去了会场。

他给石门山那边打了电话，知道今天老彭、老关和指导员都会来，因为石门山区离市区比较远，晚上他们会在主办方安排的酒店入住。

康平对会议本身兴趣不大，他满心期待的都是跟老同事团聚，还有今晚的聚会。

到了会场之后康平惊呆了，想不到局里对这个培训会这么重视，选了个至少能容纳二百人的大会议厅，主席台布置得花团锦簇，顶上拉着大红横幅，上书"B市首届森林公安、林政执法工作交流培训会"。会场最前方有一个大屏幕，两边各有四个小屏幕，可以方便与会人员更清楚地看到演示内容。座席区前三排都是"专家席"，座席两边还立了好多易拉宝，上面有很多单位的案例，还有一些汇报、总结性的内容。一些跟他一样提前到会场的人正三三两两聚在易拉宝前面讨论着什么。

康平还在门口沉浸在对"我市林业系统居然有这许多人"的震惊中，冷不防后面有人拍了他肩膀一下。

随即，白树咋咋呼呼的声音在他身后响起："嘿！看什么呢？"

康平连忙回头招呼："白哥，佳姐，你们来啦。早。我就在看你们来了没。"

李佳笑笑，没说什么，白树一脸"我才不信"的表情捅捅他："你等的恐怕不止我们吧？"

还没等康平回答什么，叶枫和他的两个同事也到了，几个人又互相招呼了一通，就被接待处的工作人员以人多堵路为由赶进了会场。

匆忙中，康平似有所感地回了一下头，但是白树他们几个都比他高，把他的视线挡得严严实实，是以他也没有看见什么。

罗雅跟会议助理协调好一会儿做报告的简易流程，就被林鹏招呼过去坐下。罗雅要讲的内容需要有人配合演示，林鹏成了搭档的不二人选。其实两人是应该坐在前三排的专家席的，不过林鹏说想拍一些照片，还想录一些会议资料，坐在前排进出太惹眼，就选了最后一排把角的位置。罗雅自然也就跟着坐在了最后一排。

进入会场的康平没有跟白树他们一起去看那些易拉宝和展板，因为他已经发现了自己要找的人之一——老彭。他一溜小跑到老彭身后，像白树刚才拍他那样拍了一下彭哥的肩膀。

老彭回头看见他，立刻一乐，"哎哟弟，可想死我了！"说罢他站起来狠狠抱了康平一下，又在他肩膀上重重拍了两下，"怎么样？这一个来月给你忙坏了吧？"

康平没好意思说其实这一个月都无所事事，唯一办了桩像点样子的案子还冤家路窄了一回，他只好把话题往别处引。

老彭说得眉飞色舞，康平跟着乐，他是真想回山里待着，比城里舒心一万倍。

正说着话，老关端了一杯茶过来了，他没老彭那么爱说爱笑，也是拍拍康平，温和地笑了起来。

这边几人沉浸在重逢的喜悦中，那边看了一圈展板的叶枫发现了坐在角落的罗雅和林鹏，他赶紧招呼了白树一声。

"哎，你看那是不是小罗同学？"

白树闻言看向叶枫手指的方位："哎！好像真是。"

两人走过去跟罗雅打招呼："小罗同学？"

罗雅闻声抬头，一见是老熟人，赶紧起来跟几人握手。

"白警官，你也来参会真是太好了，原本我还在想要不要把会议资料收集整理一下然后发你一份儿呢。我想你大概会感兴趣的。"罗雅说。

白树一乐："多谢你老想着我，让你费心了哈。"

罗雅也笑："没关系，我知道你是个真正关心动物的人。反正我本来也要整理一份给另外一位森警发过去，多给你一份就是多写一个邮件地址的事儿。"

白树有点尴尬，他左右看了看，见康平已经挨着前同事在前面几排落座了，这才挠挠头，对罗雅说："那个，小罗同学，我得跟你承认个错误。"

罗雅心里"咯噔"一声，她下意识地以为白树大概是把那几只鸟给养死了。却听白树说："那个……我就是'勇敢的小白鼠'。"

罗雅瞪大眼睛："你说你是谁？"

白树被她看得更不好意思了，他掏出手机，一边打开微博给罗雅看一边说："我……我就是微博上那个'勇敢的小白鼠'。之前就是我问你那些草鸮幼鸟该怎么治来着。所以我想……你本来要发邮件的那位森警，也是我吧？"

罗雅目瞪口呆了半晌，才问："你怎么知道我是谁？还有，既然你知道，上次我给你打电话你怎么不说？"

白树不想让罗雅对康平印象更差，只好说自己这两天刷微博的时候看到罗雅表扬他们C区森林公安处来着，才把真人和ID对上号。"我本来想找时间请你吃顿饭，好好谢谢你的。没想到今天就见到你了。"

罗雅赶紧摆摆手："白警官不用这么客气，我这不过是借花献佛，还是安琪帮的忙最多。对了，那几只鸟还好吗？"

白树点点头："多亏有你们俩帮忙，那几只鸟都挺好。上次你说是留鸟那几只，还有要赶着迁徙那几只，前两天结案之后已经放了，现在就剩那几只草鸮幼鸟。按你说的，我们打算养大了带到南方放飞。可惜安琪在M国，要是她有机会来中国，我一定得请她好好吃一顿。"

"哦对了，"白树一拍脑袋，然后一脸狗腿地谄笑，"领导托我给您带个话。"

"啊？"罗雅被他这突如其来的耍宝给弄蒙了。

"我们处长托我问问你有没有兴趣来当森林公安！"

林鹏笑趴在桌子上，罗雅无语地看他一眼，回答白树："谢谢你们处长厚爱，我会慎重考虑的。"

正聊着天，主持人已经上台了。座席区瞬间安静下来。

开始流程都是各领导致辞，郑教授作为中国野生动物学会的理事长也要致辞。等一系列致辞结束后，一个半小时都过去了，而大家不得不在这一个半小时内坐得笔直。

到了实际交流培训的部分，大家才集体放松了些。

趁着会议间隙，罗雅掏出手机打开微博。之前说要给"勇敢的小白鼠"发会议资料，现在看来是不需要了，不过跟白树的一番对话倒让她想起了另外一个人——"仲夏之狮"。

三四个月前，因为他太烦人，罗雅把他拉黑了。这几个月他倒是没再注册很多个小号来骚扰过她，可见当时说的应该只是气话。一想到那人应该也是个森警，罗雅纠结了一会儿，决定再次尝试"挽救"他一下。她把"仲夏之狮"从黑名单里移了出来，试探性地发了条私信，失败了。看来对方也把她拉黑了，这也是意料之中的事。没关系，他不是还有个小号吗？她又把"狮子很生气"移出黑名单，又试探性发了条私信，成功了。

彼时，康平还不知道自己的小号收到了两条死对头的私信："Hello。""我有个好东西你要不要？"他正忙着趁会议间隙跟前同事诉衷肠，甚至没空关心现任同事们都在哪坐着。

04.

　　会议进入正式流程。第一个上台发言的是一位老森警，讲的是林区防火和涉及盗采盗伐行为的执法。不过对于森林公安来说，这些老生常谈早就烂熟于心，但凡辖区有成规模林地的，都是这一套。说是交流，不如说是汇报，另外也是说给与会的非森林公安人员听的。老森警讲得比较朴实无华，约莫十分钟就讲完了。

　　第二个上台的是濒危物种管理办公室的工作人员，讲的是涉保野生动植物制品的鉴定和我国作为华盛顿公约履约国的一系列责任与义务。讲到象牙、犀角、玳瑁等濒危野生动物制品鉴定的时候，还特意用6·17大案来举例，虽然没有明说，言下之意也是对白树他们好一顿表扬，听得白树他们好不开心，尤其在周围有其他森警知道他们就是C区森林公安处的，纷纷回头向他们投来或赞赏或羡慕的目光时，白树更是挺胸抬头，春风满面。

　　见前面有人回头，老关也跟着回头看了一下，然后问康平："弟，最后一排那几位就是你现在的同事吧？挺能干的呀。"

　　康平点点头，也想跟着对白树笑一下，一是为祝贺，二是，他一进来就找老同事凑堆儿来了，怎么说对白树他们还是有点歉意的。谁知道他刚一回头，笑容就僵在了脸上，身边的老彭发现康平不太对，也跟着回头，然后，他也僵住了。

　　罗雅挑了挑眉。

　　略惊讶康花瓶那种人居然也会来参加这种交流培训会——他不应该继续不学无术无所事事吗？

　　白树和叶枫见状对视一眼，叶枫耸了耸肩。

　　因为报到、致辞之类耽误了许多时间，上午的内容并不多，濒管办的工作人员讲完下台，就已经是上午11点半了。

　　上午会议结束，午餐主办方提供了自助餐，大家都可以去一楼餐厅吃。

　　白树本来想趁着午餐时间去找康平，再好好劝一劝他，谁知道康平拉着老关和老彭从前门跑了，根本没给他任何说话的机会。他无奈地摇摇头。倒是这边叶枫招呼了一声："走吧，咱们去楼下吃饭，小罗，小林，你们要不要一起？"

罗雅他们自然是不会拒绝。

餐厅空间并不特别大，几人找了唯一的空位落座。

刚吃了几口，白树就听身后传来一个中年人爽朗的笑声："小罗，小林，你们俩在这啊。"

罗雅赶紧起身招呼："老师，您才下来啊。"

白树几人见状也纷纷起身跟郑教授打招呼。罗雅说："老师，我跟您介绍一下，这位是C区森林公安处的白警官，接了我两次报警，处警特别专业快速，照顾动物也认真负责，之前我说的在网上联系我的也是他。"

郑教授一听，乐呵呵地伸出手："谢谢你啊白警官。总听小罗说起你，这下总算见到真人了。果然精明强干。"

几人又寒暄几句，郑教授笑呵呵地走了。

郑教授那桌除了何局长之外还有很多领导，离罗雅他们这桌并不远，罗雅他们这边说什么他们刚好能听到。

白树坐下的时候刚好看见那边桌的何局正回头看着他微微笑，还对他点了点头。他一下子站也不是坐也不是，正犹豫着要不要再站直了敬个礼，却见何局对他挑挑眉，对着桌子稍微一扬下巴，示意他继续坐下吃饭。他这才放松心情坐了下来。就听来拼桌的几位其他派出所的警官不无羡慕地对他说："兄弟，今儿你这风头可出得足足的。"李佳也在旁边捂着嘴偷笑。白树不好意思起来，傻笑两下，继续埋头苦吃。

林鹏说："白警官不用不好意思，有付出就应该有回报。你做了多少，群众的眼睛是雪亮的。"

罗雅也点头称是。随后，她又问在座的诸位，平常工作中感觉遇到的难点有哪些，有什么是他们可以帮忙的。白树他们几个自然不必说，有什么直接就问她了，这个问题主要是问那几位陌生森警。

几位森警一看罗雅和白树他们关系这么好，而且白树是切实从这种警民合作中受益过的，也就没有了芥蒂，纷纷各抒己见，或者说，吐起苦水来。

　　大体上，跟罗雅他们之前想的差不多：认不清物种，导致执法慢或者执法错误，后期也不知道该怎么急救或者临时安置，动物伤亡率很高。

　　一个警官说："上次我去罚没两只鹦鹉，特别大那种，是叫金刚吧？特聪明。人家饲主就跟我闹：'我把它们当儿子养，它们幸福着呢。你凭什么说抢走就给抢走啊？你抢走了就给养死了！'我也怕给养死啊，这不赶紧就送到B市动物园去了吗。后来我去动物园，还遇到了那个饲主，在看那两只鹦鹉，非说动物园养的没他养的好，说那两只鹦鹉还认识他，舍不得他，是我毁了它们。哎……"

　　"可不，有一次一个人跟我说：'谁不愿意过不愁吃喝的生活，保护野生动物就应该让它们在动物园颐养天年。'我说：'你把它们关起来，它们不会快乐的。'人回了我一句：'子非鱼，安知鱼之乐？安知鱼之不乐？'你说我还咋接……"另一个警官说道。

　　公众普遍对野生动物定义不清、认识不足、不懂相关法律，更不知道该怎样科学地对待野生动物，这大概就是目前的大环境。而森警没有统一的专项职业培训和考核，我国的一些相关法律又有待完善，配套措施滞后，造成了森警执法难，后续处理更难的困境。

　　罗雅觉得，有必要为改变这些做点什么了。

第七章

庐山真面目

麻雀很少像喜鹊、乌鸦一样在树上搭建碗状的巢，它们更喜欢利用建筑物的孔洞，同样喜欢利用孔洞的还有一些椋鸟。

01·

罗雅那边聊得热火朝天，康平这边愁云笼罩。

老彭几次欲言又止，看康平一副不想多说的样子，又把话头咽了回去。老关朝他摇摇头，让他少安毋躁。

下午，第一节就是林鹏的B市及周边常见鸟类识别。

林鹏讲得幽默生动，总结了很多便于记忆的小窍门：

但凡见了嘴和爪都是大弯钩的，百分之百是猛禽，而猛禽都是国家二级以上保护动物，包括隼形目[1]和鸮形目。

有几种雕，比如金雕、虎头海雕等是国家一级保护动物，它们都有很容易识别的特征，比如体型巨大，脑后有金色羽毛或者翅膀上有大面积白色羽毛。

猫头鹰是所有鸟类中唯一双眼都朝前而不是长在头部两侧的物种，不是所有猫头鹰都有那两个像猫耳朵一样的耳羽簇，比如纵纹腹小鸮、林鸮等都是圆头圆脑的。

有几种鸟长得很像猛禽，比如夜鹰和杜鹃，这是一种拟态，为了保护自己或震慑其他动物，但这两种鸟都是攀禽，还都是小短腿，短得站着跟趴着似的。

雨燕的四个脚趾都朝前，是一种很特殊的攀禽，特殊的脚趾结构导致它们很难在平地上蹬地起飞，必须在高处先做一个自由落体，所以如果捡到掉在地面的雨燕，可以先把它们举高，如果没有伤病的话它们自己就飞走了。

毛腿沙鸡的脚趾之间长着厚厚的肉垫，看上去像哺乳动物的脚，这是为了在沙地上行走不容易陷进去。

麻雀很少像喜鹊、乌鸦一样在树上搭建碗状的巢，它们更喜欢利用建筑物的孔洞，同样喜欢利用孔洞的还有一些椋鸟。

公鸳鸯在非繁殖期会换掉那些华丽的羽毛，看起来跟母鸳鸯

1.2013年以后鹰形目才正式从隼形目里分出来，单成一目。

差不多，而白"眼圈"和眼睛后面那一条白线是识别鸳鸯的标志。

珠颈斑鸠脖子上有一段黑底白点的"围巾"，它们是"瞎凑合"的季军，筑巢的时候基本上就是选一个平台，随便放两三根树枝，只要蛋不会滚远、漏下去就行，而"瞎凑合"的亚军是红隼、夜鹰，冠军则是一些䴙䴘还有鸥，它们的"巢"连树枝都没有，可能就是随便找个平台或者就在地面产卵，如果在自家许久没有住人的毛坯房或者空调外挂机位等地方发现来历不明的蛋，多数就是红隼或斑鸠的，而到湖边、海边也要小心不要踩到地面的䴙䴘和鸥类蛋，更不要去捡野鸟蛋，因为捡蛋也是盗猎行为……

虽说是物种识别，不过林鹏的侧重点都在鸟类方面，他讲了很多鸟类从成年、幼鸟甚至蛋和巢的特征，末了，他还不忘推荐了B市周边几个著名的"观鸟胜地"，干货满满，大家听得津津有味。尤其白树他们几个，因为就跟林鹏坐在一起，中午还一起吃了饭，友情急剧升温。林鹏还跟他们组了一个QQ群，说如果他们在执法的时候遇到不认识的物种，可以随时问他，几人更是喜不自胜。

"……我的PPT可以分享给大家，就存在这台电脑的桌面上。再次谢谢大家。"

林鹏鞠躬下台，台下掌声雷动。

康平不得不承认自己的确长了见识，他竟不知道B市这种大都市周边有这么多野生动物，甚至还有华北豹，而城市里也有很多伴人生活的野生动物，比如刺猬、黄鼬、喜鹊、乌鸦……

康平看看老彭，上一次他们两就是因为不认识动物，才被罗雅狂怼了一通。听到林鹏说这个PPT可以分享给大家，他犹豫着自己一会儿要不要也去复制一份回来学一学。康元甫越是嘲弄，他就越是要做出成绩给他看看，即使有一天他不做森林公安了，那也得先证明他不是做不好，只是不想做了而已。

他想得略微出神，等回过神来的时候，却发现罗雅已经站在台上了。

她也要讲？

康平有些惊愕，而后他又不自觉地想起罗雅怼天怼地怼空气的狂霸酷炫来，开始担心她该不会讲着讲着突然给他来个点名批评什么的。想到这他不自觉地往下缩了缩身子。哪承想刚这么一动，目光却和台上的罗雅对上了，康平心里打了个战，越发觉得罗雅看他的眼神是那么不怀好意。

罗雅上台也和别人不同，别人都是手持麦克风，她则是戴了个头戴式麦克风，还抱了个大箱子。只见她从箱子里掏出好多物事，一一摆在桌上，然后才说开场白："大家好，我叫罗雅，是B市师范大学生态专业的学生，今天我要讲的是《野生鸟类急救》。"

所有人都好奇地看向她拿出来的那些东西，有大浴巾、小毛巾、布套、很厚的焊工手套、比较薄的皮手套、针管、橡胶软管，还有两个很可爱的仿真猫头鹰布偶。

"我知道大家在执法过程中经常要罚没或救助活体动物。而执法后对这些动物的救助和安置一直是困扰很多人的问题。今天我就以猛禽为例，把野生鸟类的一些急救和安置方法分享给大家。"罗雅说着打开了PPT。

"目前，世界上有近一万种已知的野生鸟类，我国有一千三百多种[1]，它们是恐龙的直系后裔，也是我们日常最常见到的野生高等动物，当然，无论种类还是数量，恐怕会是给大家带来麻烦最多的野生动物。"

台下响起几声心有戚戚的轻笑，显然有不少森警已经意识到了这个问题。

罗雅讲得层层深入，从鸟类的身体结构，到经常遇到的威胁、常见的伤病，以及该如何对症急救，*丝丝入扣*。讲到一些需要特别注意规范的动作时，她还会用手里的猫头鹰布偶做演示，直观易懂。

参会人员都听得聚精会神，除了康平。

听了这么半天，傻子也知道她讲的内容多重要，但康平就是不想好好听，仿佛如果自己认真听了就输了。所以他低着头在玩手机。他的手机里音乐比较多，还有两个小游戏。这次来开会他忘了带耳机，音乐是不能听了，游戏离了音效似乎也不那么好玩了。康平摆弄了一会儿手机，几乎把所有娱乐APP打开了一遍，最后他打

---

1. 2010年，很多鸟类的亚种还没有独立成种，还有一些鸟不在我国境内分布，而2016年以后，我国已经有一千四百多种鸟类。

开了微博。

几个月没动，登录进去发现还是小号"狮子很生气"。

未读信息是有几条的，不过康平想大概都是什么系统广播。顺手点进了私信，然后，他以为自己看错了，揉了揉眼睛又仔细看了一遍——玫间怀风：Hello。我有个好东西你要不要？

康平猛地一抬头，由于之前低头太长时间，这一下他都能听到自己颈椎骨发出"咯嘣"一声，引得老关和老彭他们纷纷侧目。

台上的罗雅也被他突然抬头吓了一跳，说话都卡了一下，要不是准备足够充分，这会儿她该忘词了。

中午吃饭没看见这只花瓶她毫不意外，她上台讲了半天他在底下一直玩手机也在她意料之中，还感慨了一下烂泥扶不上墙。然而这货这会儿为什么一副仿佛大白天见了鬼的表情瞪着自己，她心里就没谱儿了。

错开目光，她定定神儿接着把内容往下顺："看了这张图，相信大家可以比较直观地判断鸟类的脱水情况。脱水会对鸟类造成致命伤害，很多时候补液比喂食更重要。而且在鸟类严重脱水的时候，立刻喂食反而可能加速鸟类死亡。补液可以采用口服补液法，最好的口服补液方式是用喂食器连上橡胶管，将生理盐水或乳酸林格溶液直接给到鸟类的胃里。这里要注意的是插管的时候小心避开它们的气管开口；如图所示，它们的气管开口在舌根部。当然，如果买不到这种圆头橡胶管，直接把生理盐水滴在它们的嘴边让它们慢慢喝下也是可以的。接下来我们讲讲保定[1]。规范地保定鸟类可以大大提高操作人员和鸟类双方的安全系数，其原则是控制住它的跗跖和翅膀，同时尽量限制它头部的活动，如果是鹭、鹳、鹤、天鹅、秃鹫等脖子很长，攻击性很强的鸟类，需要格外注意控制头部，谨防它们突然抬头攻击操作人员的头面部。保定鸟类时要控制好力量，如果太松，鸟类很容易挣脱；太紧的话又可能造成挤压伤，严重的话会致命。为了减轻鸟类应激，除了进行头部检查、口服补液、喂药、催吐等必要处理之外，应尽量用毛巾或布套将鸟的头部遮住。检查、治疗通常需要至少两个人配合完成。下面请我的学长林鹏配合我给大家示范一遍。"

1.保定：专业术语，意为保持其稳定，不是河北保定。

　　林鹏是和她练习过很多次配合的，动作到位。唯一的问题是，主席台太高了，场地也太大了些，坐在后面儿排的都看不太清。

　　大家都知道这套技术很重要，更知道这样的培训机会很难得，当然都不想就这么含混过去，于是就有人举手，请求罗雅他们到台下再演示几次。有一个带头，立刻就有一大群人附和。

　　何局长回头看看大伙，呵呵一乐，对罗雅他们说："两位同学，你们看大家热情高涨，要不就辛苦你们到观众席分区演示几次，好不好？咱们这个环节就多用点时间。"他又问全体与会人员："今天下午的会议推迟一点结束，大家有没有问题？"

　　除了康平，大伙儿都答："没问题！"

　　康平左右看看喊得很大声的老关和老彭，那种"被抛弃"的感觉越发强烈。但是这种场合显然不能甩脸子就走，他趴到了桌子上。

　　老彭注意到他这副难受的样子，也知道是怎么回事，心里更觉得愧疚，但是他这次不想由着康平这么自暴自弃下去了，便轻轻拍了拍康平的后脑勺。

　　老关见状也跟着拍了一下。

　　然后是指导员，隔着老关，揉了揉康平的头发。

　　被当小孩子哄了，康平顶着一头乱发委委屈屈。

　　罗雅却已经来到了他们所在的区域，而且很不幸，由于康平他们这排刚好在这个区域中间，现在罗雅和林鹏就站在康平旁边，当然，隔着一个老彭。

　　老彭还是有点尴尬的，但是他不想继续给康平做坏榜样，看到罗雅走过来，他主动打了声招呼，还称赞了一句："讲得真好。"

　　罗雅明显愣了一下，第一次见面时之所以闹得不愉快，主要就是老彭那副傲慢和漫不经心的态度激怒了她，这次在交流会上碰到他和康平，罗雅已经做好了他可能会找碴的准备，没想到现在这位彭警官居然愿意主动示好。

　　礼尚往来，她也朝老彭点点头道："彭警官好，好久不见。"她这样一说，旁边有许多人向彭警官投来羡慕的目光。显然众人心里几乎已经把"认识罗雅"和"以后干得好工作"画上等号了。

　　老彭反倒有些不好意思，他挠挠头憨憨地笑了。

　　气氛一度十分和谐，除了几乎把"拒绝"二字写在脑门上的康平。

众目睽睽之下，康平也不好意思再做什么小动作，只好表面上老老实实看着，心里碎碎念希望罗雅快点讲完快点离开他身边。

罗雅当然把康平的一切反应尽收眼底，她觉得有点好笑，神色如常地和林鹏一边演示一边讲解，甚至为了恶心康平还故意多讲了一点点内容："刚刚我主要讲了口服补液，其实如果想要更快地达到纠正脱水的效果，可以尝试皮下补液，就是把无菌生理盐水注射进鸟类大腿内侧的皮下。因为鸟类的皮下结缔组织比较疏松，而且神经比较少，所以不会疼。鸟类平常都是蹲立的，大腿一直隐藏在腹部的皮肤下，想要皮下补液就要把它的腿抻直。做这一步的时候要小心，一是不要扎到肌肉里，二是进针点不要太靠上，以防扎伤腹部或者气囊。另外要注意的是，皮下补液只能用无菌生理盐水或者乳酸林格溶液，不要用葡萄糖溶液。"

众人纷纷点头，还有人记起了小笔记。

康平无语，看向罗雅的表情越发幽怨。

老关在一旁哭笑不得：合着这是俩幼稚鬼。

02.

其实罗雅演示的时间并不长，每组也就五分多钟，但是对康平来说，真的感觉罗雅在身边念了五百年紧箍咒，而他自己不幸就是那只猴儿。好不容易罗雅在这个区域讲完了，转战到后面几排，他长长地舒了一口气。老关一脸慈祥地又揉了揉他的头发。

老彭还在低头记笔记，一边还没心没肺地问康平："哎，她刚才说那个龙啥？龙骨突指标？怎么判断来着？"

被迫听了全程的康平认命地接过老彭的本子和笔，在上面把龙骨突从最胖到最瘦的五个指标一一画出来。他算看明白了，这帮人明着暗着一套一套的不过就是想让他跟罗雅和解嘛。

老彭朝他龇牙一笑："过目不忘啊！厉害！"换来康平幽怨的瞪视。

这一番演示就花了半个多小时，罗雅和林鹏回到台上，又开始给大家讲怎样安置被救助的野生鸟类。此前安琪给了她很多M国明尼苏达州猛禽中心和北卡罗来纳州猛禽中心笼舍设计的照片，并且把每个部位为什么这样设计，怎样评估笼舍布置是否合理等知识一一告知，她也是如实讲给在场的执法人员听。只不过这部分是需要有一个功能齐全的野生动物救助中心才能实现的，目前B市并没有这样的单位，执法人员救助或罚没的动物一般就是临时安置在办公区，或者自行找农庄、动物园等地方安置。针对这一现状，罗雅也向安琪请教了临时安置方法，而且这次她手上还有现成的例子——白树。

之前准备PPT的时候，罗雅是问过"勇敢的小白鼠"是否可以把他救助猛禽的过程作为范例的，得到了肯定的答案。她看了看最后一排的白树、叶枫等人，莞尔一笑，接着讲："其实临时安置场所也不是很难布置，请大家看这几张图，这是之前C区森林公安处罚没的几只猛禽，被白警官他们照顾得非常好。虽然他们也没有很大的场地，硬件条件非常简陋，但是对临时安置场所布置合理，又为猛禽提供了合适的充足的营养，在每天与猛禽接触的过程中，还充分考虑到动物行为问题。为了不给雏幼鸟造成印痕行为或者习惯化行为，他们喂动物、打扫笼舍的时候都要给自己做伪装。大家看，这张照片里假装自己是一棵树的就是白树警官。"

照片里的"树人"穿了一身棕色的衣服，头上套了个棕色的圆筒形布套，只露出两只眼睛，布套顶上还缝了点塑料仿真树叶，看起来滑稽十足。全场的人一边哈哈大笑，一边纷纷回头向白树他们挑起了大拇指，也有鼓掌的。

被第二次当场点名表扬的白树笑成了一朵花，站起来向全场同仁敬了个礼。

等白树坐下，罗雅接着讲道："请大家看我这个大纸箱，这可不单是用来装教具的，它本身也是个教具。可能大家见到鸟就会想起鸟笼。但我要说的是，请大家一定不要用鸟笼来安置野鸟，除了会造成应激之外，这些铁丝、木条还会导致鸟类在冲撞、挣扎中撞伤头部、别伤四肢。最安全的临时安置野鸟的容器就是纸箱。我们可以给纸箱顶部扎几个通气孔，再在里面垫上厚毛巾或旧衣物，如果鸟的精神好，能站住，还可以横着插几根树枝。给鸟补液或喂食结束后，就可以把它们安置在这样的纸箱里，然后盖上盖子，营造一个安静、黑暗、26℃左右的环境。这样做可以极大地减轻应激，保证鸟类的安全并提高救助成功率。纸箱的尺寸不用太大，也不能太小，最好能让鸟自然站立但是无法完全打开翅膀。大家看我这个箱子，长宽高都在60厘米左右，可以安置猎隼、普通鵟、长耳鸮等猛禽，但是如果用来安置红角鸮和纵纹腹小鸮等，就显得太大，而用来安置草原雕等猛禽又显得太小……"

本来预备讲半小时的内容，因为大家过于热情，不断要求重复演示，又不断有人提问，生生被拖成了两小时。后来干脆征得其他主讲人同意后把原定的下午第三、第四节内容挪到了第二天。

如果是平常的会议延时成这个样子，何局早就发飙了，但是今天，他是笑得见牙不见眼。罗雅的这场讲座本来就是他安排这次会议的核心，大家对讲座如此上心，就证明他安排这次会议是必要的，是成功的，是能解燃眉之急的。

两个多小时讲下来，罗雅已经口干舌燥，回到座位猛灌了一大杯水。

然而意犹未尽的众人却还不放过她，待主持人宣布当日会议结束之后，罗雅和林鹏很快就被一大票训练有素的警察包围了。大家七嘴八舌地问各种问题，罗雅也尽量耐心解答，就这么又讲到了晚餐时间。

"哎，我说兄弟姐妹们，林鹏他们和我们建了个QQ群，想加的都可以加进来，也方便有什么问题随时请教，好不好？现在咱们赶紧让人家吃饭休息吧，这都一刻不停讲了整整一下午了。"这么说的是白树，立刻得到了广泛响应，他把群号写在了前面白板上，一时间处理加群申请忙得不亦乐乎。

晚饭和午饭不一样。一是因为会场在市区，大部分人晚上是可以回家吃饭的，比如白树他们；二是因为有很多人想利用这个机会跟好朋友出去找个好点的饭店聚聚，不想在酒店吃自助餐将就，还要受时间限制，是以报名的人并不多。主办方一统计人数，干脆安排了一个更小的餐厅。

小餐厅里没有大圆桌，只有四人位的小方桌。罗雅和林鹏把一大堆教具送回房间，再去小餐厅的时候发现大部分位置都坐了人。

两人各自拿了盘子去餐台取餐。林鹏是个面食爱好者，听到有新鲜的肉饼要出锅，美滋滋地跑过去等着了。罗雅挑了红彤彤的一盘看着就觉得很辣的菜，自己先去寻了个角落里的空位坐着。

刚吃了两口，感觉有人走了过来。她还以为是林鹏，一抬头，却发现居然是康平，还神色复杂地看着她。

罗雅放下筷子瞪了回去，正想再怼他两句，却听康平突然问："你什么意思？"

罗雅"哈"了一声翻了个白眼："有意思，我来吃饭也惹到你了？"

康平也翻了个白眼，气哼哼说道："谁问你这个了？你说要给我东西？你要给我什么？"

罗雅莫名其妙地指指自己又指指康平："我什么时候说要给你东西？康警官，你……"她本来想揶揄一句穿着警服不能饮酒，却突然停住了话头，因为她想起了一种可能——"等会儿……你……该不会……"

康平却已经掏出手机按了几下，递到她眼前。

——"Hello。我有个好东西你要不要？"

饶是罗雅神经坚韧如钢筋，也一脸大白天见了鬼的表情瞪着康平愣了好半天，嘴角直抽抽，直到康平不耐烦地干脆在她对面坐下。

"所……咳……所以……这是你？"罗雅的声音都有点变调了。

康平突然意识到自己之前好像误解了什么，但他都已经来了，不如干脆把话说清楚，于是他问："你不知道这个是我？"

"我上哪知道去？我一不是网警二不是黑客好吗！"罗雅一脸崩溃，前有白树，后有康平，只不过一个带来的是惊喜，一个带来的堪称惊吓。

"那你要给他——"他指指手机上"狮子很生气"那个ID，"什么好东西？"

"哦，之前感觉'他'……应该也是个森警，所以我想问'他'要不要这次会议的PPT，不过现在看来也不需要了。"

其实这个答案康平隐约猜到了，他只是想来求证一下。至于求证之后要怎么办，他还没想好。他又问："你还记得'他'……我……骂过你吗？"

罗雅倒是咧嘴一乐："嘿，有来有往吧。不过你这样一说我倒是有点好奇了，最开始，我看你态度挺好呀，怎么一扭头在网上就成了另一副面孔？我看你不像两面三刀的人呀。"

她不说这个还好，一说康平就来气："你还说呢！都是因为你在网上乱说话形成舆情，害我们所长挨处分了。"

"彭警官是你们所长？"罗雅惊讶道，然而随即她明白过来，"哦，不是，我知道了。哎呀，那还真是不好意思，我本意并非如此。当初只不过是想向大家说明一下不科学放生的危害，还有……咳……还有分析一下这种乱象一直没得到有效整治的原因。我是没想到这样会害你们所长被处分，对不起啊。不过你们所长真是个好人。"

罗雅会这么干脆地向他道歉令康平感到十分意外，他沉默了。

其实从遇到罗雅开始，他总是做得不好的那一方，他心里明镜儿似的。甚至他知道罗雅说的很多——好吧，基本都是对的，也知道罗雅的人品其实相当不错。但是一旦开始结怨，就很难理智地去思考和行事，无论对方说什么做什么，都容易先往坏处想。康平也知道自己是个容易冲动的性格，一冲动就容易做出错误的抉择，这次是，高考的时候也是。现在细想，自己的确是出警不力在先，在她被网暴的时候去落井下石在后，直到今天，在会场，自己也在她讲课的时候几乎全程都没有好好听，还想尽办法表现得不屑——尽管那些内容其实很重要。如果是别人对自己这样，自己怕是当场就要发火，发完了火也要将她拉进黑名单。但罗雅现在还平静地跟自己说话，还跟自己道歉，还……曾经想给自己一份会议记录。

越想越无地自容。

罗雅看着康平就这样突然沉默了，神色越来越黯然、越来越纠结，也不知道他到底是怎么个心路历程，也不知道自己该说点啥，只好陪他一起沉默。

忽然，她听他发出细如蚊蚋的一声："对不起。"还没等她做出任何反应，他又用更大的声音说了一句："对不起，是我不好。"

他没有抬头，仍垂着眸，长长的睫毛刷下两道扇形的阴影，紧抿着唇，沮丧极了的样子看起来倒有几分楚楚可怜。

罗雅知道用"楚楚可怜"形容一个男生有点不那么妥当，但她脑子里第一个蹦出来的真的就是这么个词。

见康平眼神还在躲闪，罗雅突然又有点想笑。正要说点什么，却见林鹏已经端着盘子往这边走了。

林鹏早看见罗雅面前坐了一位警官，还以为是趁着吃饭的机会过来请教的，也没多想，就想跟罗雅打声招呼，然后随便找个空位子坐下，却见罗雅跟他招了招手示意他过去。

罗雅想的是既然康平愿意来道歉，索性大家一起把话说开，不要以后心里留疙瘩。康平道了歉不见罗雅回应，还看她招呼林鹏过来，以为她根本不接受他的道歉，还在下逐客令，扁了扁嘴，就想起身离开，却被罗雅眼疾手快地拽住了。

他没好气地问："干吗？"

罗雅却笑嘻嘻地说："别走别走。给你介绍一下。"她又对林鹏说："老林，嘿嘿，你猜他是谁？"

林鹏看看他俩这拉拉扯扯的动作，还有康平那仿佛在闹别扭的小表情，脑子一抽，问："你男朋友？"

03.

"妈耶！"罗雅绝望地捂住了脸。林学长真的只有在做正经事的时候才会变成值得信赖的优秀学长，其他大部分时间都思路清奇。

康平红了脸，赶紧分辩："我不是！"其实他看罗雅和林鹏一直坐在一起，连演示都要一起，还以为林鹏才是罗雅男朋友来着。原来不是吗？

却听罗雅笑骂："老林给我靠谱一点儿！他是'仲夏之狮'啊。"

林鹏略一愣，随即想起来跟"仲夏之狮"的一点小过往，不过看罗雅现在的态度，这点"恩怨"早就不值一提，几人又聊了聊，也算把话都说开了。

康平指指坐在另一个角落正关切地望着这边的三人，说："那……我……我回去了。"

他拔腿就要走，胳膊却再一次被拉住了。

再抬头，却见罗雅收起了脸上嬉笑的表情，郑重而温柔地对他说："不要紧的。"

"什么？"

"我说，不要紧的，你的道歉，我接受了。"

那一瞬间，康平仿佛听见长久以来压在自己心上的大石头崩塌的声音，然后，他感到前所未有的放松和……一种他形容不出来的情绪。

第二天早上，苦苦思索了很久该怎么让康平和罗雅冰释前嫌的白树跟李佳一来到会场，就目瞪口呆地看见昨天还仿佛不共戴天的两人已经坐到一起去了，当然，不只有他俩，还有林鹏和石门山派出所的三人，现在都坐在最后一排。白树以为自己执念太深看到幻觉了，揉了揉眼睛，又狠狠掐了自己大腿一下，疼得倒抽一口凉气，然后他听到旁边人发出了他想发出的感慨："我不是在做梦吧？"扭头一看，是叶枫到了。

三人面面相觑，都觉得眼前的场景如梦似幻，正风中凌乱时，却见罗雅回头看见了他们，跟他们招手，康平也跟着回头，有点脑腆地招呼道："佳姐，白哥，叶哥，早啊。"其他几人也纷纷起身跟他们握手。

寒暄几句，白树指了指罗雅又指了指康平，一时不知道从何说起，讷讷道："你们……这是……"

罗雅嘿嘿一笑："早上吃饭的时候遇到了，就一起过来了。"

白树挠挠头，憋了半天，憋出一句："那挺好，挺好。"

说话间，会议就快开始了。

第二天的内容对森警，尤其是非科班出身的森警来说有点难，其中有两个主讲人属于科研能力不错而科普水平不强的那种，讲话还有浓重的地方口音，全场人基本都听得云里雾里——除了康平他们这一排和他们前面一排。

有罗雅和林鹏在，他们有什么没听清没听懂的，都可以得到快速解答。虽说交头接耳有点失礼，但是如果不这么干的话听了等于没听，似乎更失礼。还好主讲人也知道自己的问题所在，也不计较。

趁着休息时间，李佳把白树推到一边，自己坐到罗雅身旁，一边示意罗雅看手机上的一个网页，一边小声说："雅雅，帮我看看这个呗。"

罗雅低头一看，原来是有人在微博上发私信给C区森林公安处的官方ID报警的。里面的几张图上是某电商平台的商品截图，而李佳之所以心里没底，除了照片上的动物她不太认识之外，还因为图上有大量的日语，从这一迹象判断，供货商并不在国内。

这可能涉及濒危野生动物走私，可能要和海关联合侦破，流程非常复杂，李佳也不能贸然回复热心网友。

罗雅对李佳这种谨慎负责的态度还是很欣赏的，不过她仔细看了一下，图上的几种动物都是已经有了大量人工种群，甚至体色和一部分生理结构都已经和野生个体不同，基本上已经不会对野外种群造成什么影响，也不受华盛顿公约和国内野生动物法保护的物种。

她对李佳说："这些物种如果要从国外进口，只要有完备的检验检疫和报关凭证就是完全合法的。"不过看到那些手写的日语标签的时候，她还是愣了愣，那字体，很眼熟啊。

李佳点点头，又问："那这上面写的什么呀？"

"哦，这几个上面是商品名。比如这个豹纹守宫，繁育者写了它们的不同花色，有一段是介绍它们的原分布地在印度，下面一段介绍了他是从一个美国人那里获取了合法种源。这里说的是饲养方法。最后还有繁育者给每一只动物取的名字。"

李佳点点头，知道该怎么回复热心网友了。

"我看这个店家好像还不错。"罗雅又补充了一句，指了指那张没有动物全是字的截图，"这张上面的意思是让大家首先了解自己国家的法律可不可以养这些动物，不要违法犯罪。并且告诉大家饲养伴侣动物是要把它们当成家人一样负责的，一定要考虑清楚自身条件能不能满足动物的所有要求，不能虐待它们，更不要随意丢弃。"

李佳连忙又点点头，转头联系海关去了。

罗雅却有些恍惚，那字体，分明是她的日本前男友的。

没想到再知道跟他有关的消息是从这种渠道。她甩甩头，总归已经是陌路人，不多想了。

实际上，罗雅也没什么时间缅怀自己的初恋——一到会议间隙，她和林鹏周围总是围满了人，有请教物种识别的，有问动物急救的，还有听别的讲座没听懂跑过来求解释的；哦，还有来要手机号的。

康平发现，罗雅这人对别人的求助几乎是来者不拒，甚至有些东西如果她自己也不是太了解的话，还会特意去找专家求教，然后回来用更浅显易懂的方式讲给大家听。这样一来向她请教的人倒是获益匪浅，她自己却连喝水都快顾不上了。看着她已经干得起皮的嘴唇，康平想了想，跑到后面餐饮区接了杯水，递到罗雅面前。

罗雅正跟人讲解为什么城市里高楼大厦使用玻璃幕墙会对鸟类造成威胁，以及河道硬化工程的种种弊端——比如几乎会让一段水体丧失原有的生态功能——这些都是刚刚那位讲者在PPT里一带而过没有细讲的内容，却有不少人对详细的原因很感兴趣。在遭遇了不那么耐烦回答问题的讲者，或者口音太重简直鸡同鸭讲之后，很多人已经习惯性地有问题来问罗雅，而不是直接去找讲者问了。

罗雅说得口干舌燥间，面前突然出现一杯水，她立刻开心地接过，想抬头道谢顺便看看是谁这么体贴的时候，却看到了康平那张每次看都觉得美得过分的脸。

"谢谢呀。"她笑眯眯地说。

"不客气。"他笑眯眯地答。

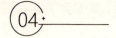

04.

　　两天的会议很快就结束了。对于大家表现出的空前高涨的学习热情,何局感到很满意。他甚至盘算好了下一届交流会该怎么组织。要不就像老郑说的,来个全国推广?

　　罗雅和林鹏站在路边。他们来的时候是搭了郑教授的顺风车,但其实郑教授只出席了第一天的会议就回去了。罗雅正想着搬着个大箱子换乘两趟公交太费劲了要不干脆打个车的时候,有人拍了她一下。她回头一看,是康平。

　　"你们要回学校吧?我家离那儿不远,要不要搭顺风车?"康平扬扬手里的车钥匙,并没有注意到在他身后白树看着他们流露出孺子可教的表情。

　　罗雅和林鹏当然不会拒绝这样的好意,虽然之前掐得跟乌眼鸡一样,但一旦双方都不再作妖,就又觉得对方还挺可爱的。然而毕竟两者之间此前唯一的交集就是水火不容来着,也没什么共同话题,车里气氛一时有点尴尬。

　　安静了一会儿,康平突然问:"那个……你之前的PPT,可以发给我一份儿吗?我昨天没好好听。"

　　听他突然这么坦然地承认错误,罗雅倒不生气了,痛快地点点头说:"没问题。我这还有其他几位讲者的PPT,干脆都给你吧。你哪里看不懂的话,可以随时问我们。"

　　康平忙里偷闲地看了她一眼,又立刻把注意力放回到路面上,略带自嘲地说:"我这就抱上金大腿了。"

　　林鹏在后座哈哈大笑。

　　罗雅却认真地说:"你愿意看,我就很高兴。"

　　康平点了点头,随即他突然想到什么,问:"哎,我一直很好奇,你们怎么认识那么多动物?你们怎么找到它们的?为什么我在山里待了三个月还是什么也找不到?"

　　林鹏坏笑道:"当然是有窍门啦,你想学啊,叫声'师父'我就教你。"

康平一阵无语。

罗雅也笑："老林你别逗他了。"然后她转过来对康平说："过几天我们要去山里观鸟，你要不要一起来？"

康平一听，瞪大了眼睛一脸的跃跃欲试："野营吗？好呀。我周五、周六轮休。"

说来，他只有小学的时候跟同学们去植物园野餐过，野营这种经历可是他从来没有过又一直想尝试的。想到夜晚、星空、篝火、帐篷，还有悠扬的口琴声——那些电视剧里经常出现的露营场景，他就心向往之。

话匣子一打开，就不那么容易关上，尤其还有林鹏这种逗哏潜力股，别说就三个人，就是再来三十个人他也可以凭一己之力活跃一车的气氛。康平也是越聊越开心，连话都多了起来。

送罗、林二人回了学校，康平到家已经晚上8点多了。爸妈都不在家，康平美美地洗了个澡，轻快地哼着歌。这天晚上，他难得地睡得十分香甜，连个梦都没做。

第二天上班的时候，所有同事看到喜气洋洋的康平都惊诧了。不怪他们十分不习惯，毕竟他来这里的一个月基本每天都跟行尸走肉一样，虽然确实还挺养眼的。

只有白树知道为什么。他看着默默跑来帮他收拾临时笼舍的康平，感到十分欣慰。然后他学老关那样，揉了揉康平柔顺的头发。

康平挠挠脑袋，他并不抗拒这种亲昵的动作。如果说之前白树因为对他抱有盲目的期待才对他有一种刻意的亲近，现在这种发自肺腑的认同才真的让他感到高兴。

"哥，罗雅说周五、周六要上山野营，让我问你要不要去。"

白树笑嘻嘻打趣道："哎哟，这么快就要一起野营啦！我去好吗？会不会变成电灯泡啊？"

就知道他正经起来不会超过三分钟！康平无奈道："这是人家每年固定的观鸟活动，她们同学也去的。你想什么呢？"

"观鸟？你这么说好像确实挺有意思的，哎，我去跟小王串个班。你帮我跟小罗报个名吧。"白树乐颠颠地跑了出去，没过一分钟他又折返回来，对康平说，"哎，还是帮我报俩名吧，顺便你再问问老叶。"然后他又风一样地跑了。

　　明明就是你自己动机不纯吧！康平在心里疯狂吐槽。他不用想就知道白树要的另外一个名额是给谁的。

第八章

野外求生指南

对于这种坠伤伤员，最好是不要贸然搬动，原地等待救援。

01

野营的地点选在了B市以北一个山水相依的景区。之所以选了景区而不是保护区，是因为他们这儿回去的人太多，其中有好几位完全没有任何野外生存经验，而且有康平这个对篝火有所执念的家伙。"林区纵火，牢底坐穿"的口号大家每年都喊，当然不能知法犯法。罗雅他们选的景区里有专门规划出来的露营场地可以尽情地举办篝火晚会，不用担心任何火灾问题，而且这里有B市北部最主要的水系横贯其中，周围还有好几个森林公园和保护区，风景秀丽，野生动物种类也不少。

到了秋高气爽的日子，作为北纬40度的城市，昼夜温差极大。天气晴好的正午，气度还在30℃左右，不过早晚就只有10℃左右，到了半夜更是接近0℃。

康平一大早从学校接了罗雅、陈晓妍、房静和林鹏，又到约定地点和接到了李佳的白树会合。

一行人，两辆车，选了一个非周末的日子出发，路上倒是不堵，很快就到了目的地。

下车的时候，罗雅瞄到了李佳背的猫咪造型的小书包，大概塞一瓶矿泉水加一件厚衣服就满了，她诧异地问："你就带了这么点东西？"

李佳看罗雅他们背的60升登山包也表示了震惊："要……要带这么多东西吗？"

罗雅点点头："是啊，山里到了晚上很冷的，防寒的衣物要带足。还有咱们要在山里待两天，帐篷、睡袋要准备，食物和水也必不可少；这里可以生火，所以我们带了粮食、菜和锅、餐具、药品……"其实出发前大家拉了一个QQ群，这些内容林鹏已经在群里说过。罗雅想，估计李佳没注意，或者即使看到了也因为从来没有野营经验不知道其重要性。但马上，罗雅他们就都不说话了，因为白树从车上扯下来一个80升大包，顶上明显绑了两个防潮垫还有一个帐篷，哦，他还从后备厢拽出来一个烤肉架。

大家仿佛闻到了恋爱的酸臭味。

露营区是位于远离河道的缓坡，出于防火考虑，面积并不大，周围没什么树，连草都因为总被人踩踏而稀稀拉拉的。

罗雅他们架好了帐篷，洗菜的洗菜，挖坑的挖坑，搬柴的搬柴。

其实景区并没有禁止游人去林子里捡那些枯树回来烧，但是在罗雅他们看来，自然林里的枯树也是有其生态价值的，可以为其他生物提供营养或庇护之所；即便是在景区里，也不能过多干预自然。所以他们宁可绕远，宁可更辛苦地去买专用木柴。这些木柴是从更远一些的人工经济林里合法获得的。

康平好不容易架好了帐篷，挖好了排水沟，一回头，看陈晓妍拿着工兵铲在那儿挖坑挖得辛苦，跑过去说："我帮你挖吧。"

陈晓妍当然是记得他的，虽然第一次见面的时候不那么愉快，但罗雅接纳了他，她就没什么意见。见他自告奋勇来帮忙，点点头把工兵铲交到他手里，她就跑去帮罗雅搬柴火去了。

云淡，风清，暖阳高照。

散发着青草香的坡地上，康平拿着工兵铲一通操作猛如虎，累得气喘吁吁。然而罗雅他们搬了木条回到营地的时候，看到他的"战果"都是哭笑不得——他把长条形方便架锅、方便生火的土沟加工成了一个比锅大许多而且明显过深的圆形的坑。

她们俩还没说什么，康平就从她们的表情上看出自己大概又干了件蠢事，整张脸都垮了下来。

罗雅本来是有点想吐槽的，但是思及此前自己吐槽过猛对他造成过伤害，再看看他淌着汗珠、挂着土的脸上一副大受打击的表情，又不忍心了。她左右看看，对康平招手道："来帮个忙。"说着朝坡下走去。陈晓妍当然知道她去干吗，也赶紧跟了过去。

不一会儿，三人从河滩上搬回来十来块石头。拿石头往坑里一垫，又拿出锅来试了试，一个合格的野炊灶总算是大功告成。康平的脸上也总算又有了笑意。

罗雅看他那个样子摇头轻笑。陈晓妍却看着罗雅，一脸的玩味，把罗雅都看毛了。

"怎么了？我脸上沾东西了？"罗雅问。

陈晓妍神秘兮兮地把她拉到一边，小声地说："雅雅，我感觉……你好像变了。"

罗雅感到莫名其妙："我哪儿变了？"

陈晓妍摸摸下巴："嗯……我也说不上来……你让我组织组织语言啊。哎，对了，就比如刚才那个坑——要搁以前，你肯定翻个白眼让他重新挖一个，今天你不但没嘲讽他，还帮他擦屁股……"

罗雅赶紧抬手打断她："打住，是收拾烂摊子，注意文明用语。"

陈晓妍伸手一指她，"哎，你看你看！以前你什么时候注意过我用语文不文明？我就说你变了！"她坏笑，"嘿嘿嘿，你什么时候变这么温柔了？"

我温柔了吗？罗雅想了想，突然问："那，你觉得我这样是好还是不好？"

她问得过于正经，陈晓妍都没反应过来："啥意思？"

"以前我总觉得，只要我是对的，就应该直言不讳地说出来，对方也应该接受我的建议。"

"这没什么错啊。"

"是没什么错。但是经过康平这件事，我开始反思。有时候我过于强硬可能反而会让事情往不好的方向发展。以森林公安这件事为例，以前我总是认为森林公安就应该怎样，却没有去了解他们为什么会做不好，没有体谅过他们的难处，颇有点'何不食肉糜'的味道。'不教而诛谓之虐'啊，既然我希望他们能做得更好，那么我切切实实帮他们做一些事，会比一味地批评指责要好许多吧？你说呢？"

陈晓妍颇以为然地点点头："我觉得罗爷说的都对。"

两人回了营地，白树和李佳也已经抱着洗好的菜回来了。房静和陈晓妍负责给大家做午饭，李佳过去凑热闹。这种时候罗雅是帮不上什么忙的，以她的厨艺，能保证吃的人不会食物中毒就不错了，所以她跑去林鹏那边，像他一样躺在地上架起望远镜往天上看。

白树和康平被林鹏和罗雅奇怪的举动吸引了过去，也仰头往天上看，只见蓝蓝的天上白云飘，然后就没有然后了。

"你们在看什么？"白树好奇地问。

"看鸟啊。"

康、白二人再次抬头看了半天，茫然地问："鸟在哪儿呢？"

罗雅把望远镜递给康平，拍了拍身边的草地，让他跟着躺下。

康平照做了，然而他举着望远镜看了半天，一根鸟毛都没看见。他狐疑地问："真的有鸟？你们不会在耍我吧？"

罗雅指着天上的一个区域，对康平说："那边，仔细看，现在有四只。"

康平再次举起望远镜，对着罗雅指的那个方位努力地看过去，然后发现四个小黑点儿。他揉揉眼睛再看过去，却发现黑点儿已经不见了。罗雅轻轻帮他调整了一下望远镜的角度，他才模模糊糊又看见了它们的身影。

"这是鸟？"

"对呀。"

"那……这是什么鸟？"

"鵟吧……应该是普通鵟，咱们第一次见面的时候有个贩子卖了一只，你还记得吗？"

康平震惊："这么远你怎么看出来的？"

罗雅耐心回答："这个季节正是鸟类迁徙的季节，夏候鸟要离开，冬候鸟要迁过来。还有一些是旅鸟，就是目的地在不在这儿，只是从这儿路过。B市的冬候鸟里面最常见的猛禽是大鵟和普通鵟，还有毛脚鵟，这几种喜欢高空翱翔，还喜欢跟其他猛禽聚群迁徙，时常形成鹰柱。鵟飞起来的时候剪影轮廓差不多，都属于躯干壮硕、头大、翅膀较为宽长的，而且只要有风的天气基本上很少振翅；因为它们都是荒原鸟类。不过大鵟的头比其他两种鵟的更尖些，翅膀上有一个区域的羽毛是纯白色，飞的时候阳光从上面照下来，看起来像开了窗户一样，也叫'翼窗'；毛脚鵟的尾根羽毛是雪白的，尾羽尖端有一条比较明显的黑色横条，也很容易看出来，那么剩下的看起来最土（身上颜色整体偏深）、肥圆的就是普通鵟了呗。"

康平让她说得一愣一愣的。半晌，他才幽幽地问："那除了这几种鵟，我们还能看到别的猛禽吗？"

罗雅说："当然啦，B市山多、林多、水多，离海也不远，位于我国几条主要的鸟类迁徙路线上。猛禽的话，有记录的候鸟、旅鸟和留鸟[1]加起来有四十多种呢，其中三十多种是隼形目[2]，也就是白天活动的，剩下十几种是鸮形目的，也就是俗称的猫头鹰，大部分都是夜间活动。"

---

1. 还有一些是十分偶然的情况下可能因为迷路过来的，叫迷鸟。
2. 2010年鹰形目还没有从隼形目里独立出来。2013年国际鸟盟才将猛禽分为隼形目、鹰形目和鸮形目。

白树好奇地问："那……你都见过吗？"

罗雅摇摇头："没有呀，我目前还没见过短趾雕和乌雕，不过老林都见过，他还拍过很多特别棒的照片，现在正在参与编纂一本《B市鸟类手册》。"

白树听了眼前一亮，拽拽林鹏："小鹏，等书出了告诉我，我一定买一本。"

林鹏点头答好。

罗雅看康平的神情，知道他显然很感兴趣，想了想，起身回了帐篷，不一会儿，又拿了一本书走了过来，递给康平。

康平接过一看——《中国鸟类野外手册》，挺厚。

"给我的吗？"

罗雅点点头，重新在他身边坐下："如果你也想开始观鸟的话，这本书可以送你。不过这个是手绘版的图鉴，虽然能够尽量完整地展现一种鸟的主要特征，但是和活体还是会略有差别，比如有些鸟的羽毛不仅有色素色，还有结构色，就像喜鹊，在一定的光照条件下看起来是黑白的，而另一些光照条件下看起来是蓝白黑的。这本算是入门书籍。要想把鸟认对，其实除了多出来观鸟、多看真鸟，没什么别的捷径。"

"谢谢！"康平珍而重之地把书抱在怀里。突然，他又问罗雅："有一本书……叫《寂静的春天》，你是不是也看过？"

罗雅倒有些诧异了："你居然看过这本书？"

康平有点不好意思地说："其实关二哥给我很长时间了，他曾经很希望我好好读读它，可我一直没看，如果不是这次开会关二哥也要来，我可能还会把它放在桌面当摆设。"他自嘲地笑着，"在你们看来，我是不是很可笑？"

罗雅没有说话，也许康平自己都可以总结出一万个负面评语给自己，但她现在不太想苛责他。

康平继续说："最初，我以为它是一本小清新文学作品，后来我以为它是科幻小说。等我认真看完，心情很沉重。我没想到很多我们从来不在意的东西，背后竟然会有这么可怕的危害。那本书里说的都是真的吗？"

罗雅却摇摇头："这本书出版于1962年，因为科技发展的时代局限性还有作者自身的一些偏颇，其实里面说的内容未必都有令人信服的科学依据。但它也并不是空穴来风。起码DDT等剧毒农药的大规模使用的确造成了当地生态环境的恶化，很多鸟类，尤其是猛禽因为生物富集作用产出无法孵化的蛋，导致种群大幅度下降——这是真的。这本书更大的价值在于启发公众乃至国家层面开始重视保护生态环境，可以说是世界环境保护主义的奠基之作。"

"真了不起。"

"是啊，真了不起。不过就像当初《物种起源》刚刚问世的时候挑战了神权而被非议一样，《寂静的春天》的作者蕾切尔·卡逊在这本书问世之后，遭到了一些人的猛烈攻击，有很多人对她冷嘲热讽，甚至说她是'歇斯底里的女人''大自然的女祭司'。还有人写一些讽刺她的作品，说什么人类如果脱离农药就只能回到原始社会。然而，你也知道，蕾切尔在她的书中说的从来不是让大家彻底不用化学农药，她说的是请大家慎用农药，并且尽量不要用那些会造成很严重环境威胁的剧毒农药。"罗雅苦笑道，"而那个时候，她其实已经卧病在床，忍受着癌症和化疗带来的肉体痛苦，还要忍受精神层面的攻击。她在这样的环境下撑了两年，两年之后，她就去世了。"

多么熟悉的断章取义，恶意曲解……他突然想起："那个时候，你也在遭受一样的语言暴力。而我……"

罗雅看着眼前这人突然又一副泫然欲泣的表情，仿佛他才是被欺负的那个，她失笑地拍拍他："别想了，都过去了。"

不多时，就听到陈晓妍喊："同志们，开饭啦！"几人纷纷起身回了营地。

三位森警都没有什么野营、野炊经历，感觉特别新奇。而罗雅他们跟一般的驴友不一样，他们经常出没的是保护区，野营时都只带干粮，不会明火野炊的，带火种也是为防不测，偶尔这样在野外吃热乎饭菜，也觉得挺有意思。

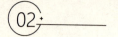

02

大家正吃得起劲儿，就见不远处的山路上走来一群人，有老有少，看起来应该是一大家子集体出游。

这家人里有个小女孩，看起来五六岁的样子，指着罗雅他们的锅对一个少妇说："妈妈我饿了，我想吃饭。"

她妈妈把她抱了起来，哄道："琪琪乖，咱们马上就要走到大门了，出了门我们就能找到饭店，琪琪再忍一忍，啊。"

小女孩瘪瘪嘴，很不情愿地点点头，但是显然是饿得很了，眼圈红红的。

罗雅见状赶紧拿空碗盛了满满一碗烩饭端过去，递到小女孩面前，说："宝贝乖，我们这里只有烩饭，不嫌弃的话就一起吃吧。"

琪琪爸爸忙忙说："哎呀，这怎么好意思？"

罗雅笑道："出门在外互相帮助是应该的，别客气。琪琪真是坚强的孩子，这么饿都没有哭呢。"

琪琪听了破涕为笑，在得到妈妈的许可后，她大口大口地吃了起来。

罗雅指指那口锅："我们做了好多，你们不嫌弃的话都过来吃一些吧。"

琪琪的爷爷明显也饿惨了，只是一直没好意思表露出来，听罗雅这么一说，他一边说着："哎呀，真是，惭愧呀惭愧，要蹭小友们一顿饭。"一边已经向营地走过去了。

琪琪的奶奶在后面一脸赧然，一边跟罗雅道谢，一边指着老伴儿的背影一脸的恨铁不成钢："都怪这老家伙，要不是他非要去接什么神泉水，也不会把装食物的包掉到水里。"

罗雅呵呵笑着把琪琪奶奶也带进营地，陈晓妍她们赶紧又收拾出几副餐具。热乎饭吃进肚子，一家人的身心都得到了抚慰。

白树这个自来熟一边帮着哄孩子一边跟他们攀谈："大爷，您刚才说这边有一眼神泉？是什么神泉呀？"

琪琪爷爷一脸的高深莫测："传说啊是太上老君的青牛在天上待得烦了，想到人间游玩。却不想没玩尽兴就被太上老君发现了，叫它回去，还说要罚它思过。它临走的时候气得跺了跺脚，没想到居然踩出一眼泉水，这便是青牛泉。传说喝了这青牛泉的水可以让小孩子收了玩儿心，一心向学，长大以后前途无量啊。"

罗雅挠挠头，总觉得这个故事里好像少了托塔天王、十八罗汉还有猴儿。倒是白树很捧场地瞪大了眼睛："这么神奇！大爷，青牛泉在哪儿呀？"

琪琪爷爷往山上一指："沿着这条山路一直走，大概不到一小时就到了。"

送走琪琪一家，白树乐颠乐颠地跑过来问大家："哎哎，刚刚那位大爷说的泉水好像很好玩，我们也去接点吧。"

李佳一拍他："不要迷信！"

白树假装被打疼了，揉揉胳膊："出来玩儿嘛！不要那么严肃。难得有个带传说的景点，就算不接水，去看看嘛。"

林鹏说："我也不建议你们去接水，尤其不要喝生水。这里的水不符合饮用标准，矿物质超标，而且有各种寄生虫风险。不过只是去看看倒是没什么，要多加小心，那边不好走。"

一群人里，罗雅他们四个同学是常跑野外的老油条，你要是说哪里有罕见的物种，他们肯定跑得比兔子还快，但是这种通常是当地人编出来骗游客的"传说"式景点，他们完全提不起兴趣，何况那眼青牛泉他们早就见过，不过就是山沟里一眼普通的泉水，被山民发现了之后用石头之类加工了下。除了景区里卖的村民做的地图之外，正规地图上都没有标注。那附近地势陡，生了苔藓的乱石又滑又不稳，每年都有信那个传说去接泉水崴了脚、扭了腰的。

白树却不信邪，略带失落地说："好吧，你们都不去，我自己去看看好了。"

康平想了想，站起来说："我也没见过，要不，我陪你去吧。"

罗雅正想说点什么，却见白树立刻喜笑颜开，揽着康平说："嘿！还是我们家平儿够意思。走走走，咱们去看泉水喽。"说罢搂着康平就要走。

　　罗雅赶紧拿了伞追上去塞给康平："山里气候不定，看这个天色说不定一会儿要下雨，拿好伞，注意安全，早点回来。"

　　没等康平做什么表示，白树吹了声口哨，换来罗雅的怒瞪，他拉着康平飞也似的跑了。

　　下午，剩余的几个人按原定计划，该观鸟的观鸟，该观植物的观植物，李佳作为唯一的外行，在学罗雅仰望天空半小时一无所获之后，跑去找陈晓妍学认植物去了。

　　到了四点多，天空突然阴云密布起来。罗雅看看表，腾地坐了起来，四下一扫，没有白树和康平的影子——他们俩已经离开三个多小时了，就算那眼泉水再吸引人，算上来回路程也该玩够回来了吧。

　　她掏出手机拨打康平的电话，却听到男生帐篷那边传来了铃声。她向那个帐篷走去，掀开帘子，里面却空无一人。

　　这马大哈居然把手机忘在帐篷里了！

　　罗雅一阵无语，又赶紧打了白树的电话，却听到了"您所拨打的电话已关机"的提示音。

　　这两个不靠谱的！

　　罗雅急了，眼瞅就要下雨，天也要黑了，他俩连个手电都没带，这要是雨夜在山里摔倒了，万一再滑到山沟里，那可是非常危险的。

　　"老林！妍！房静！快回来，赶紧去找人！"

　　林鹏和陈晓妍一听这个情况也都急了，从这里去那眼泉水的路看起来只有一条，但其实回程是有些小岔路的，只不过由于山势转弯以及杂草丛生被挡住了，人们上山的时候不会注意到，下山的时候却看得见。万一他俩回程的时候走错了，两小时可是够错出很远了。

　　林鹏安排道："这样，大家的手机都有电吗？李佳没来过这座山，所以你留守营地。我们带上雨具、手电、急救包赶紧分头去找。康平没带手机，老白手机大概没电了，咱们只能靠喊。一个半小时后，不管找没找到人，都赶紧回来。听明白没有？如果大家都没找到人我们恐怕要报警。"

　　几人赶紧点头出发，一路走一路喊，路上见到路口就要分一个人出去，很快，四个人就都分开了。

　　林鹏的运气很好，不到半小时，就找到了正跟没头苍蝇一样乱转并且喊着康平名字的白树，他赶紧过去跟他会合，疑惑地问："康平没跟你在一起？"

白树惭愧地挠挠头："我们走散了，回来的时候我们好像走错了路，我跟平儿只好分头找路，约定了会合的时间，但是我又找不到会合地点了。正着急，你就来了。"

林鹏简直被气笑了："你们两个路痴还敢脱离大部队行动？在从未来过的陌生山区，还敢在天快黑的时候分头行动？我真是服了！你赶紧跟我回去。要下雨了，在山里危险。"

说完他又群发了一条短信：白树已找到，无恙，在B线，估计康平最有可能在C线或D线。我先把白树带回营地。

C线是罗雅；D线是房静；A线虽然可能性最小，但也不是没可能，所以陈晓妍也没有放弃寻找。

罗雅沿着布满青苔和石块的小路走着。因为积雨云压了过来，天色显得很暗，已经到了需要开手电的程度。

她高声喊着，又仔细听着，希望能得到康平的回答。

她这条路线是最险的一条。A线和D线只要锲而不舍地走，都能走到村子里，而且有一些人工铺成的石路。只有她选的这条路，原本也能通到村子，路边还有一条小溪，可是前些年山体滑坡把路和小溪都截断了，溪水已经干涸，那里只有一条沟，里面都是大大小小的石头，布满了青苔，有些地方一旦滑下去，运气好没摔伤的话也要绕很久的路才能找到地方爬上来。溪水改道后上面还有个小的堰塞湖，一旦山里下雨的话，这条沟里还可能发生二次山地滑坡或者泥石流。即使像他们这种来过很多次的人，走这条路也不敢掉以轻心。

她在心底祈祷康平选的不是这条路。

然而，怕什么来什么，又过了半个来小时，差不多走到C线最险的地方的时候，罗雅耳朵里听到很虚弱的一声："我在这儿。"

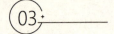

这一声让她既惊且喜。喜的是终于找到人了，惊的是声音传来的方位显然是在沟底，而且听起来极弱——他受伤了？

罗雅快步上前，趴到路边，用手电筒往下照，大声喊："康平！你怎么样了？"

其实康平之前是晕着的，他滑下来的时候崴了脚，头又撞到了树。罗雅在附近喊了半天，他才隐隐约约地听见，然后慢慢清醒了过来，一睁眼，就看见天黑沉沉得有点可怕。一道手电筒的光从山路上照了下来，罗雅的脸隐在手电的光后面，他看不清，但他知道她肯定急坏了，那声音里都带了哭腔。

"我没事，就是脚崴了。"不，其实他全身都疼。但他不想让罗雅更担心。

罗雅掏出手机给大家群发了找到康平的短信，然后对康平说："你别急着起来，当心造成二次伤害。等我下去找你。"说完她又沿着小路往回走了一小段，那里有个相对落差较小的地方，沟底比较平，而且土很多，虽然从这里爬回路上比较困难，但是如果是从路上往下跳的话，选这里不会受伤。

康平的样子很惨，头磕破了，在流血，衣服也被树杈挂坏了，一只脚还卡在石头缝里。看见罗雅下来，他还想逞强自己起来，被罗雅大吼了一声"不许动"，终于老实了。

河床已经干了有一段时间，落叶已经将干涸的河床覆盖。罗雅一脚下去，可能踩到的是半干不干的淤泥，也可能是一些曾经被溪水冲刷得圆滑的石头。隐隐有雨丝飘下来，她很急，但她知道这个时候更急不得。万一她也摔伤在这里——两个行动不便的人在雨夜被困在随时可能发生泥石流的山沟里，大概就凶多吉少了。

等罗雅终于摸到康平身边，距离她跳下来已经过了将近十分钟。她用这十分钟把撤退的路线大致摸清了。

这一小段路程中，罗雅一直在跟康平保持着对话。不仅是要安慰他不要紧张，也是在询问中对他的伤情做出大致的判断。比如康平还能大致记得自己摔下来的姿势，而他对自己四肢的感知和控制都没问题，罗雅起码知道他脊椎神经没有受什么伤，只是大概会有轻微的脑震荡。

保险起见，她还是给他做了一个全身的初步检查。

她轻柔地按过他的头部，发现颅骨没有问题，头上的伤口与其说是撞伤不如说是擦伤。康平有一点头晕，但是没有恶心呕吐的感觉，意识也非常清醒，大概只是轻微脑震荡。但是因为他摔在一片石滩上，罗雅仍有点担心他背部尤其是脊柱受了损伤，嘱咐他不要动，不要用力，而她则小心而缓慢地将他的腰轻托起一两厘米，然后顺着腰部往上慢慢移动检查。

"这里，疼吗？"她按在最可能受冲击的几节脊椎附近。

康平现在几乎是被罗雅整个搂在怀里的，在石滩上昏迷了几十分钟之后，全身都已经冰凉，整个人正不可控地瑟瑟发抖。罗雅身上的温暖让他缓和下来，且感到安心而平静。他仔细体会了一下压感："骨头不疼，应该只伤到了肌肉。"

罗雅点点头，又往上挪了挪手，左右按了按他的肩胛骨："这边疼吗？"

康平突然"咝"地抽了一口凉气："左边，有点疼。"

在他一连串闷哼中，罗雅在那个区域又小心检查了一遍。

"没有骨擦感，可能有轻微骨裂，现在我轻轻扶你起来，如果你感觉在这个过程中有任何不适一定要及时告诉我。"

康平点点头。

其实对于这种坠伤伤员，最好是不要贸然搬动，原地等待救援。但在这个随时可能发生塌方危险的地方，罗雅只能两害相权取其轻。康平掉下来的地方落差有五米多，他身下都是圆石，没有什么棱角，如果他是下肢着地——她只能赌他没有脊柱和主要脏器损伤。

站起来的过程很顺利，除了左侧肩胛骨附近有撕裂痛之外，其他的地方都没什么事。罗雅又给他检查了一下四肢，目前看来，他的上肢和右腿都没事，卡在石缝里的左腿被罗雅小心地挪动石头取了出来，皮肤有些擦伤，这是难免的，但更麻烦的是他的左脚已经开始肿了。

"轻的话可能是软组织挫伤，重的话，不排除骨折。我要按压检查一下，你忍着点。"

康平咬牙点点头。

罗雅已经尽量放轻了动作，但康平忍不住惨叫了一声，听得她心中一揪。

"好了好了，胫腓骨应该没有骨折移位，但踝关节的小骨头可不好说，回头必须拍个X光片确认一下。保险起见，我先给你做个固定。"她说着起身，拿着手电筒到周围转了一圈。康平听到"咔嚓咔嚓"的树枝被折断的声音，不一会儿，罗雅就拿着几根粗树枝回来了。

"你伤的是脚踝，跟长骨骨折的固定方式不一样，我得加工一下这个支架。"

雨下得有点大了，罗雅帮康平披上雨衣，又打开了伞让他帮忙撑着，自己快速做了一个"L"形的足部支架。

她对康平说："眼睛闭上。"

"为什么？"

"让你闭上就闭上，我说可以睁开再睁开。"

"哦。"康平乖乖闭眼。雨幕中，他听到些微衣物摩擦的声音，膝盖上感觉微沉了一下又一轻。

一分钟后，罗雅才允许他睁开眼睛，而与此同时他感觉左脚脚踝一暖。他低头一看，罗雅正把一件打底衫当成垫材裹在他脚踝上。

康平的脸腾地红了。他不自在地清了清嗓子。

罗雅无奈地说："支架不能直接固定在身上，必须有垫料，冲锋衣太厚，只有这个合适。"

康平点点头，随即他反应过来罗雅低着头看不见，又赶紧说："我……我知道。谢谢。"

罗雅手脚麻利地给他做完了固定，背对他半蹲了下来。

"上来。"她反手拍拍自己的背。

康平惊愕地睁大眼睛："不……不用了，我自己可以走的。"

罗雅转头不赞同地看着他："你知道这里离咱们营地有多远吗？你这样单脚蹦回去要多长时间？看看云层厚度，雨只会越下越大，再不快点回到营地咱们俩都会有危险。这个时候你还瞎客气什么？上来！"

康平讷讷道："可我是男的，怎么能让女孩子背？那么远的路，你……"

罗雅干脆站直了回身看着他："要么你自己上来，还能给我撑着伞；要么我把你扛走，咱俩都浇着，你二选一吧。"

康平知道自己是拗不过罗雅的，只好乖乖站起来伏到她背上。

尽管康平并不特别高大，也很瘦削，但毕竟是个男生，他自觉还是有些分量的，可是罗雅伸手扶住他双腿，毫不费力地把他背起就走。

之前跑来跑去找树枝，罗雅的身上已经微湿，康平可以闻到她身上带着湿气的淡香，好像是一种水果味，很清爽。

两人在沟里走了二十多分钟，才找到合适的回到路面的缓坡。罗雅心知自己背着康平是爬不上去的，就先把他放下，自己先爬上去，从包里翻出一卷绳子缠到树上，又把绳子垂到了沟里，自己再翻身跳下去，让康平抓着绳子往上爬，而她自己在坑底托着他。

等两个人终于爬回路上，都已经气喘吁吁。

雨已经非常大了，罗雅赶紧撑开了伞，把康平扶了起来。爬到小路上不代表就完全安全了，这一带山体结构本来就疏松，不然几年前也就不会有山体滑坡的事情发生。雨水已经把小路上的土变成了泥水，更加湿滑。他们必须尽快回到相对安全的营地。

回程有很长一段上坡路。康平听着罗雅的呼吸渐渐粗重，在这样寒冷的天气里，她的周身居然能蒸出一层白色的水汽。他心里一阵阵地愧疚和心疼。

"对不起。"他闷闷地说，"我以后不会给你惹麻烦了。"

罗雅把他往上颠了颠，她没说话，因为开口就会气喘吁吁。背着他走了这么远，她的手和腿都有点酸了。但她不能放手，因为不想让康平看出她的体力正在渐渐透支，不想让他更加自责和担心。

但无论怎么坚持，罗雅的脚步还是渐渐沉重起来，她努力维持着速度，尽管双腿都跟灌了铅一样。

走到岔路口的时候，罗雅看到了陈晓妍和房静，雨幕把近在咫尺的二人的身影变得模糊，甚至使得手电筒射出来的光好像都不那么明亮了。二人一见罗雅，立刻向她小跑了过来。

陈晓妍看了看康平头上的血迹，又看看他的脚，问："受伤了？严重吗？"

罗雅点点头："扭伤了，不排除脚踝骨折。"

房静接过康平手上的伞帮二人撑着，问："雅雅你还能坚持吗？要不我们在儿这等老林？他应该快到了。"

罗雅看看已经快成瓢泼之势的雨幕，又看了看旁边陡峭的山壁，心中涌上一阵不祥的感觉，她摇摇头说："这里还是不安全，我们快点离开。"说完她继续向前走去。

陈晓妍和房静赶紧跟上。

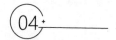

随着几人慢慢接近宿营地，山势也渐渐平缓。就快走到第二个岔路口的时候，大家终于看到了林鹏匆匆赶来的身影。

大致查看了康平的情况，林鹏接力背起了他，问罗雅："你还好吗？"

罗雅点点头，甩甩已经酸麻的双臂，对大家说："不用担心我，咱们快点撤离。"

事实证明她的预感和决定是正确的，就在他们离开峭壁路段不出五分钟，身后就听见了大大小小的石块掉下来砸到地面的声音。

房静心有余悸地回头看着那段路的方向，拍拍胸口说："还好听了雅雅的话，要不然咱们说不定都得……唔……"陈晓妍捂住了她的嘴。

回到营地，罗雅不放心地又给康平检查了一遍，把他头上的伤口也细细清创包扎好，安慰他早点休息，这才回了自己帐篷。

跟天气预报中说的阵雨不太一样，雨很久没有减小的趋势。大家决定等明天天亮雨停了再回城。

白树在一边不停地道歉，因为这事儿是他贪玩惹出来的。康平当然没生他的气，安抚了一下老白，又听了林鹏把他们俩一顿批评，三人总算准备休息。

康平的伤脚显然不能放进睡袋，他躺在睡袋上面，林鹏用书包把他的伤脚垫高，又翻出备用衣服给他当被子盖了，这才到一边睡了。

康平很累，身上也很疼，但他睡不着。看着脚踝上罗雅的那件衣服，种种思绪如纷乱的雨声般扰得他不得安宁。

他没看见的是，罗雅刚进帐篷就一头栽倒了，连衣服都是陈晓妍帮她换的。

第九章

东方白鹳
中毒事件

　　鸟类的胸骨跟人类的不一样，它们的胸腔外有龙骨突结构，那是一块完整的突出的骨头，很硬，正面按压它完全起不到起搏心跳的作用，还会压迫气囊导致窒息。

01

雨半夜就停了，第二天一早大家就开车直奔市里的医院，又是拍X光片又是做CT，最后得出的结论是康平的伤没什么大碍。就连他头上的开放伤口，虽然看着好像挺凶险，但是因为清创处理及时，连炎症都没有。但是他左脚脚踝确实骨裂了，如果不是罗雅固定及时，极有可能恶化成异位骨折。

这点伤并不需要住院，打完石膏，一行人就各自打道回府。

林鹏开车，先把罗雅她们送回学校，然后才送康平回家。

罗雅的体力透支严重，在山上睡一觉也没有完全恢复过来，硬撑着陪康平跑了一上午医院，疲劳感又上来了，回到寝室和房静两个人跑去冲了个澡，就又爬上床打算好好补补觉。

不知道睡了多久，迷迷糊糊间，罗雅好像听见手机在响，她把手机摸出来一看，是林鹏。

"罗爷，出事了。"林鹏的声音难得地有些急，"你在哪儿？"

罗雅一骨碌爬起来，朝房静的床铺看了一眼，见她还睡着，只好赶紧下床跑到屋外，问林鹏："怎么了？"

"是这样的，我同学，莫强，你还记得吗？他现在在T市当老师。今天他和几个鸟友去北港湿地观鸟的时候，发现水里漂着几只东方白鹳！他们赶紧组织人去搜救，还联系了当地的民警和蓝天救援队，现在已经捞上来30只，但是大部分都已经死了。小强说，这些东方白鹳看起来好像中毒了。但是他们不知道中的什么毒，也不知道该怎么救。我突然想起来你不是一直跟那个M国兽医有联系吗，她有没有告诉过你怎么解毒？另外，现在天快黑了，那边很多人已经撤了，救援人手不足，你要是还撑得住，要不要跟我一起过去？"

旁人听到"东方白鹳"这个名称或许不会有什么反应，因为大多数人都不知道这是什么，少数能模模糊糊感觉到这大概是某种鸟类，但也不会很在意；鸟嘛，到处都是。可是对于像罗雅这样的生态学学生，听到有30只东方白鹳集体中毒，一瞬间的震惊、愤怒、心痛是无以复加的——东方白鹳，全世界只剩3000多只了。

解毒的方法安琪倒是跟她提过，但是两国的国情完全不同，鸟类中的毒可能也不一样，解药更是不一样。"老林，你先别急，我得先知道是什么毒，才能知道能不能解、怎么解。你把我的电话给小强，我直接跟他说。"罗雅说完挂了电话，飞快地跑回寝室换上另一套冲锋衣，拿上证件就去找林鹏会合。

下楼的时候，小强的电话也打进来了。

"莫学长，你现在跟我描述一下那些还活着的东方白鹳是什么症状，另外，如果你身边还有人手的话，赶紧四处搜寻一下可能用来盛放毒物的袋子或者瓶子。"

莫强的专业是动物学，但不是动物医学，让他描述动物的症状实在有些难为他，所以他只能形容："都站不起来，瘫在地上，还在颤。"然后他跟身边的人喊："老王老王，快搜索一下有没有能装毒物的包装袋之类。"

瘫在地上，还在颤——似乎是某种神经毒素，但只有这种症状说明不了什么问题。

罗雅看看外面已经暗沉的天色，略一思索，问："它们有没有瞳孔骤缩，即使在很黑的情况下瞳孔也不会变大？"

莫强依言低头检查，然后回答："有有有！"

正在这时，老王捡了一个农药编织袋过去，莫强看了一眼袋子上的药品名，急道："我们找到一个农药袋子，上面写着什么'百威'，最前面那个字很模糊，看不清了。"

什么百威？罗雅在脑海里飞速检索着。她似乎听过这个名字，哦，想起来了："是不是克百威？"

"好像是！"

罗雅跟等在楼下的林鹏招手示意，一边继续跟莫强说："那是呋喃丹[1]！症状也基本对上了，这样，你尽快到医院开点阿托品出来，按照每公斤体重0.5毫克肌肉注射到它们的胸肌上，每隔三小时一次。小心，别戳到大血管，要靠近龙骨突进针。另外千万别过量，阿托品也是有毒的。另外还得多开些无菌生理盐水和大注射器，一会儿我可以给它们皮下补液用。你们要是能找到胶软管，比

---

1. 呋喃丹：一种高毒性农药。

如人用的导尿管，也可以把生理盐水直接导到它们胃里，这样一是可以补液，二是可以起到催吐效果。注意避开气管开口。"

莫强赶紧答应："好好，我这就去办。"

"另外，鸟类中毒之后会无法调控体温，现在昼夜温差很大，夜里很冷，需要给它们保温到27℃。你们要赶紧找一个这样的地方。"

莫强说："这个不难，我们已经联系了T市林业局，他们可以安排场地。"

听他这么说罗雅还稍微放心了点，她说："好的，那你们要尽快，安置好以后把地址发给我们吧，我们已经在路上了。"

等罗雅挂了电话，林鹏担心地问："你觉得怎么样？还……能救过来吗？"

罗雅心情沉重地摇头道："说不好。"

B市到T市是有城际列车的，单程半小时左右。

两人到达T市火车站的时候天已经全黑了。莫强一直跟他们保持着联系，是以他们知道鸟友、蓝天救援队和民警一共捞上来33只东方白鹳和大天鹅等其他一些鸟类，共60多只；遗憾的是，只有13只东方白鹳还活着，剩下的鸟全部已经毒发身亡。好消息是T市滨河区林业站已经来车把鸟接走，阿托品和生理盐水已经买到了，而且第一针已经给鸟注射过了。

而莫强没说的是，他和一位民警为了救鸟下到及腰深的水里，水下的淤泥都能没过小腿。为了加快救援速度他们基本都会同时抱两只鸟上岸，走起来难免不稳，即使穿着水裤，到最后还是浑身湿透了。在林业站来把鸟接走之后，他们本来想去最近的商场买两身衣服换上，却被保安赶了出来，最后还是同行的鸟友看不下去，替他们买了两套衣服出来，这才没让两个救鸟英雄在秋夜里被冻感冒。

滨河区林业站离火车站很远，也没有直达车，听到罗雅他们要赶过去帮忙，林业站专门派了一辆车来接他们。

为了节省时间，林鹏没有原地等待，而是跟来接他们的林业站工作人员商量了一个地点会合，他们则是从火车站乘坐出租车往那边赶。饶是如此，等罗雅他们真正到了位于远郊的林业站，也已经又过了一个多小时。

一下车，除了来迎接的林业站工作人员、小强以及几个鸟友之外，还有一位女士，自称姓柳，是一家环保组织的负责人，还说之前参加某次公益活动的时候见过罗雅。罗雅回忆了一下，好像有点印象。她跟几人打了声招呼，实在没心情多寒暄，林鹏也只是飞快拥抱了一下莫强道了一声辛苦，然后迅速切入正题："赶紧让我们看看鸟怎么样了。"

负责接待罗雅他们的林业站工作人员很高大，人很随和，不拘小节，听林鹏这么问，就赶紧引着两人去安置鸟的房间，边走边介绍："我姓刘，你们叫我刘哥就行。虽然我以前学的是兽医，但是真没学过怎么救野鸟，我们这边也从来没有一次救过这么多大型鸟类，还是中毒的。他们把鸟送过来的时候我都麻爪儿了，我这要嘛没嘛，惭愧呀惭愧。幸好他们说问了你，知道可以用阿托品解毒，老王他们已经按你的要求把东西都买到了。还有，我们这儿太偏，办公楼里都没暖气，大家平常都是靠电暖气过冬。我们之前是腾出来一间库房来安置它们，你一说要保温，我们就把周围几个房间的电暖气都挪过来了，现在勉强能有25℃。"

说话间，几人已经走到那间库房门口。刘哥把门打开，一股暖意裹挟着呕吐物特有的酸苦臭味扑面而来。

02.

　　仓库里光线十分昏暗，只有一盏5瓦的老式小灯泡晃悠悠吊在天花板上。

　　地上铺着各种"保温材料"，有旧衣服、被褥、毛巾、椅垫，甚至还有一个被拆下来的汽车后座。13只一息尚存的东方白鹳就被安置在这些东西上面，在它们周围，四个电暖气正在满功率工作。

　　看得出，林业站已经倾尽全力了。

　　罗雅瞥见仓库一角有一些水果的残渣，她好奇地问："这间仓库原来是干吗的？"

　　刘哥说："咳，别提了，这里原来养了一只蜂猴，是森林公安罚没的。卖它那孙子把它牙都给拔了，没法放生，T市动物园也不收，就一直养在我们这儿。原来这屋有一组电暖气就是给它用的。这不是突然来了13只中毒的东白，我们就把蜂猴挪到隔壁去了。"

　　听他这么说，罗雅也没多想，她快速蹲下挨个给13只东方白鹳做了一个初步的检查。

　　安琪曾经说过，呋喃丹中毒的鸟可能会呕吐、瞳孔骤缩、共济失调，但真正威胁生命的是心率变缓和呼吸抑制。其实注射阿托品并不能解毒，只能对症缓解由于中毒而出现的这些症状。至于鸟体内的毒素只能通过大量补液促进其自然排出。

　　"刘哥，这里有听诊器和氧气瓶吗？"罗雅问。前者用来监听心跳，后者可以增加救护成功的概率。

　　刘哥挠挠头，遗憾道："哎呀，还真没有。"

　　罗雅点点头，没再说什么。其实这也在她意料之中。她抻开一只东方白鹳的翅膀，把手探了下去，在它的肱骨近肘关节腹侧找到了她想要的触感——那里皮肤很薄，有一条动脉从肌肉组织中延伸出来，刚好可以被人摸到脉搏。很弱，但还算规律。随后她掰开它的嘴，它口腔里异味明显，还有些黏液，但是从舌根处的气管开口可以清楚地看到它还有呼吸，不算慢。罗雅伸了一根手指进去，把那些黏液小心地刮出来，然后把鸟头小心地侧放在地上。接下来她给剩下的12只也都做了类似的处理。她发现，这里面有一只情况比别的都要糟，它的心跳最弱。

林鹏关切地问："你觉得怎么样？"

罗雅说："目前看来，有一只状态特别不好，其他那些算是暂时稳定住了，但会不会突然恶化还不好说。距离上一次注射阿托品刚过了一个多小时，眼下还不能立刻注射解毒剂，此前刘哥他们又给这些东方白鹳做了口服补液和催吐，也一时半会儿不用补液。"

刘哥正想说点什么，那位柳小姐却跑了过来，对仓库内的几人说："咱们一起开个会吧，大家都在会议室等你们呢。"

林鹏对刘哥说："我们不是你们这儿的工作人员，就不用去开会了吧？"

刘哥皱眉挠头："说实话，我也不知道还要开会。"

柳小姐撂下一句"都过来听听吧，用不了多少时间"，转身走了。

罗雅三人面面相觑，林鹏说："走吧，咱去听听他们到底要说啥。"

本来以为是林业站的会议，没承想到了会议室一看，原来是那位柳小姐组织的。

罗雅找了个角落把背包放下，靠着墙等着听柳小姐到底想说什么。

只见柳小姐指着林业站的石站长、林鹏、小强还有另外两位鸟友说："湿地那边应该还有别的鸟没救上来，今天晚上你们跟我去救鸟。"然后她又指指罗雅、刘哥和林业站的另一个工作人员说："今天晚上你们就在这儿，务必把那13只东方白鹳救活。"

这回轮到所有人面面相觑了。

石站长想要说什么，林鹏却给他使了个眼色让他把话咽了回去。随后林鹏对那位柳小姐说："我叫林鹏，是过来支援的志愿者，不知道您是……"

柳小姐说："哦，我是环保组织'自然研究所'的负责人，我姓柳，我跟罗雅是好朋友。"

所有人的视线都集中在罗雅身上，罗雅一阵尴尬，但她还得实话实说："以前参加公益活动时见过一面。"

大家都是一副了然的神色。那位柳小姐却仿佛没看见一样自顾自地说："这次我从网上知道东方白鹳中毒的消息就赶了过来，我认为我们应该做点什么。"

没有人接茬儿。

林鹏问："您看，我和罗雅可以协助这边的工作人员做急救，小强他们已经在湿地搜寻一轮了。不知道您可以做点什么？"

柳小姐说："我可以做统筹。"

意思就是其实她屁事也不想干但是所有人都得听她指挥呗。

一位鸟友冷哼了一声转头就要走，被小强拉住了。

这时候罗雅突然注意到办公桌上有一盒开封的阿托品，还有十个空了的安瓿[1]。她拿起盒子看了一眼，规格是每毫升5毫克。

鸟用解毒的最大安全剂量是每次每公斤体重0.5毫克。按照东方白鹳的平均体重为4公斤来计算，每次应该注射2毫克，也就是0.4毫升，13只东白加起来用不到6个安瓿。

她一股无名火起，拿起一个空了的安瓿问："刚才是谁给鸟打的针？"

刘哥本来还因为柳小姐的颐指气使而不快，突然听罗雅这么一问，下意识地说："是我，怎么了？"

罗雅稍微放缓了语气，说："超量了。"

刘哥刚想解释，柳小姐却走过来说："是我让他多注射点的，解药多一点是不是可以解毒快一点吗？"

罗雅深吸一口气，盯着柳小姐说："我不知道你们怎么沟通的，但我之前已经说过，阿托品并不能直接解呋喃丹的毒，只是能让鸟缓解症状，让它们能撑到把体内毒素排出。阿托品本身也是毒，注射剂量是有严格要求的，过量注射不仅不能加快解毒，反而会让它们有心动过速的风险。你这样自作主张是在害它们！现在我要给它们大剂量注射生理盐水，加快新陈代谢。"

说完，她不再理柳小姐，抱着几瓶生理盐水走了。

刘哥说："我去帮忙。"也跟了出去。

林鹏对石站长和剩下的人说："天黑了，水面没有任何照明，我们也没有船，贸然下水只会让救援人员也陷入危险。不如我们分两组在岸边搜寻。如果是人为投毒，必然会有比较集中的毒饵在那

---

1. 安瓿：装注射剂的玻璃瓶。

附近。寻找并且清理这些毒饵是我们的当务之急。另外，如果确系盗猎，那么投毒人员说不定会在那附近等着收取猎物，我们可以再联系一下森林公安，守在那儿，看能不能抓获盗猎分子。还有，小强今天已经下过水，比较辛苦，你和老王赶紧回家休息一下，明天说不定还需要你们来帮忙。"

大家都点头称是。

等大家分头上了车，柳小姐也追了出去，硬是要跟大家一起去现场。大家虽然不太情愿，到底也没人真拉得下脸来让她别跟着。柳小姐便跟着林鹏那组走了。

03·————————

　　柳小姐在车上如何罗雅不知道，她只知道等她回到仓库的时候，之前那只特别弱的东方白鹳已经一点动静都没有了。

　　刘哥慌神了，问："怎么办？"

　　罗雅也很急，但她强迫自己冷静下来，赶紧去探它的脉搏，什么也没有；再掰开它的喙，气管开口也几乎没有收放了。

　　罗雅心中只有一个声音——不要死！

　　她想给那只东方白鹳做心肺复苏，但是鸟类的胸骨跟人类的不一样，它们的胸腔外有龙骨突结构，那是一块完整的突出的骨头，很硬，正面按压它完全起不到起搏心跳的作用，还会压迫气囊导致窒息。其实罗雅以前也没有这样零距离接触过东方白鹳这么大的鸟类，她只有每年参与环志的时候环志[1]过一些中小型鸟类，最大的不过就是雁。是以罗雅对东方白鹳的生理结构不是完全了解。她只能试探性地把手下移到它的腹部，祈祷它的龙骨突不像猛禽的那么长，这样她还可以通过给肝部施压间接起到按摩心脏的作用。

　　她如愿了。东方白鹳的龙骨突果然很短，甚至大半个肝脏都可以被感知到。

　　罗雅轻而快地向上按压了几下它的腹部，想要再给它做人工呼吸，却又犯了难——东方白鹳的喙太长了，她不可能用嘴包住它的口鼻，而刚才检查的时候已经把它的喙掰开了，这时它的气管开口也已经挪离了腭孔，就算它从鼻孔往里面吹气，气体也进不到它的气管。

　　把心一横，罗雅一不做二不休，把它的舌头往外拽了拽，直接往它舌根处的气管开口里吹气，还要小心不能让自己的唾液流进去。

　　"哎！你别……"刘哥抬手想阻止，但是晚了一步，他便把手放下，安静地在旁边等着看还能帮什么忙。

　　看着东方白鹳明显鼓起来的体腔，罗雅知道吹气成功了。

　　接下来她像给人做急救一样，重复每十下心脏按压后跟一次人

————————

1.环志：给鸟戴上有特殊编号的金属环或塑料标志，方便再观测。

工呼吸，暂停观察两秒钟，总算在几分钟后看见这只东白有了微弱的自主呼吸。罗雅暂停了心脏按压，但她还不敢把人工呼吸也停止。这只鸟现在已经进入了呼吸抑制期，如果她现在停下，它很有可能在几分钟后再次停止呼吸。

又吹了几次，突然，这只东方白鹳像回光返照一样挣扎了几下，随即一口呕吐物喷涌而出。罗雅没完全躲开，有很多呕吐物进了她的嘴。

刘哥"哎呀"一声，急道："快快吐出来。"

罗雅也只是稍微吐了几下，手上可没停。她忙着清理鸟嘴里残余的呕吐物，以防造成吸入性窒息。

刘哥看她还要接着给鸟做人工呼吸，一拍大腿，"你等着，我去给你拿水漱漱口。"

罗雅点点头。她不想说话，怕一说话就把那酸苦臭可能还混着呋喃丹的胃液咽下去。

呕吐过的东方白鹳并没有像罗雅担心的那样情况恶化，反而开始略微能活动一下头部，还在颤巍巍地尝试着抬头。罗雅又给它做了两次人工呼吸之后，确定它脱离生命危险了，才暂停了抢救措施。

刘哥拿了一瓶矿泉水回来，罗雅狠狠漱了半天口，把一瓶水全用完了，这才缓过劲儿来。

刘哥还在一旁数落："哎呀，你也太拼了，这要是被传染上禽流感可怎么办。"

罗雅抹嘴一笑："那就是命了。我只能赌我的运气应该没那么差。"她扫视一屋子东方白鹳的情况，招呼刘哥："咱们赶紧给它们做皮下补液吧，我来教你。这几只都补完液，你可以回去休息，明早再来接我的班。"

刘哥瞪大了眼睛，问："你行吗？要不你前半夜我后半夜吧。"

罗雅摆摆手，说："没关系，实际上只要确定阿托品有效，它们把呋喃丹代谢出去就只是时间问题。十几只鸟我还应付得来。解毒只是第一步，明天还有很多工作要做，咱们俩要是都累垮了明天就没人照顾它们了。"

刘哥犹豫着点点头："好吧。"

两人一通忙活，终于又给所有东方白鹳做了一遍皮下补液。鸟儿们的情况还没有明显的变化，没有变得更好，也没有变得更糟，对罗雅他们来说，这已经是好消息了。

送走了刘哥，罗雅正要准备下一针阿托品。突然，她脑子里灵光一现——刘哥说这里原来养了一只蜂猴的，后来被挪到了隔壁办公室，可是他们又说把所有的电暖气都拿来给东白取暖了，那——蜂猴怎么办？那是典型的热带-亚热带物种啊！现在外面的温度大概还不到10℃，在这样的环境里蜂猴坚持不了多久。她赶紧跑到隔壁办公室，试着推了一下门，门开了。

这间办公室像是很久都没人用过，罗雅按下开关，灯都没亮。她只好掏出手机，打开手电模式在屋里搜索，终于，在窗帘后面看见已经快冻僵的蜂猴。它缩成一团，小爪子死死攥着窗帘布。罗雅摸了摸，冰凉。她赶紧把蜂猴抱下来，搂到自己怀里。

其实这样做很不安全，蜂猴身上可能携带一些病原微生物，并可能通过虱子、跳蚤等寄生虫传染给人。但罗雅顾不得那么多了。而且她想，刚刚连东方白鹳的呕吐物都进嘴了，再抱只蜂猴也没啥，所谓虱子多了不咬，债多了不愁。

蜂猴本来冻得四肢麻木了，突然感觉到自己到了温暖的环境，终于一点点放松下来。它抓住罗雅的毛衣，好奇地抬头，想看看是谁救了它，而罗雅也正低头观察它的情况。四目相对，罗雅感觉自己的心都要化了。

看来今晚自己要抱着蜂猴过了——罗雅想。不过冲锋衣下摆松散，她怕自己跑来跑去把蜂猴给漏出去，又回会议室从自己背包里取出随身携带的绳子，剪了一截当腰带系在衣服外面，这样就给蜂猴做了一个安全的临时恒温窝。

一夜再无波澜，每隔两小时一次补液，每隔三小时注射一次阿托品，13只东方白鹳像罗雅预料的那样，一只只转好，到了黎明时分，它们都已经可以勉强站起来了，包括之前那只呼吸抑制的。

其间林鹏跟她发过几条短信，大致讲了讲湿地那边的情况：基本算是一无所获，但大家还守在那边。罗雅也汇报了这13只东方白鹳的好转情况，她这边的消息显然更振奋人心些。

屋子里的气味因为东方白鹳的排泄物变多而更加难闻，但是罗雅的鼻子已经麻木了。除了要去补充生理盐水，她一直坐在仓库的角落，守着东方白鹳，抱着蜂猴。

　　小蜂猴已经习惯了在罗雅怀里待着，甚至可能还有点喜欢罗雅身上毛衣的触感，像人类的婴儿一样用头蹭了蹭，然后乖乖睡着了——原本蜂猴是夜行动物，晚间才是它们最活跃的时候，但在差点被冻死之后又被罗雅带着跑来跑去，它也是身心俱疲。

　　窗外，东方泛起了鱼肚白。屋里，有一只东方白鹳终于站直了身体，往前迈了一步。

　　东方白鹳很美，很优雅，但同时，它们是攻击性很强的鸟类。罗雅知道，自己不能再继续坐在这个房间里。她把小凳子搬出去，回到会议室做了个短暂的休整。

　　早上6点多，刘哥打来电话，说他已经在来的路上，问罗雅要不要给她带什么。罗雅答道："我倒是还好，比较想睡觉，要是吃个著名的T市煎饼再睡就更好了。你开车顺路的话给东白带些小鱼吧，不用特别大，十厘米长那种小杂鱼就行。另外最好买一个海绵垫子，有四只还站不起来，一直趴着，还需要垫一下；原本给它们用的那些现在已经脏得不行了。哦对了，还有小蜂猴大概饿了，我找了一圈没找到水果，你给它带些吧。"

　　刘哥奇道："蜂猴没事吗？哎，我原以为要为了这些东白不得已牺牲这只蜂猴呢。"

　　罗雅"咯咯"地笑了起来，蜂猴被惊醒了，从罗雅的领口里探出头往外看，又被冷空气给吓了回去。

　　罗雅隔着衣服轻柔地拍拍它："大家都要好好的。"

　　没过多久，刘哥带来了罗雅说的一切，两人清理了仓库，把还不能站起来的几只东方白鹳放到软垫子上，又找了个盆装上小鱼给能活动的那几只吃，这才退了出来，吃煎饼的吃煎饼，喂蜂猴的喂蜂猴。

　　刘哥托着蜂猴啧啧称奇道："它昨天真没咬你吗？从我们收容它开始，它就可凶了，包括我在内陆续有六个人都被它咬过，虽然它牙被拔了，咬人也不疼，但是很伤自尊啊。"

　　罗雅笑着摇摇头，她三口两口吃完了手上的煎饼，对刘哥说："有没有能睡觉的地方，我想眯一会儿。它们已经无须注射阿托品，最后一次补液是5点半。我睡三小时，等我醒了咱们合作再给它们补液。"

　　刚刚已经见识过东方白鹳攻击性的刘哥点头称好，并且给罗雅找了一间临时宿舍。原本应该在这个房间的电暖气也已经拿去给东方白鹳用了，屋里很冷，但罗雅实在很困，给手机定了个闹钟，简单洗了洗脸，裹上厚厚的棉被睡了。

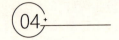

迷迷糊糊间，罗雅被嘈杂的人声吵醒，拿出手机看了一眼，才睡了两小时多一点。她揉着惺忪的睡眼出去开门，原来是T市电视台的记者闻风而来，石站长和刘哥正在给他们介绍救援情况。

看到罗雅走出来，石站长对记者说："这是小罗，是来帮我们给东方白鹳做急救的志愿者，这次多亏了有她，13只东方白鹳才能全都救回来。小罗，你快来跟记者朋友说说你是怎么救的。"

罗雅的脑子还没完全清醒，连眼睛睁开都很困难，她蒙蒙地跟一群人对视了几秒钟，才冒出一句："啊？"

见她显然状态不佳，石站长又赶紧拉着老刘，说："那要不，你带记者朋友去看看那几只东白？"

老刘点点头，又跟罗雅说："是不是吵到你了？我们小点声，你再去睡会儿吧。小鹏说他们那边发现几处毒饵，在清理，估计还得过一会儿才回来。"

罗雅继续蒙蒙地点点头，正要转身回房间，突然又想起来快到给鸟补液的时间了，于是揉揉眼睛回过头对老刘说："刘哥，我还是先跟你去给鸟补液，然后再回来睡吧。"

老刘略一犹豫，还是同意了。

几个记者听了这个都是眼睛一亮，像发现新大陆一样围了上来，问："你们是要给东方白鹳做治疗吗？我们可以过来拍吗？"

罗雅说："算不上治疗，只是补液支持。"

记者显然没特别明白"补液支持"是个什么操作，按照自己的理解问："补液，是输液吗？挂吊瓶那种？"

罗雅摇摇头说："不是挂吊瓶，我们只能做皮下补液。你们要拍可以，只能在门外。"

几个记者互相看了看，都答应了。

再进仓库的时候，所有的东方白鹳都已经可以自如行走，只是还没有动过盆里的鱼。

这时候这些高大的涉禽[1]已经纷纷开始露出本性。虽然一群人几乎是豁出命地救了它们，但这些医疗手段它们并不能理解。看到罗雅和老刘进门，最强壮的几只略张开翅膀，微微把头向前伸，做出了示威动作。

别人见了这个场面或许会打怵，罗雅可不会。她是有备而来的——刚才她又跟石站长要了一大块旧桌布。只见她展开桌布，把一只东方白鹳逼到角落，以迅雷不及掩耳之势手起布落罩住了它，然后顺势上前一抱，控制住它的翅膀，再向下控制它的腿，这只东方白鹳就尽在掌控中了。其他的东方白鹳见状，都警惕地躲到房间的另一个角落，它们没有贸然做出攻击；在还有躲避空间的前提下，它们很少主动攻击人。

罗雅把怀里的这只小心地翻过来放到软垫上，自己用双肘继续夹着它的翅膀，双手握住它的两条腿，让刘哥接过其中一条，小心地吹开从它腹部垂下来覆盖着大腿根部的羽毛，露出一片无毛的皮肤来——那是裸区，鸟身上天生不生长羽毛的区域，也是皮下补液的首选进针点。

两人配合默契，每完成一例，罗雅就用紫药水——这个林业站少有的但是已经过时的常备药品之一——给那只鸟的喙上点一下。这下所有补完液的东方白鹳都领了一个媒婆痣。

就在他们进行到第九只的时候，罗雅听到身后的门似乎响了一下，她回头一看，见一名记者趁他们不注意悄悄溜了进来。原本躲在门口附近的几只东方白鹳惊慌地跑到别的角落。

罗雅有点生气地说："这里危险，请您出去拍。"

却听那个记者理直气壮地说："你们俩在这儿，我们从门缝里根本拍不到，我就进来拍两张，拍完就走还不行吗？"他一边说一边不顾蹲在地上的两人，随便选了一只东方白鹳，靠近了想要拍一个大特写。那只鸟不停后退，记者端着相机不停逼近，直到鸟被逼到了角落，吓得张开了翅膀靠在墙上。端着相机的记者视野狭窄，他没看见另一只东方白鹳已经忍无可忍地向他冲来。

随后他听到一声闷哼，侧头一看，只见罗雅站在他的侧后方，伸

---

1. 涉禽：以涉水为主要捕食方式的鸟类，多数有很长的下肢和脖子，比如鹳、鹭。

出一只手挡着他的头，而一只愤怒的东方白鹳正在酝酿第二次攻击。

老刘把那只东方白鹳拉开，罗雅翻过手来给记者看自己鲜血淋漓的伤口，冷冰冰地问："现在，您可以出去了吗？"

那记者这才惊觉罗雅帮他挡了一次攻击，慌忙致歉，灰溜溜地跑出去了。

等罗雅他们完成补液出来，林鹏他们已经回林业站会合。这次，他们找到了几处毒饵，并且联合森林公安抓到了投毒盗猎者，初步一问，这些人投毒是为了把这些鸟卖到野味馆赚钱。

"毒死的鸟卖给别人吃？不怕把人毒死吗？"有记者表示十分难以置信。

罗雅解释道："呋喃丹对鸟、鱼、昆虫来说是剧毒，但对哺乳动物来说是低毒。也就是说同样的剂量，可以毒死鸟，但最多让人感觉有点头晕。很多人吃野味的时候都会喝酒，更加分不出是中毒还是醉酒。当然，毒就是毒，虽然好像暂时不能要人命，但是有没有什么长期影响就不好说了。"

第十章

大音希声

只见那两个冰柜里，不单有整只的黄麂、穿山甲、小天鹅、凤头鹰、金雕、黄腹角雉，还有好几只熊掌。

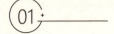

01

　　T市的救援基本已经结束。在确定所有获救的东方白鹳都已经可以自主进食，且野外没有发现新的中毒个体的时候，罗雅和林鹏起程回了B市。

　　郑教授那边他们是请过假的，罗雅还需要另外跟齐白云请个假。最近一段时间，她总是因为各种突发事件无法去做兼职。

　　难得齐白云是个不错的老板，能体谅罗雅确实很忙，只跟她说让她先忙自己的事要紧，还嘱咐她不要太累。

　　罗雅回了B市就痛痛快快地睡了一整天。等她醒来的时候，收到了一个好消息——她爸爸罗秦已经顺利度过了排异期，转入普通病房了。罗雅高兴得恨不得立刻原地翻个跟斗。

　　吃饱喝足后，罗雅打开了微博。

　　一条标题为"T市发生东方白鹳集体中毒事件，环保组织急救援"的消息在首页快被刷爆了。

　　罗雅点开那个长图，里面把东方白鹳从被发现中毒到后期救助的经过写得很详细，然而这条微博里，对东方白鹳实施及时有效救助的，是那个名为"自然研究所"的组织，罗雅和林鹏甚至小强和蓝天救援队的兄弟倒都变成是以这个组织志愿者的身份过去支援。

　　她点进那个"自然研究所"的账号，发现他们以前的微博评论寥寥无几。而这条关于东方白鹳救助的却有一万多点赞、评论和转发，连粉丝数都在迅速增长。

　　罗雅耸耸肩，在经历韩蓉蓉那件事之后，她对这种人、这种事都见怪不怪了。

　　正想看点别的，她突然发现这个ID又发了一条新的微博，大意是T市的另一个湿地又发现了几只中毒的东方白鹳，急征橡皮艇或渔船前往救援，还配了一张图片。照片中的芦苇荡里的确有几只东方白鹳缩着脖子站立着，有几只还微张着或垂着翅膀——"自然研究所"正是以此为依据判断这几只东方白鹳中毒了的。

然而在罗雅看来，这只是它们在晒太阳的正常姿势。

正想在微博上说点什么，林鹏的电话打了过来，一接通就问："罗爷，看微博了吗？"

罗雅嗤笑道："你说他们声称又发现东白中毒的那条？正看着。"

林鹏也跟着笑："我说这帮人真够大惊小怪的，正常地晒太阳，他们非说是中毒，下午还给我打电话，问我应该怎么去湖心岛抓它们。这不是多此一举吗？"

"你怎么回答他们的？"

"就照实说了呗，只可惜他们还是认定了是中毒，还发了条微博广招江湖好汉呢。"

罗雅一阵无语，却听林鹏接着说道："哎，先别提他们这些狗屁倒灶的事儿了。老师说下周G省有个鸟类保护研讨会，问咱们俩要不要直接过去，把你之前在森警交流会上讲的内容再讲一遍。"

罗雅惊道："G省？野味大省啊。居然也要开鸟类保护研讨会啦？"

林鹏嘿嘿一乐："可不嘛，总有一批人能先醒悟过来，愿意做出改变吧。怎么样？要一起去不？"

"去！当然去！什么时候走？"

"就这周末。"

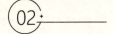

G省在华南，离B市很远，为了节省时间，他们选择乘飞机去。然而周末却是个大阴天。罗雅登机后从飞机的舷窗望着头顶的乌云，总感觉有点压抑。盛夏的雨让人欣喜，秋末的雨却总是令人不快，一场秋雨一场凉，凄风苦雨使人愁。

不仅B市要下雨，G省也大面积降雨中，飞机毫无悬念地晚点了。林鹏靠窗正在假寐，罗雅则在座位上跟康平发着短信聊天。

自打那天问了一下他的伤情，一星期以来，这家伙总是有事没事找她闲扯，最后连称呼都改了——

"我也想叫你'雅雅'，可以吗？"

"哦，好的，平平。"

耽搁了两个多小时之后，飞机终于还是起飞了，等降落到G省福城机场已经是半夜。大雨并没有停，只是雷暴风险变小了而已。G省观鸟会里有不少林鹏的朋友，这次也是观鸟会的兄弟开车到机场把二人接到下榻的酒店。

"北方已经很冷了吧？我们这里还热得很。"来接人的鸟友姓赵，个头不高，黑瘦却结实，十分健谈，一路上给二人介绍了各种当地美食，几乎把会后活动都给二人规划好了。

螺蛳粉要吃，猪脚面线要吃，银滩的肠粉、杧果冰、烤生蚝通通安排上。

罗雅本来因为阴雨而有点烦闷的心情轻松了许多。

会议进行得很顺利，罗雅所讲的内容同样是G省野生动物保护者急需学习的，罗雅收获了比在上次森林公安交流会上更多的热情，也认识了不少新朋友。

会议的最后一天，主办方安排了一次户外观鸟活动，地点是靠海的一个森林公园。

森林公园里有几座不高的小山，坡度也不是很陡，当地鸟友有几处固定的观鸟点，把大家分组带上山之后，其实也就默许了大家自由活动。

罗雅并不擅长摄影，所以没像很多鸟友那样带着长焦单反相机，只带了个双筒望远镜。正看得起劲儿，突然，她听到远处传来一声枪响，紧接着，她视野里的那只正飞着的黑翅鸢就一头栽了下去。

有人打鸟，而且离他们很近！

罗雅又惊又怒，她知道这里盗猎不断，但没想到这么猖狂，要知道这个森林公园附近还有座佛寺，平常客流量还是不少的。

林鹏也听到枪响了，他用相机镜头扫了一圈，对罗雅说："西南方向，距离这里一公里左右那座山顶，有鸟媒，应该是凤头蜂鹰。"他顺手拍了几张照片。

鸟媒是被盗猎分子抓住后绑在高处用来引诱其他鸟的起诱饵作用的活鸟。通常有鸟媒的地方不是有猎枪就是有鸟网。

罗雅再次举起望远镜，果然找到了那个鸟媒。

"那个山头肯定有盗猎者，但刚才那声枪响离咱们不会超过300米。"她可是从小在警属大院长大的，对枪声太熟悉了。

林鹏问："你确定吗？"

罗雅肯定地点点头，同时掏出手机："我报警。"

林鹏向有鸟媒的那个山头张望了一下，对罗雅说："那边应该离景区大门很近，咱们争取时间，往那个方向移动吧。你跟森林公安说，在景区大门会合。"

就在两人前往景区大门的路上，从那个方向再次传来两声枪响。即使不用望远镜，罗雅也能看到又一只猛禽被击中了。二人不约而同地加快了脚步。

很快，两人就到了传出第一声枪响的那个小山脚下。森警还没有来。罗雅抬头看了看，这座山只有一百多米高，林木茂密。

"我上去看看，老林，你在这等森警吧。"罗雅说。

"你行吗？万一山上真有盗猎分子……"林鹏知道罗雅练过，但再厉害也是女孩子，在这人生地不熟的山上，万一遭遇持枪盗猎分子可不是闹着玩的。据当地鸟友说，前两年就有森警在执法过程中被持枪盗猎分子偷袭打中了脊椎，人没死，但是高位截瘫了。"打鸟的都是烂仔[1]，不在乎犯什么案子的。"那位鸟友说。

罗雅拍拍老林的肩膀："放心，我还有点自保能力。调查黑市是

1.烂仔：指混混，往往涉黑涉恶。

你的强项，野外侦查可是我的强项。等我好消息。"她不等林鹏再说什么，看好了一个方便下脚的路线，三步并作两步地钻进了密林。

五分钟后，罗雅迂回到了半山腰，这里有一片不大自然的空地，原本的树木都被砍倒了，只留下矮矮的树桩和一片草坪。从山下往上看是发现不了的，但如果有人能从上往下看，一定会觉得山头上的这片空地就像人脑袋上的斑秃一样扎眼。这里应该曾经架过陷阱，只是不知道为什么后来被废弃了。

继续往上走，在快到山顶的时候，罗雅看到了地上有酒瓶、包装香肠用的塑料袋、用空了的一次性打火机，地上还有曾经烧过火的痕迹。看来盗猎分子还在这儿宿营过。

她压低身子，放缓速度，慢慢向山顶靠近。

然后，她看见这里有另一片空地，空地中央架着两张捕鸟网。地上还能看见空的自制鸟铳用的子弹壳。

这里看不见盗猎分子，大概是去捡猎物了。罗雅掏出卡片机把山顶的情况拍照存证，然后原路返回了山下。从远处又传来枪声，罗雅在心里问候盗猎分子祖宗十八代。

森警来得很快，但是，只有两个人，或者说，整个森林公园所在辖区，每天就只有两个人值班。

罗、林二人顾不得计较什么，只能一人引着一位森警分头搜索盗猎分子，罗雅负责旁边这个山头，林鹏则去解救远处的那个鸟媒。

上山路上，罗雅和森警用很小的声音交谈着。

很巧，森警也姓罗，跟罗雅开玩笑让她管他叫哥。聊到之前给B市森林公安做执法培训的事，老罗不无羡慕地说："大城市就是好，什么都能赶在前面。不像我们这个小地方，好多东西都不会，也没人管，人手还不够。你看这附近六七公里范围内就有十几个山头，每天值班就两人。其实我们也能听到枪声，但是根本抓不过来。等我们找过去人家早跑……哎哟！"他轻呼一声，是崴了一下脚。

罗雅看着这位穿着常服和皮鞋爬山的森警，不知道该说什么好。显然，这位是破罐子破摔了。

经过半山腰那片空地的时候，罗雅给老罗指了一下，老罗摇头苦笑道："别提了，就这个，还是去年我抓的。"

罗雅也跟着摇头叹气。

继续往上走，还是罗雅走在前面。经过那片焦黑的生火痕迹的时候，她又给老罗指了一下周围有人活动过的痕迹，还有新的空地中间被盗猎者用来当掩体的枯黄的两丛灌木。然而刚一抬头，她就看到20米开外一个赤膊的中年人正拿自制鸟铳指着她。

罗雅一愣，立刻被走在后面的老罗推到一边。老罗自己冲了上去，大喊一声："不许动！警察！"

那个盗猎者本来以为只是误上山的游客，正想拿枪威胁一下让他们滚蛋，谁承想就这样跟森警打了个照面。他下意识地扔了枪扭头就跑。老罗在后面紧追不舍，但他的常服和皮鞋限制了他在山地环境的运动，罗雅也追了上去，然而她人生地不熟。前面的盗猎分子三蹿两蹿就没影了。

罗雅和森警都感到挫败极了。

回到山顶空地，那里还有盗猎者架起来的捕鸟网，地上还有两杆自制鸟铳。

"咱们只能把这些带回去了。"老罗沮丧地说。这一次，他又没抓到人。

罗雅上去几下就拆除了捕鸟网，狠狠踹断了支网用的竹竿。她把网随意地卷了，打算一会儿带下山找个不会引起火灾的地方烧毁。至于那两杆鸟铳，因为都是上了膛的，需要把子弹打出去，不然容易走火。

老罗拿起一杆，对罗雅说："妹子，你把耳朵捂上啊，这个可响。"

罗雅却走过去拿起了另外一杆，斜朝着地面开了一枪。那一瞬间，她真的希望子弹都能落到盗猎分子身上。

老罗定定地看了罗雅一眼，问："刚才我就想问了，你家有人是警察吧？"

罗雅还在气头上，并不想多说什么，只是默默点点头。

老罗转过去把手上鸟铳的子弹打出去，两人就这样沉默无语地下山了。

没过多久，林鹏和另一位森警也回来了。他们那边的情况大同小异，也没抓到人，也只是缴获了一杆自制鸟铳。唯一的好消息是那只被当成鸟媒的凤头蜂鹰成功获救。

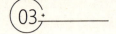

03

　　集合回酒店的时候，其他鸟友得知罗雅他们追击盗猎分子的事，有佩服的，有替他们惋惜的，有愤慨的，也有无奈的。

　　一位当地鸟友对罗、林二人诉苦："我跟你们说几个市场，你们真该过去看看。以前我们也跟森林公安报过警，但是那帮贩子都安排了眼线在林业局门口守着，一见几个森警出来立刻就会通风报信。回回都抓不着他们。你们说这种事儿什么时候能是个头儿啊？"

　　其实原本罗雅他们也没有急着走。难得来了G省，他们额外留出一星期的观鸟时间，还是郑教授建议的。听鸟友这样说，两人决定把原计划的野外观鸟暂缓，先来个黑市调查。

　　鸟友说的几个野味交易猖獗的黑市里，有两个本来还是正规的农贸市场，只是一直有卖活禽畜的摊位。不知从什么时候起，有人拿了在外面打的斑鸠、田鸡[1]等鸟类找那些摊位代卖，后来被盗猎和贩卖的野生动物越来越多，那里竟然出现了专门卖野味的摊位。因为周围的居民对此不是见怪不怪，就是觉得多一事不如少一事，市场监管部门更是一年到头不见人影，偶尔有鸟友举报给森林公安，还常常让贩子察觉溜走。而对鸟友报警的行为，当地居民的普遍反应居然是嫌鸟友多管闲事，其风气恶劣可见一斑。

　　罗雅和林鹏依鸟友所说的地点挨个查探了一遍，大部分是早市和地摊。情况确实很严重，二人也尝试过报警，除了其中有一次两人先发制人把贩子按住之外，其余无一例外都让他们逃脱了。

　　现在，罗雅和林鹏就站在最后一个目标农贸市场的门口。林鹏照例从包里翻出两个口罩，分给罗雅一个——这种把野生动物和家养动物混在一起的行为，等于给各种病原微生物大开方便之门，尤其是病毒，这东西变异太快了，一旦出事必然是大事。2003年SARS冠状病毒的原始宿主是蝙蝠，中间宿主是果子狸，而人类，给了它们密切接触的机会。所以几天来他们俩在查访黑市的时候都

---

1. 这里的田鸡说的是一种鸟，不是通常人们说的蛙类动物。

是戴着口罩的，首先要防的就是病毒从呼吸道侵入，剩下的就是要注意不要摸自己的头面部，还有勤洗手了。

罗雅接过口罩道了声谢，而就在她套好了左耳的松紧带，想要套右耳的时候，松紧带断了。

"啊，居然是劣质口罩，亏那个药店看着还挺正规的，居然卖假货。"林鹏讶然，随即他翻翻包，"哎呀，这是最后两个了。要不你戴这个吧。"他把自己手中那个新的递过去。

罗雅赶紧摆摆手想要拒绝，林鹏却把口罩捂在她脸上，笑嘻嘻地说："看，这下你戴过了，我不能戴了吧。"说完，自己一马当先地走进了农贸市场。

罗雅心中一暖，赶紧戴好口罩跟上。

这个市场里的环境比之前那个更加脏乱差，鸡毛、鱼下水遍地，地面油腻腻的，走快了都会打滑。

就在离他们不远的地方，一个矮胖的女人正在拔一只鹭的羽毛，而它显然活着，还在挣扎。

罗雅想要冲上去，被林鹏拉住了。

"别冲动！"林鹏低声说，"我们还是先固定证据，然后报警。"

这个市场里不止这女人一家野味摊子，正在被戕害的也不止那一只白鹭。罗雅咬牙强行忍住。

被扒光了羽毛的白鹭被那胖女人扔进了一个桶里，那里面还有几只跟它一样奄奄一息的各种鸟，而那女人又把手伸向了一只夜鹭。

终于，林鹏固定了所有的证据，出去打电话，罗雅跑到胖女人的摊位前，指着还没被拔毛的几只鸟问："这个怎么卖？"

那女的撩起眼皮看了罗雅一眼道："大的60元一斤，小的40元一斤，禾花雀100元。"

罗雅本来没在她摊位上看到黄胸鹀（禾花雀），但是转眼看到她身后那个冷冻柜，什么都明白了。

很多生命，根本等不到被挽救。

见罗雅盯着笼子里的几只活鸟看，胖女人把手伸向笼子，又问罗雅："你要哪个？我给你弄。"

笼子里并没有国一、国二，都是三有，而且剩下的不到十只，罗雅犹豫着要是等不到森林公安的话，干脆自己都买了，也好过一只都救不到。她不是不知道购买行为只会鼓励贩子再去捉、再来卖，可是眼睁睁看着一只接一只的鸟在自己眼前被活活折磨死，她实在有些承受不住。

那胖女人却有些不耐烦，对罗雅挥挥手说："你要不买靠边点，别挡着我做生意啦！"

罗雅正要发作，却见林鹏已经回来了，对她轻点了一下头。

罗雅知道森林公安已经在来的路上，可是眼见着那胖女人还要继续拔鸟毛，然后在鸟还没死的时候就扔进冰柜冻着，她还是受不了。于是她飞快思索着既不知法犯法又能拖延时间的办法。

正一筹莫展之际，肩膀被推了一下，她抬头一看，居然是林鹏。

林鹏推完了她一脸不耐烦地嚷嚷："我不是说要回去了吗？你磨蹭什么呢？害我等你那么半天！"

罗雅立刻反应过来他要干什么，于是也立刻"翻脸"道："什么我磨蹭？我不是跟你说了想再逛逛！你这么不耐烦自己回去呀！"

两人就这样吵了起来，越吵越大声，越吵越激动，把附近的摊贩和顾客都吸引了过来。那胖女人见两人就在她摊位前吵得不可开交，不乐意了，出来赶他们俩。这一来正合罗雅心意，她立刻把炮口转向了胖女人，努力表演一个十足的泼妇。

这下胖女人更生气了，冲过来想要打罗雅，林鹏见状，又赶过来帮罗雅拉开那个胖女人。场面一度十分混乱，直到森警终于拨开围观者出现在人群中。

"这怎么还打起来了呢？"来出警的森警也很蒙，他们接到的报警是有人非法贩卖野生动物，谁想到到了现场还能遇到打架斗殴的。

胖女人想跑，但是来不及了，罗雅死死揪住了她，林鹏则冲过去拉住了另一个野味贩子。但毕竟他们只有两个人，还是让剩下的几个贩子趁乱走脱了。

经过一番解释，森警终于搞明白两人的良苦用心，但是只有他们两个人显然处理不了这个农贸市场的成百上千只野生动物活体和死体，两人只能叫增援。

从森林公安局出来，罗雅一点也没有抓到不法分子的喜悦感，反而那几只鸟临死前的哀鸣一直萦绕于她的心头。

看她神色郁郁，林鹏安慰道："我们都尽力了，只要不放弃努力，以后肯定会好的。"

罗雅闭了闭眼。她知道林鹏说得有道理，但以后……又是多久的以后呢……

"老林，我还是难受。我想喝酒。"

"好，我陪你，但是不能喝醉。"

林鹏是个说到做到的人，说是不能喝醉，就只喝到微醺。

剩下的三天，两人基本都在鸟友提供的各个著名观鸟点转悠，收获颇丰，尤其是林鹏，拍了不少好照片。罗雅郁闷的心情再一次得到了纾解。

最后一天上午，本来两人约定在楼下大厅集合然后一起退房的，罗雅左等右等却不见林鹏的人影。她拨打林鹏的手机，一遍又一遍，始终无人接听。难道是不小心按了静音？

罗雅又跑到服务台，拨打林鹏房间的电话，过了好半天他才接起来，一开口声音哑哑的，好像还有点鼻塞。

"雅雅，我头好疼。"

林鹏生病了！意识到情况不妙的罗雅又跑回楼上去敲林鹏的房门。

过了足足两分钟，林鹏才晃晃悠悠地出来给她开了门。

罗雅一见林鹏的脸色就觉得不太妙——他脸红得不正常，还在拼命揉眼睛，似乎在流眼泪。

"我的妈呀！你看起来病得好严重！"罗雅担心地说，"怎么这么突然？昨天还好好的。你还有哪儿难受？我陪你去医院检查一下吧！"

"我好像感冒了，可能有点发烧吧，浑身没劲儿。"林鹏看了看时间，已经到该退房的时间了，两人的飞机要到傍晚才起飞，也不太急，"我还行，咱们去退了房再去医院吧。我拿点退烧药就行，剩下的回B市再说。"

罗雅不敢苟同地瞪了他一眼："行不行听医生的，你不要瞎逞强！"

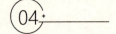

04.

　　两人都以为是普通感冒，但是到医院一检查，林鹏高烧40℃，血氧饱和度只有83%，直接由急诊转到了重症监护室。不过是两三个小时之后，林鹏的意识都不太清醒了。两个医生一直在里面围着他忙碌，还有一个医生特意跑出来，仔细询问罗雅这几天他有没有什么特殊的接触史，比如其他有类似症状的人或者动物。

　　罗雅把两人这十来天的行程一五一十地跟医生说了。医生沉吟了一下，对罗雅说："你朋友的症状是一种急性呼吸窘迫综合征，从各项指标来看，非常凶险，而从你描述的接触史来看，我们有理由怀疑是某种人畜共患病。现在我们一方面要稳住他的生命体征，另一方面会加紧检测病原微生物。有两件事需要你的配合。"

　　罗雅听医生这么说也有点慌了，但她强自稳定心神，问："需要我做什么？"

　　医生说："第一，需要你赶紧联系他的家人，请他们尽快赶过来。他这种情况随时会下病危通知书；第二，你和他有一样的接触史，目前我们并不知道你是否已经感染这种病原微生物，更不知道它是否可以人传人，所以你要在医院进行隔离，隔离期为7至14天。还要麻烦你尽量把跟你们一样有密切接触史的人写一下，我们要尽量去通知他们隔离观察。现在请你跟这位护士去做一下隔离准备。"

　　罗雅几乎是木然地完成了医生的各种指示，直到在隔离病房的床上坐下来，心里一直空落落的，不知所措。

　　她没有林鹏父母的电话，是通过郑教授联系到了二老，现在二老正在紧急买机票往G省赶。

　　郑教授十分担心他们俩，但他马上要参加一个国际会议，脱不开身，只是不停地在电话里嘱咐罗雅要冷静，听医生的话。

　　过了一会儿，负责联络的护士跟她说，已经找到第一天在森林公园出警的森警，还有在黑市和农贸市场出警的森警，通知他们有条件的做居家隔离，没有条件的可以申请到医院隔离。

这一夜又是雨夜，罗雅在病床上坐到了天亮，却对外面的风雨飘摇浑然不觉。

第二天下午，又有一男一女因为跟林鹏一样的症状进了医院。男的是一名森警，女的正是那天在农贸市场活拔鸟毛的肥壮女人，她在看守所里发了病。

这样一来，辖区在森林公园的两位森警暂时算是安全了，但他们毕竟跟野鸟密切接触过，还是不能解除隔离。

到了第三天早上，林鹏的病毒检测结果出来了，是甲型（H5N1）高致病性禽流感病毒，随后，另两人也被确诊感染了同样的病毒。而林鹏和那个女贩子的病情急转直下，男森警的病情得到了控制。

罗雅是无神论者，她知道能相信的唯有科学、唯有医生，可她还是忍不住祈求上苍，希望老天能让林鹏平安。他是个那么好的人，他不该受这样的罪，更不该……罗雅不敢想。林鹏的父母自打来了就一直守在医院大厅，罗雅无法与他们见面。从护士那里听说，林鹏的妈妈几度哭成泪人。

她更不敢想如果自己发病了，自己的妈妈该怎么承受这一切。父亲刚过排异期不久，身体还虚弱，未来还需要很长时间的康复和观察。母亲多日焦虑加上操劳，整个人看上去都老了十岁。若是自己再出事，岂不是要了她的命吗！

罗雅哭了，不是害怕死亡，是害怕自己最爱的人为自己担心、伤心。

所有人都忧愁着，煎熬着，期盼着。

然而苍天似乎没有听到任何人的祷告，第四天半夜，林鹏走了，没有再留下只言片语。林妈妈昏厥了过去。

罗雅是第五天早上才知道的消息，她以为自己会放声大哭，她仿佛听见了自己在放声大哭。但护士说，她只是缩在墙角默默流泪，一整天。

七天，其实很短。无关紧要的时候，这些时间就像河水一样哗啦啦地流走，甚至都不够用来做一篇完美的报告。可是隔离观察的这七天，却成为罗雅有生以来最漫长痛苦的七天。她不怕自己发病，甚至不怕死亡，她怕的是离别。

这一次，还是死别。

每天，她不知什么时候在泪水中昏睡过去，又不知什么时候从噩梦中哭醒过来。

她电脑里还有之前和学长跑东跑西拍的照片，她不停翻看着那些照片，一遍又一遍，突然发现那些照片大部分都是各处的生境地貌、野生动植物，还有不少和同学朋友们一起做活动的照片，学长自己的照片却少之又少。可是明明她有那么多关于他的记忆——在野外开路的，涉水架绳的，搬东西的，给大家做饭的，跟当地人沟通的……明明都是他，为什么大家却都忘了多给他拍几张照片？反而是他，一有空就拿起相机来拍他们，让他们记得自己走过了多少山山水水。他参与编纂的书还没出版，他还说："什么时候我们也有自己的野生动物救助中心就好了。"

大夫来告知她可以结束隔离出院的时候，她几乎是行尸走肉般收拾完了行李。

来G省的时候是两个人，走的时候，只有她一个。学长的骨灰已经交由他家人带回离B市一百多公里的一个山上安葬，却不是回他的老家Z市。山没什么特别的，名字也土，叫"老虎沟"，早几十年生境不错，但是后来因为各种违规采矿采石，二十几年前变成了光秃秃的几个大土包，不下雨都会山体滑坡。如今那里已是绿意盎然，生机勃勃——那是学长每年都会定期去植树的地方。如今，他永远地安眠在那里了。

罗雅本来打算尽快去Z市，去学长家里看看。他年迈的爸妈老来失独，如果不是家里亲朋好友多，还不知道要怎么迈过这道坎儿。而如果不是学长把唯一的口罩让给了她，说不定就不会有这样的悲剧发生。她在心里默默盘算着，以后学长父母的生活，她要负责照顾。而且回了B市她还想尽快去学长的墓地扫墓。

她拿起手机，想跟导师再请几天假，手机铃声却像有感应一样在她拿起的瞬间响了起来，正是郑教授打来的。

她赶忙接通，郑教授略显沙哑的声音急促地传了过来："小雅，隔离结束了没有？你没事吧？"

这声音听上去是那么急切又疲惫，还带着鼻音。显然，郑教授知道林鹏去世的消息，这几天不知道哭了多少次。师徒俩感情至深，这么多年罗雅也是看在眼里的。她忙安慰了老师一阵，然后切入正题："我刚好有事要跟您说。"

"什么事？是不是想休息一下，出去散散心？"

"是想请个假，想去看看学长的爸妈，另外还想去给学长扫扫墓。"

"小雅，你也是个好孩子。"罗雅听见电话那头郑教授抽了抽鼻子。过了几秒钟，郑教授的声音才重新传来："小雅啊，你这个请求我是必须要批准的。但是眼下有件事，我想来想去现在你去办最合适。我知道这很强人所难，但是你那几个学弟学妹刚进山了，短时间内联系都有困难。再说他们经验不足，我怕他们就算去了也办不好。所以你看……能不能……"

郑教授这人平时总是笑呵呵的，看着一副除了科研以外没心没肺的样子，其实是很通情达理又多愁善感的一个人，如果不是真有非她不可的要紧事，是不会在这个时候开这个口的。

她连忙说："老师，我没事儿，您说吧，有什么事需要我去办？"

她隐隐听到郑教授又叹了一口气，才跟她说："本来这事，我是想跟林鹏说说，问问他能不能去的，可是现在……唉！"他又陷入了静默，好一会儿，才缓过来说："我有个朋友的儿子，现在在J市林业局工作。前段日子他们接到举报，说他们那有个养殖场涉嫌非法捕捉、买卖、饲养野生动物。他们和森林公安过去看过一回，没发现什么异样，就回去了。可是没过几天接到第二次举报，而且举报人言之凿凿，这次还拍了照片为证。所以他们必须展开第二次调查，可他们都不是科班出身，怕万一对方真的有违法犯罪行为他们查不出来，又怕冤枉了好人，这才托他父亲的关系辗转找到了我这。"

其实从刚刚导师说非罗雅莫属，她就隐隐感觉是这类的事情。毕竟除了林鹏，就数她跟林业局、森林公安走得近。白树他们自然不必说，就连康平都像是突然打通了任督二脉一样，前段日子还隔三岔五拿个不认识的动物的图来问她呢。

"行，老师您放心，我去没问题。您安排吧。"

"好好好。等办完这事，我放你半个月假，你得好好休息一下了。"

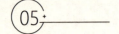

05.

　　经费有限，罗雅以最快的速度买了去 J 市的火车票。所幸两市相隔不远，又都是大站，几小时就能到。

　　火车慢慢驶出车站。罗雅看着这个城市的轮廓渐渐远去，她在这里失去了太多。

　　到达 J 市已是傍晚时分。

　　甫一出站，罗雅就看见一个穿着牛仔外套的年轻人举着写有她名字的纸牌儿，在出站的人潮中来回扫视寻找。

　　她快步走过去，朝那人伸出手。

　　"你好，我是罗雅。"

　　那年轻人赶紧放下牌子，也伸出手回握："你好，我是张闻。"

　　"你就是张科长？"罗雅瞪大了眼睛。虽然之前从电话里她能感觉到他是个很随和的人，却没想到衣着这么随意休闲，看上去比同龄人年轻好几岁，就像个阳光大男孩。

　　"是我是我。这不是什么正式场合，你叫我张闻就行。"张闻看向罗雅背着的大登山包，"重不重？我帮你背吧。你还有别的行李吗？"

　　"谢谢。我就这一个行李，不重，我都习惯了。"罗雅笑了，"我们学生态的，经常出野外，都是女生当男生使，男生当牲口使的。"

　　"听郑叔说了。你们真不容易，这次……唉，还得麻烦你。你撑得住吗？"张闻说着引着罗雅往停车场走，不无担心地看着她。

　　"你也知道了？"

　　"郑叔告诉我了。我原本对林鹏这个人早有耳闻，这次本来也是想请他过来，还有好多别的事想麻烦他呢。没想到……"张闻打量了一下罗雅，见她有些恍惚，便赶紧说，"你节哀。等办完了这事，回头你带我去看看他。虽然没机会认识了，但我想……给他种棵树。"

　　"谢谢你。"罗雅揉了揉又红了的眼圈，又有点替学长感到高兴，"那我们一言为定。"

"一言为定。"

次日一大早，张闻就开着车来招待所接罗雅。今天他倒是穿得很正式。同车的还有两个当地的森林公安，一个姓刘，也是三十多岁，又高又黑又壮；另一个姓田，二十多岁，个头不高，但是十分结实。两人都是转业军人，也都十分健谈，没一会儿一车人已经熟识了。

目的地在J市南郊，那里有两条并行的河流。水量大一点的那条叫香茶河，小一点的叫苗河。两河中间夹着大面积的湿地，而两河最终汇聚处更是形成了不小的一片湖泊，叫桃花湖。这个被两次举报的名为"J市特种禽类养殖场"的单位就坐落在桃花湖东岸的村子里，离市区有一个多小时的车程。

罗雅坐在副驾驶位置上，一边跟张闻他们聊天，一边不时观察四周的生境。

沿途有三四个村落。人口都不多，最大的五十多户，最小的就二十来户。路两边可见范围内基本都是农田、水塘，也有零零散散的一些林地。跟北方高大的防风林不同，这里的树大多树型矮小，纵使是乔木，也不过四五米高。路两边大多是景观树，乔木不多，灌木不少，又多是常绿树种。越往郊区，这些人工种植的景观树便越少，天然林多了起来，树种丰富多样。后座的田警官指着一晃而过的一棵枇杷树开心地喊："这棵这棵，结的果子可甜了。你要是夏天来可以带你来吃。"

一车人都笑了起来。张闻吐槽他："你个吃货！来了五年，正经事没干，方圆百里内哪棵树什么果子好吃你倒是知道得最清楚。"

被他们一闹，罗雅的心情倒是好了些。

很快，车子就到达了目的地。几人下车，田警官去按了按门铃。养殖场的老板姓魏，个子不高，十分白胖，看身量顶罗雅三个。他笑容满面地迎了出来。

"哎哟张科长，您又来啦。这次是什么事儿啊？"魏老板堆着一脸的笑，肥肉把本来就不十分明了的眼睛彻底挤没了，"来来来，先进屋喝口水休息一会儿。"

张闻一反之前对罗雅的那种温雅随和，冷着一张不苟言笑的脸，对那位魏老板说："不必了，我们接到两次举报，所以必须过来再查一次。"

魏老板眼神在罗雅身上几不可察地一扫，又是哈哈一笑："没问题，随便查。您请。"说着把几人往饲养区带过去。他走在前面，两个森林公安走在后面，罗雅和张闻在最后边。

罗雅一边前后左右地观察，一边对张闻小声说："张科长，你有没有觉得……这个魏老板好像知道我们今天要来？"

张闻也小声说："你怀疑有人给他通风报信了？"

罗雅说："我不确定，但我隐隐约约觉得哪里不太对。你想，就算是个完全无辜的人，被举报两次肯定也会有些生气，态度不会太好。可是这个魏老板太淡定了，很有些有恃无恐的样子。当然这只是我的感觉，不一定对。我们好好查查再说吧。"

张闻点点头。

这家养殖场规模不小，因为养了好几种特种禽类，笼舍也有好几间。

罗雅对魏老板说："魏先生，麻烦把您的驯养繁殖许可证还有副本拿来一下，我需要一一对照。"

魏老板笑道："没问题，不过还没请教这位是……"

张闻赶紧说："这是我们林业局从B市请来的专家，罗小姐。"

罗雅对魏老板笑了笑。魏老板那张肥硕的脸上还是没什么异样，他回头喊了声："小贾，去我办公室把许可证和副本拿来给专家看。"便有一个看起来十七八岁穿着工装的男孩跑去他办公室了。

趁着那男孩去取许可证的工夫，罗雅打量起现在这间笼舍。

整个笼舍大概有30米长，10米宽，棚顶圆弧形设计，最高处4米高，算是不小。笼舍里铺着土和沙子，分两个区，一边散养着火鸡、珍珠鸡，另一边则是环颈雉，就是俗称的野鸡或七彩山鸡。前两种都是国外引进的家禽，倒是合法，而这环颈雉却是我国的三有保护动物，要养殖是需要到林业局取得驯养繁殖许可和经营利用许可的。不过环颈雉的人工繁殖技术已经很成熟，国内经过审批的合法养殖场也很多，如果许可证副本上有这个物种，那就是合法的。

她蹲下来，仔细观察这些环颈雉，发现它们都很镇定，见了人也不慌乱，而且羽色比野生的要淡一些，不是有经验的人看不出来。这样一看没什么大问题。

张闻凑过来问："怎么样？"

罗雅小声说："应该是合法人工种源。你还记不记得你们上次来的时候，他的许可证副本上有没有环颈雉？"

张闻正要回答她，那个叫小贾的男孩拿来了许可证和副本。魏老板把这些东西递到张闻手上，张闻看了他一眼，又转递给罗雅。

罗雅先翻开了正本，确认了单位名称、有效年限、许可单位公章等细节，知道这不是伪造的，就查起了副本。只是一翻开，她就瞪大了眼睛。

"魏先生，你这养殖场，除了火鸡、珍珠鸡、番鸭、环颈雉，还养黑水鸡、白鹭和夜鹭呢？"

魏老板回答："是呀，我可是取得了许可才养的。罗小姐觉得有问题吗？"

罗雅深深地看了张闻一眼，转而又对魏老板说："能麻烦魏先生带我去参观一下你们饲养黑水鸡和鹭的笼舍吗？"

魏老板挑了挑他那淡得几乎不存在的眉，仍然笑着说："可以呀，跟我来吧。"便转身出去了。

张闻终于有机会凑上来小声问："你觉得这几种鸟有问题？"

前面的刘警官也回过头来瞪大了眼看着她。

罗雅用几不可闻的声音说了四个字："问题大了。"

刘警官回过头去继续跟着那个魏老板往前走。张闻想继续问什么，罗雅冲他摆摆手，示意一会儿她来出面。张闻跟着点点头，没再说什么。

后面三个笼舍离第一个有些远，中间还隔着个人工鱼塘。不过从外观看，这几个笼舍都一样大，没什么区别。

罗雅拍拍田警官让他走后面，自己凑到魏老板身边搭话："魏先生，你办的这个养殖场饲养这么多特种禽类，不轻松吧？"

大胖子没想到之前一直都跟他没什么交流的小女孩突然凑上来搭话，愣了一下，但马上就笑眯眯地说："可不是，我这各种禽类好几百只，人手就四五个，好多活儿我都亲力亲为，可把我累坏了。"

罗雅差点没喷出来。她又瞄了瞄魏老板这一身的大肥膘——桃花潭水深千尺，不及他话里的水分大。

"那这些鸟都是自己繁育的吗？"

大胖子又一愣，道："当然，当然是我们自己繁育的。"

"繁殖期很辛苦吧？"

"可不是，可不是。"

"我刚刚看你的许可证副本的日期，你繁育这些有四年了。真了不起。现在是不是都不需要外面的种源了？"

"是是是，不需要了。"

罗雅觉得胖子脸上的汗似乎多了起来。她回头朝张闻笑了一下。张闻虽然很莫名，但也知道她肯定是有发现了，心里更踏实起来。

没一会儿，几人就来到了第二间笼舍。这间里面都是番鸭和绿头鸭。番鸭也是合法家禽，不用多看。罗雅仔细观察了下这里的绿头鸭，发现虽然羽毛颜色很像野生绿头鸭，但是体态已经有很大不同，想必也是可以合法饲养的杂交后代，就直接跟魏老板说要去看后两间。

到第三间刚一进门，就听里面"轰"的一声，倒不是发生了什么爆炸，而是里面将近一百只黑水鸡还有白胸苦恶鸟等鸟类飞起来的声音。跟前两间笼舍里的鸡鸭见到人之后跑过来向人讨食不同，这些鸟是向着远离人的方向飞的。

笼舍跟前几间没什么不同，光秃秃的墙、房顶，地面上依旧是沙土。

罗雅深深地看了魏老板一眼，说："魏先生，我记得您那个许可证副本里，只有黑水鸡啊，这里面怎么还有董鸡和白胸苦恶鸟啊？"

魏老板的笑容有些僵了，他擦擦汗，说："哦，可能是之前混进去的，一直没注意。回头，回头我就去林业局把这几个补在副本上。"

罗雅的笑却是越发深了，她说："也是，白胸苦恶鸟和董鸡也是三有动物，市一级林业局补上也就补上了。可是魏老板，您这都繁育四年了都没发现混进来了别的鸟种，有点说不过去了吧？董鸡就罢了，长得本来就和黑水鸡有点像，这白胸苦恶鸟成年以后跟那两种可是完全不一样。"

魏老板有点笑不下去了，汗也擦得勤了起来："这……鸟太多，人……人手太少，平常照应不过来，是我疏忽了。那些个小工也不认什么鸟，他们就负责喂食，有可能看见了也没太注意。"

"这么说，之前的人工繁育都是魏老板自己一个人搞起来的了？"

"也……也不是，之前是请过一个技术员的，但是那个技术员后来嫌工资低不干了。"

"哦，这样啊。"罗雅微微一笑，转身出去朝第四间笼舍走去。这回轮到那大胖子魏老板颤动着一身肥肉追在她后面了。

最后这间笼舍仍然跟之前的一样沙土铺地。里面养的白鹭和夜鹭有六七十只，一个个缩着长脖子，蔫头耷脑的，见了人没任何反应。

罗雅已经不笑了，她回头问追得直喘的魏老板："魏老板，这些是你繁育的第几代了？"

"第，第三代。"

"您这个养殖场里，就这几个笼舍，还有没有别的设备、设施呀？"

"没……没了。"

"所以魏老板的意思是说——这些黑水鸡啊鹭啊就是在这间笼舍里繁育出来的喽？"

"是……是啊。"

"最开始种源有多少只？性别比是多少？这些年出生率多少？孵化率多少？成活率多少？是否有接受注射疫苗？是否经过检验检疫？卖出多少？死亡多少？魏老板也都有记录吧？"

"呃……这……这个……"那魏胖子终于笑不出来了，白胖的脸开始有些发青。

罗雅死死盯着他，说："魏老板，这么多年都是您一个人搞的繁育，这么几个简单的数据，您不会没有吧？"

张闻和两个森警也目光灼灼地盯着魏胖子，等他回答。

那魏胖子吭吭唧唧了好一会儿，才开口道："那……那什么，本来有记录的，可是我这办公室啊去年着了次火，很多东西都烧没了，你要让我找，我真找不着。"

罗雅真想向天翻白眼，"这么巧？火灾可是大事啊，魏老板都没请消防队吗？"

"嗨，我这里这么偏，再说火没多大，自己就给扑灭了，就没麻烦……"

"行了，别装了！"罗雅眯了眯眼，她都有些佩服这胖子不见棺材不落泪的厚脸皮了，"你知道白鹭和夜鹭繁育要多大的空间？筑巢要什么条件？黑水鸡、董鸡和白胸苦恶鸟繁育又要什么条件吗？连很多条件很好的动物园都不能让它们顺利繁育，你这个场地，要树没树，要水没水，要草没草，你连喂它们的饲料给得都不对，还敢说能让它们繁育？"没等胖子说话，她又问张闻："张科长，这个养殖场每年的动物流量咱们林业局有登记吗？"

张闻赶紧回答："捕获量除了第一年说要从野外获得种源过来登记了一批，后来就没有了，说是它们自己可以繁育后代了。至于卖出量，报给我们的是每年这些加起来得有五百多只吧。"

"五百只……也就是说，你每年至少从野外抓五百只的野生鸟类来卖。"罗雅狠狠地看向魏胖子。

"你……你别含血喷人，你有什么证据？"魏胖子涨红了脸，全身的肥肉都颤了起来。

"你丝毫不具备人工繁育这些鸟的条件，却说它们是你人工繁育出来的；这些一年只繁育一次的鸟，在你这里存栏量加起来都不到200只，你每年却能卖四五百只，其他的鸟是哪里来的？"

"你……你管不着，反正你没有直接证据证明我抓过野鸟。我就说我这是人工繁育的，顶多有那么二三十只不在副本里，那又怎么样？你罚我我也认了。"

"你！"罗雅气得想揍他，张闻和田警官见势不妙赶紧把她拉住。

张闻低声劝道："小罗你冷静。你要知道咱们确实没有直接证据证明他的鸟都是他野捕的，而且对于这种办了养殖许可的，鸟又都是副本上有的，过去那几千只没法追责。真要处罚也只能说现在这二百多只是来源不明，还有那二十多只不在副本记录的鸟，顶多就是罚他点款，把动物罚没。可你要是在这儿打了他，回头他一闹，咱们可要背很大的舆论压力了。"

罗雅气得七窍生烟，那魏胖子却叫嚣："哟，小姑娘还想打人怎么着？警察打人了！都来看啊！警察打人了！"

刘警官铁塔一样往他面前一戳："别喊了，我这执法记录仪录着呢，警察打没打人回头可以发到网上，让大家都来评评理。"

罗雅瞪了魏胖子一眼，咬牙道："我不是警察！"说完一甩胳膊走了出去。张闻也赶紧跟了出去，留下两个森警看住魏胖子。

"罗雅，罗雅你等等我。"张闻拉住埋头往前走的罗雅，"你该不会哭了吧？"

"没有。"罗雅没好气地说，"这种无赖也想让我哭？做梦！我是气他这么丧心病狂，却不能得到应有的惩罚。"

张闻叹了口气，说："我知道，我也很无奈。严格来说，我也不是执法人员。这事归小刘、小田他们管。但这个养殖场确实是经过了行政审批的，这里面事情很复杂。"

"你批的？"罗雅斜睨着他。

"别开玩笑了，我哪批得了这个。我这刚当上科长才几天啊。"

"那你知道是谁负责审批的吗？"

"知道啊，怎么了？"

"我怀疑，给这个死胖子通风报信的就是那个人。不来考察场地和饲养条件就批，批完之后没有任何监管，这么多年，任由他挂羊头卖狗肉，拿着养殖许可抓野鸟来卖。往轻了说，是渎职；往重了说，这人是收了什么好处包庇犯罪都有可能。"

张闻听罢陷入了沉思。过了一会儿，他抬头问道："这些我回头慢慢调查。不过这次咱们大概只能给他行政处罚了。"

罗雅气结："你们是管理部门你们说了算。我不想看见他。我去前面院子里等你们了。"说完扭头就走了。

张闻看着她倔强的背影，摇摇头，回去处理那个魏胖子。

罗雅走到鱼塘边，踢小石子出气。正踢得起劲儿，手机响了，她掏出来一看，是好几天没联系的康平。知道他来电话都是闲扯，罗雅现在没什么心情陪他，就想挂断电话，可是手指悬在屏幕上，又犹豫了。她叹了口气，终于还是把它接了起来。

"雅雅，忙什么呢？"电话那头康平的调调一听就不像有什么要紧事。

"你有事儿吗？没事儿我挂了。"

康平："没事儿我就不能找你吗？咱们有十来天没联系了吧？今天周六，想问你有没有空出……"

"我没空，没心情，让我静静！"罗雅说完也不等康平做什么反应就挂了电话。

康平再拨过去，罗雅直接挂断。他十分委屈，这是又怎么了嘛！

06·————

罗雅现在更烦躁了。她真想找个沙包来狠狠捶一顿。这时，余光瞥见有个人影从笼舍旁边晃了过去，罗雅突然起了好奇心。这个养殖场，她目前只看了四间笼舍，应该还有很多角落没有看过。说不定还能查到点别的东西呢？

她朝那个人影消失的方向走去。绕过笼舍，是一堵墙，不仔细看会以为这里就是养殖场的围墙了，但是走近了才发现墙的一边有个能容一个人通过的小门洞。穿过门洞到了另一个院子，罗雅看到几间砖房，像是库房的样子。其中一间的门虚掩着，有可能刚刚那个人就是进了这里。

她拿出手机给张闻发了条短信，让他来这里跟自己会合。没一会儿，张闻就赶来了。

"怎么了？"他跑过来问，"你发现什么了？"

"暂时还没发现什么。不过也许我们一会儿会有发现。"她朝那几间砖房指了指，"你看，这么大个养殖场，还不干净，能没有动物死吗？那死了的动物，你说会在哪里？不可能立刻就都卖掉吧？肯定得有个地方暂时存放尸体。"

"可就算存放尸体，如果也是副本上许可的物种，咱们查出来也没什么用啊。"

"那可不一定。他们既然手脚不干净，我不信就只不干净到违规养殖的程度。说不定还有更龌龊的事。就算没有，也得查查我才甘心。"

"好吧，听你的。"张闻摇摇头，他算是服了这个倔妹子。

两人便一起往那几间砖房走过去。张闻敲了敲那扇虚掩的门，里面没有人回应。二人便推门走了进去。屋子里摆着六个大冰柜。

两人分头检查。

罗雅走上前去，掀开第一个冰柜，里面是一些黑水鸡和夜鹭的尸体。掀开第二个，又翻了翻，也还是这些。掀开第三个，罗雅瞪大了眼睛："张科长，你快来看！"与此同时，检查另一边冰柜的张闻刚好也喊了声："小罗你快来！"

只见那两个冰柜里，不单有整只的黄麂、穿山甲、小天鹅、凤头鹰、金雕、黄腹角雉，还有好几只熊掌。

罗雅看着那五只黄腹角雉的尸体，眼泪"唰"地一下流了出来。"我们为了恢复黄腹角雉种群，几代人做了多少研究，光是人工繁育就耗费了多大的心力。可是他们……随随便便就杀了这么多！还有金雕，它本该是天空中的王啊！就这么被冻进冰箱里，等着变成盘中餐了吗……"说着，她蹲下去，任自己号啕大哭起来。

张闻给刘警官打了电话，让他们俩带着魏胖子过来。

魏胖子那头本来还跟森警吹他不差这点罚款呢，一听他们俩要带他去的这地方，立刻吓得腿软，几乎是被两个森警给架过来的。

进屋一看，所有冰柜都开着，没等张闻他们再说什么，魏胖子一屁股坐在了地上。

张闻冷冷地看着在地上烂泥一样的魏胖子，正要说什么，罗雅却突然拽了他一下，小声说："刚才我看到一个人往这边走，才跟了过来，可是刚才咱俩在这都找过了，那个人呢？"

张闻听了一惊，转头问魏胖子："你这几间屋子，平常是锁着的吗？"

魏胖子就像中风了一样模模糊糊地"嗯"了几声。

罗雅又指了指那几个冰柜上的锁，问："冰柜平常也是锁着的？"

魏胖子点点头。

罗雅他们几人互相看看，都明白这事儿不简单。罗雅小声对张闻说："刚才我去这几间屋子后面看过，也没人。后墙不高，如果有人故意引我过来，又来这里打开了房门和冰柜，再翻窗并跳墙逃走是完全可行的。这个人，会不会就是之前那个报案人？"

张闻摇摇头："可是如果是之前的报案人，他明明可以拿到直接证据，为什么报案的时候却不直接告诉我们呢？如果不是报案人，为什么要带我们来发现这些罪证？哎，你说，会不会是栽赃？"他看了一眼瘫在地上的魏胖子，又说"可是也不像啊，姓魏的这个样子，基本等于是认了。"

罗雅跟着摇摇头，表示百思不得其解。

　　刘警官问魏胖子："这里的东西都是你的？"在得到魏胖子的肯定回答后他又问："这几间房子还有冰柜的钥匙，除了你还有谁有？"

　　魏胖子失魂落魄地喃喃道："没，没了，只有我有。我都随身带着。"他说着下意识地摸了摸自己口袋。刘警官过去从他口袋里翻出一串钥匙，魏胖子看过去，见这几间房还有冰柜的钥匙正好好地挂在上面。

　　罗雅觉得自己背后的汗毛竖了起来。

　　张闻正要打电话联系市公安局的痕检人员过来勘查一下现场，手机却在他拨号之前响了起来，是从市林业局打来的，他赶忙接起来。听了几句话之后，他露出明显松了口气的表情。等结束通话，他朝罗雅龇牙一乐："走，跟我回局里，有惊喜。"

　　惊喜是什么？惊喜就是一行人把魏胖子铐回市森林公安局安排得明明白白后，在会议室见到了两个人，一个四十多岁的健硕大叔，还有一个十七八岁的青年，那青年正是之前在魏胖子养殖场里见过的"小贾"。

　　看到几人进来，原本坐在椅子上喝可乐的"小贾"站了起来，挠挠头发憨憨地笑着，那个健硕大叔也跟着站起来，朝罗雅他们伸出手："你们好，我叫甄赫，我是个观鸟爱好者。这是我儿子，甄凯。"罗雅发现他右手只有四根手指。

　　经过甄赫一番讲述，罗雅他们才终于明白了事情的经过。

　　甄凯是个孤儿，从小在福利院长大，原本叫李凯。9岁的时候不小心被社会上的不良少年拐带进了盗窃团伙，从此学会了溜门撬锁。11岁的一天，他作案时被刚刚因伤退伍的甄赫抓了个正着，从此，他又回到了正道，还有了新的姓。

　　侦察兵出身的甄赫特别喜欢望远镜，退伍之后，没有了侦察对象，他就举着望远镜到林子里瞎转，看那些轻灵飞跳的小鸟，慢慢地，他竟然喜欢起了观鸟，认识的鸟越来越多，后来还加入了当地的观鸟会。魏胖子的不法行为就是他观鸟的时候偶然发现的。遗憾的是，他第一次举报之后，林业局这边居然什么都没查出来。甄赫回家跟儿子一商量，爷俩决定由甄凯"打入敌人内部"深入调查，没想到这溜门撬锁的手艺也有服务于正道的一天。本来他们是打算由甄凯拍一些证据再提交给当地森林公安局的，没想到张闻他们接到二次举报后行动那么快。甄凯想，与其他拍了照片、视频发给森警，还不如让森警直接找到赃物，于是当机立断引着罗雅找到了那几间砖房。

案子查到这儿算水落石出了，剩下的都不是罗雅能插手的。临别，张闻小声对罗雅说："还有那个人，别急，我不会放过他。"

罗雅点点头。

第十一章

原来是你

凛凛寒风中，青扦挺直的树干岿然不动，细密的针叶为麻雀和灰喜鹊提供着庇护。

01

忙完了 J 市的案子，又去 Z 市看望了林鹏的父母。罗雅回到 B 市的时候，已经是初冬了。

那天在电话里冲康平发完脾气之后，她越想越后悔，当天晚上就给他打电话好一顿赔礼道歉。

虽然被迁怒了很委屈，但康平不是个笨蛋。在他再三追问下，罗雅最终还是对他说出了林鹏已经去世的事。

电话那头，是良久的沉默。他大概也在忍住眼泪吧……于是罗雅就这样陪着他沉默，或者说，让他陪着自己沉默，一起为林鹏默哀。

好半天，才听他低低地说："等我的脚伤好了，你带我去看看他。"

罗雅说："好。"

回到学校，罗雅跟陈晓妍还有房静抱头痛哭。后来她听说，还有一个人在得知林鹏的死讯后也哭得昏天黑地——是李薇。她突然明白了之前李薇为什么要做那些诬蔑她的傻事。原来她一直暗恋林鹏，是把自己当假想情敌了吗？只能感慨现实真是比小说还狗血。

罗雅又忙了起来。因为只要一闲下来，她又总是控制不住地去想跟林鹏相关的点点滴滴。这种仿佛自己的人生被什么切走了一块的感觉实在太难受了。

罗雅害怕自己沉溺于悲伤，她不能沉溺于悲伤，还有太多的事等着她做。

周末，她又开始到齐白云那里去做兼职。

齐白云正坐在角落跟几个员工一起吃早点，看到罗雅进来愣了一下，随即赶紧招呼她："回来了？吃早饭了没？要不要一起吃点儿？"

罗雅笑着摇摇头，说自己吃过了，就去餐吧处理一会儿营业要用的各种果品小料了。

　　齐白云看着罗雅的背影，若有所思地放下手里的牛奶。她追上罗雅，陪着她一块儿打理餐具，装作不经意地问："这次出去很辛苦吧？你看你都累瘦了，也晒黑了。"

　　罗雅的动作稍微顿了顿，抬头对齐白云笑道："我没事儿，已经习惯了。"

　　齐白云腾出手轻柔地拍拍她的背，帮她理了理头发："累了就不要一个人硬撑。人是要坚强，但也要学会让别人帮你分担压力。一个人再强也只是一个人，老话儿说得好：一个篱笆三个桩，一个好汉三个帮。老话儿还说：过刚易折。你是聪明孩子，应该能明白这些。"

　　罗雅点点头。

　　齐白云又说："哦对了，差点把正事儿忘了。雅雅，你认不认识会弹琴的同学呀？钢琴啊，古筝之类都可以。"

　　罗雅好奇地问："要会弹琴的做什么？搞演出？"

　　齐白云嘿嘿一笑，说："这不是最近很流行音乐咖啡嘛，我就想在咱们店里收拾出一个地方，放台钢琴或者古筝，找人定时演奏一下。当然如果有人会拉小提琴更好，我还省地方了。"

　　罗雅瞪大了眼睛，问："那……你对演奏者水平有啥要求吗？"

　　齐白云说："不用什么特别专业的水平，一般人听着顺耳就行，我也没学过，不懂，你要是对这个有了解的话，回头给我科普科普。"

　　罗雅挠挠头，有点不好意思地说："那个……其实钢琴和古筝我都会一点，虽然级别都不高。你要是不嫌弃，要不让我试试？"

　　齐白云乐得一拍台面，震得旁边的杯盘"哗啦"一声响："好！就这么定了！"

　　事儿是定了，但具体怎么操作还是得好好规划的。

　　齐白云先是带罗雅去逛了一圈附近的琴行，也顺便让罗雅演奏一下听听，觉得她水平确实不错，也就让她直接把琴挑了。

　　"来都来了"面积不小，放个三角钢琴绰绰有余，罗雅挨个试过去，最后挑了一架白色的哈农。

　　齐白云给钢琴付完款，又拉着罗雅往二楼民族乐器区逛。

　　罗雅奇道："买一台钢琴还不够？"

齐白云像个孩子一样兴奋地说："反正店里地方大嘛，你不是还会弹古筝吗，咱们再买一架古筝，回头就一三五钢琴，二四六古筝，每周日咱们还可以办个音乐主题party，喜欢演奏的朋友都可以带着乐器过来。快走快走，买完了琴，咱还得挑几身演出服。"

罗雅就这样无奈地被齐白云拖着逛了一天街，感觉比爬了三天山还累，头一回发现这位一向稳重霸气的大姐头还有这么活泼可爱的一面。

齐白云是个雷厉风行的人，说要弄演奏区，三下五除二就安排好了。她又擅长规划，这两件乐器加上配置的周边设施占地不小，但安排合理，不但没有让咖啡厅里显得挤，看起来还更有格调了。

现在罗雅有自己的"化妆间"，其实就是在原来的女更衣室里隔出来的一个空间。齐白云给她张罗的几件小礼服，还有罗雅跟杨教授自己琢磨着做的几件汉服都挂在这里。饰品都不贵，但也不是地摊货，有几件汉服的佩饰还是罗雅亲手做的，齐白云看了很满意，为此还特意要补给罗雅一些置装费，被罗雅婉拒了。齐白云坏笑着对她说："你躲得了初一躲不了十五。"

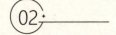

　　康元甫从国外回来又马不停蹄地跑到公司忙了一上午，中午想要去咖啡厅放松一下，一进门就看到了令人耳目一新的布置。他微愣一下。

　　作为多年朋友，他了解齐白云，她是个喜欢追求新鲜感的人，所以这两个新设置的表演区并不使他感到意外。真正令他没想到的是，坐在那里弹古筝的，好像是许久不见的小罗。

　　罗雅穿着褙子[1]，精心打扮过，看起来就像从画中走出来的仙子一样。康元甫虽然不会弹琴，但基本的鉴赏能力还是有的，毕竟他儿子从小就喜欢这些东西。他觉得罗雅弹得挺好，曲子也选得高雅，令人闻之忘俗。

　　罗雅弹的是《高山流水》，这是她最拿手的一首曲子，也颇符合她现在的心境。她弹得专注，没看见康元甫进来。康元甫短暂地驻足之后，就走到自己最喜欢的那个位子，要了杯冻顶乌龙喝着。

　　齐白云上茶的时候，看向罗雅的位置，对康元甫笑道："康总，怎么样？我们雅雅厉害吧？"

　　康元甫点点头，说："小罗技法是很不错的，不过我怎么觉着她这曲子弹得有点伤心啊，她遇上什么事儿了吗？"

　　齐白云摇摇头，说："不知道，大家都觉得她每天都在强颜欢笑，可是她也不跟我们说。"

　　康元甫略一沉吟，说："要不……我试着跟她聊聊？"

　　齐白云闻言一乐："那敢情好！那就多谢您了！"

　　罗雅虽然开始在咖啡厅里做定时演奏，但齐白云跟她商量了一下，如果她在演奏间隙还愿意干原先服务生的工作，可以领双份工资。罗雅当然答应了下来。

1.褙子：是汉服的一种，直领对襟，两侧从腋下起不缝合，多罩在其他衣服外。

这会儿罗雅演奏两曲结束，就跑到餐吧帮忙。

齐白云递给罗雅一个托盘，里面有两碟特制的小茶点，还有一小瓶插花，说："这盘一会儿帮我给康总送过去吧。"

罗雅一扭头，看见康元甫在他那个老位子坐着，老神在在地翻着杂志，她赶紧端着茶点过去了。

康元甫拿咖啡厅给每桌常备的杂志解闷儿，余光瞟到有人过来了，抬头一看是罗雅，便慢悠悠合上杂志，一脸兴致盎然地问："高山流水，知音难觅。这曲子是你自己选的？"

"啊，是的。"

康元甫点头赞许道："弹得好，学过几年？"

罗雅腼腆道："小时候学过，水平很业余，康总过奖了。"

康元甫却摇头："年轻人不要过谦，峨峨泰山、洋洋江河的意境，你都弹出来了。着实不错，只有一点我很好奇。"

"请您指教。"

"我们认识也有段时间了，凭我之前对你的印象，我以为你弹出来的会是山高水阔的气势，怎么今天这一曲，听着颇有点凄风苦雨、山水含愁的意思？是不是心情不好呀？愿意跟我聊聊吗？"

罗雅也不知道康元甫是真的自己听出来的还是听别人说了什么才故意这么问她，但这不重要，重要的是他们释放出来的善意让她感到很温暖。

"谢谢康总，前段日子确实发生了很多事，而且恐怕会留下连时间都无法将其抹平的伤口。但我会振作起来的。希望没有因为我的情绪而影响您的心情。"

听她这么说，康元甫就知道她一样不会跟自己倾诉，这也在他意料之中。这个敢只身探黑店的女孩，似乎总是有勇气独自承受一切。对这样的人来说，只要让她知道，无论什么时候，只要她开口就有人愿意帮助她，这样就够了；过多的探究反而会加重她的心理压力。

晚上回家的时候，康元甫震惊地发现自己家那个安静的美男子在做哑铃练习——虽然是坐在沙发上光练上肢，这可是件百年不遇的新鲜事儿！他忍不住调侃："哟，您老这是受什么刺激了？"

康平却没像他预料的那样一逗就炸毛，他还是保持着原有的动作节奏，不急不慢地说："爸，我好歹是个警察，锻炼身体很奇怪吗？"

康元甫随手抄起一个细长的木头小猫摆件，握在自己胸前，对着猫脑袋说："我们一直以为您已经不想干了呢，怎么突然又这么积极？能跟我们讲一下您的心路历程吗？"然后他像递话筒一样把木头小猫递到康平面前。

康平看着他爸一阵无语，他拿过小猫，重新摆回架子上，这才端正坐好，对康元甫说："以前是我不成熟，但是爸，人总会成长的。现在我是认真地想当个好警察，当个不会……令人失望的好警察。"

爷俩不对付了这么多年，这是康元甫头一次看到康平这么平和又坚定地跟他说话，他终于收起了戏谑，郑重其事地问："能告诉我发生了什么吗？"

康平垂下眼帘，深吸一口气来压住重新涌上来的悲意，确定自己不会哭出来才开口道："我有一个刚认识没多久的朋友，他叫林鹏，是个生态学博士。他很博学，又很善良。虽然认识没多久，但我每次跟他接触，我都能感觉到他对自然、对生命发自肺腑的那种爱。为了保护那些他们认为很重要的东西，他们投入身心，甚至可以不顾一切，哪怕这些不会为他们个人带来一丝一毫的好处。他们批评过我，也帮助过我。他们让我明白了我的责任所在，他们对我寄予希望。"

"所以你要为他们而改变吗？等等，为什么你开始说的是林鹏，到后面变成了'他们'？"

"因为帮助我的从来不是一个人。我和林鹏也是通过另一个人才认识的。他们俩都帮了我很多。"

康元甫听罢，露出欣慰的笑来："这么说这两位还真是你的贵人，有机会请他们到家里来吃饭吧，我得好好感谢他们。"

他不说还好，一说，康平红了眼眶，他哽咽地说："爸，没机会了，林鹏已经……去世了。"

康元甫立时愣住。过了好半天，他才喃喃地说："天妒英才啊。等有时间，你带爸爸去给他扫扫墓吧。"他长叹一口气，又问："那另一个人呢？该不会，也……"

康平赶紧说："另一个没事，只不过她……一定很难受，毕竟林鹏去世的时候她就在身边，而且她说，林鹏就是把唯一的口罩让给了她才感染那个病毒的。"

康元甫松了口气。

"人没事就好。那你这段时间一定要找机会多陪他散散心，说说话吧。这种事，你们年轻人未必愿意跟长辈说，还是平辈的朋友帮助比较管用。哦对了，你还没说这个朋友叫什么。"

"她叫罗雅。"

康元甫再一次愣住，他眨眨眼，问儿子："叫罗雅？"

康平也被他爸的反应搞得愕然。

只听康元甫问："是不是一个挺高挺瘦，一米七左右，总梳着马尾辫，浓眉大眼就是有点黑的女孩？"

康平犹豫着点点头，这个形容大体倒是对上了，他想起自己手机里还有上次一起出去玩的时候拍的照片，就去找手机想给他爸看一下。康元甫手机里也有上次在咖啡店偷拍的罗雅偷拍贩子的照片，他也开始翻相册。然后，爷俩就像对信物一样同时把手机举到对方眼前："你看是不是她？"

然后二人又异口同声地喊："居然真是她！"

气氛突然诡异起来。半晌，还是康平打破沉默，问："你怎么会认识雅雅，还偷拍她照片？说！你是不是要干什么对不起我妈的事？"

康元甫抬手就给脑洞过大的儿子一个栗暴："小兔崽子！别胡说八道！"随后，他把看见罗雅跟踪鸟贩子孤身探黑店的事说了一遍。

"当时我就跟你说过，让你多去巡逻一下，当时你怎么跟我说的？'C区这么大，我们才几个人？累死也巡逻不过来。'嘿，要不是罗雅见义勇为，你们就要放任那个黑店在眼皮子底下违法犯罪喽。后来怎么样？你上次不开心该不会就是被她给……嘿嘿。"

康平被臊得脸皮一红。

"过去的事你就不要提了。"

康元甫站了起来，走到他身边，紧挨着他坐下，拿胳膊肘捅捅他："'雅雅'，哦？"

康平的脸更红了。

"你几十岁的人了，能不能正经一点！"

"哎，我当爹的关心一下儿子的感情怎么就不正经了？"康元甫把胳膊架到康平脖子上以防他逃跑，"我可跟你说，雅雅真是难得的好女孩，你要真喜欢人家，赶紧跟人家表白。可别让别人抢走了！"

康平顺手拽过一个抱枕捂在自己脸上，不说话了。

康元甫回到房间，本来想给正在出国考察的妻子打个电话汇报一下儿子的新情况，别人给他汇报工作的电话倒先打了进来，说南边的并购项目出了点问题。等说完公事，已经半夜了。他自己也是刚回国就连轴转，困得不行，一想反正妻子过两天就回来了，也不急着一定要今天说。打了个大大的哈欠，康元甫关灯睡觉。

谁承想这天压着没说，未来一周他都忙得顾不上说这事。并购项目出现了竞争者，财力雄厚，跟他们比也不遑多让。康元甫亲自去坐镇，一番角力才把项目成功拿下。

康元甫忙得废寝忘食，宁若菲也没好到哪里去。她一回国就赶上一场历史学规划会议，连家都没回就直接跑去会场报到。

杨教授同为历史学教授，当然也在受邀之列。

会议间隙，两人自然又聊了起来。

宁若菲还不忘帮儿子打听罗雅的近况，却从杨教授那得知了这一段时间以来罗雅的遭遇，包括罗雅家里的变故，她听得频频叹气。

"这孩子太苦了，你说怎么什么事儿都让她赶上了呢？"宁若菲擦擦眼角的泪水，她是真的心疼，"哎，你说，要不等这次会议结束，我在家做顿饭，你把她带过来，我们好好安慰安慰她？"

杨教授轻笑："你还没死心呢？哎，说起来上回我才帮你制造过一次浪漫邂逅呢，孩子那边没反应？"

宁若菲哀叹一声："别提了，那次平平回来拉着张脸，我都没敢问。"她复又正经地说："我算想好了，就算最后他们俩走不到一起去，那雅雅我也要收了当干闺女。"

03

说安排就安排。

会议一结束，杨教授就给罗雅打了电话，当然没直接说宁教授要找她吃饭，只说自己的好姐妹也想参加研究传统服饰，问罗雅愿不愿意一起去聚聚。怕罗雅尴尬，杨教授还特意让她把陈晓妍也叫上。

罗雅心里知道杨姨是心疼她，想尽快帮她从悲伤里走出来，自然不会拂了她的好意。

刚答应了杨教授，康平的电话又打了进来。

"喂，雅雅，你周五有空没？"

罗雅心说太不巧了，杨教授说的聚会就定在周五。

"你要是十分钟之前打过来，就还有空，不过现在已经没空了。"

康平那边难掩失望地"哦"了一声。

罗雅好奇地问："什么事呀？"

康平郁闷地说："这两天国家博物馆有一批古代文物展览，听说还有好多服饰方面的，我想你不是挺喜欢汉服的嘛，就想约你一起去看。不过那个展会持续两个月呢，咱们下周还可以再约。"

罗雅失笑："康警官，你还记不记得自己是个伤患啊？石膏还没拆吧？你要拄着拐跟我逛博物馆吗？"

康平还想再说点什么，却听他妈喊他去厨房帮忙，只好讪讪地挂了电话。

见儿子看起来心情不那么美丽，宁若菲问："怎么了？"

康平摇摇头。

见他不愿意说，宁若菲也没有勉强。

"哦，对了，周五你杨阿姨要来家里吃饭，还有两个学生，那两个孩子我都挺喜欢的，你可给我照顾好，别摆臭脸给人家看。"

杨阿姨？康平仿佛记起了什么。他一脸不可置信地问："妈，该不会，还有那个……差点嫁到日本的……"

宁若菲轻拍他一下："有。怎么了？"

康平哀号着蹦着逃跑了。

周五，宁若菲做了一桌好菜，只等杨教授她们上门。

康平本来想借口出去溜达，被宁若菲死谏了回去："伤员需要静养！你瞎溜达什么？"

于是他把自己关在房间里生闷气。越闷着气儿越不顺，他给罗雅发短信吐槽。

"我妈老想给我包办婚姻，你说可咋办？今天她还要让那女的上门。"

跟杨教授和陈晓妍走在路上的罗雅听到短信提示，拿出来一看，登时无语。

这种事你问我我怎么会知道？她想。不过如果这样回，康平肯定更不开心。

罗雅想了下，回道："说不定你见了就喜欢了呢？"

康平："可我有喜欢的人了。"

罗雅看到这句话的时候心里隐隐有些失落。她觉得康平会喜欢的一定是那种肤白貌美、文静娴雅的才女，这样才跟他比较搭。反正自己这样糙得跟汉子一样的野人是肯定没戏的。

因为这样的失落，她没有再回什么。B市师范大学离宁若菲家实在太近了，一行三人很快就到了宁若菲家门口。

宁若菲把人迎进屋里，笑得那叫一个慈祥，让杨教授起了一身鸡皮疙瘩，偷偷拽拽她衣服："收敛点！你现在看着跟只狐狸似的。一会儿把孩子吓跑了。"

宁若菲白她一眼："我又不是第一次见。你赶紧去洗手吃饭吧，堵上你的嘴。"她左右看看，没见康平的影子，便跑过去敲他房间的门："儿子，出来出来，客人来啦。"

康平在屋里捂着耳朵装死。他实在想说，听他妈刚才喊门的架势，他想起了古代某种特殊行业。

太丢人了。

宁若菲等了等不见人出来，扭了一下门把手，发现门从里面反锁了。她气得差点一通"雪姨拍门"。不过她还是忍住了，丢下一句："你的家教呢？"转头招待罗雅她们去了。

康平也是左等右等，不见罗雅回复，这才不情不愿地开门，往饭厅走去。

然后，他就石化在饭厅门口。

宁若菲正给罗雅夹菜，看见康平姗姗来迟，本来想嗔怪他几句，就看到儿子先是仿若痴呆又迅速转变为一脸惊喜，顺着他的目光，看到同样呆愣且表情古怪的罗雅，瞬间全都明白了。她指着康平笑出了眼泪。

康平已经顾不得脸疼不疼的问题了，他跑过去挨着罗雅坐下，笑成一朵花。

罗雅也什么都明白了。敢情她自己就是被康平拒绝了一万次的那桩包办婚姻的女主角。

现实真是比小说还狗血一万倍！

她拿出手机，朝康平晃了晃，挑挑眉。

康平也拿出手机，调出短信，认真地点了点最后一句，又指了指她。

罗雅一脸不可置信地指着自己的鼻尖，康平又重重地点点头，朝罗雅一挑眉。

然后，罗雅脸就红了，她不置可否地低头吃饭。

康平凑过去朝她眨眼睛，被罗雅不轻不重地推开，他反而笑得更开心了。

宁若菲不知道这两个孩子到底在打什么哑谜。不过她能看出来肯定不是什么坏事，就给杨教授使了个眼色，笑眯眯地继续吃饭。

陈晓妍对他们俩的事早就有所察觉，为了保护自己的钛合金狗眼也只能埋头苦吃。

一顿饭就在有点诡异又有点甜蜜的氛围中吃完了。

陈晓妍稍微坐了一会儿，就以家里有事为由先走了。她算是看明白了，什么研究汉服复原，根本是醉翁之意不在酒。她才不要继续留在这里当电灯泡。宁若菲感激陈晓妍的知情识趣，给她装了好多小零食。

杨教授也说学校还有事，宁若菲塞给她两本书把她推出门，然后，她又换回慈祥的笑容，拉着罗雅说了很多体己话，还不忘拿出康平小时候的照片，细数他得过的每一个奖，哪怕只是小学的校内比赛；也细数他的糗事，比如被毛毛虫吓哭。

康平终于听不下去，拉着罗雅去了阳台。

康平家的阳台很大，摆了很多花花草草，还有一张木质的茶桌。两人坐在茶桌旁，看着远处的夜景。

他说："你是答应我了吗？"

她说："对啊。"

宁若菲把罗雅留到很晚才放人。

临出门，宁若菲说："让平平送你回去。"

罗雅看了一眼康平还没拆石膏的腿，说："别了吧？他伤还没好呢。"

宁若菲："伤员就应该多动动，老宅在家里伤好得慢！"

路不远，两人慢慢地走倒也不累。一路上，他们聊了很多。聊双方的过往，聊到最开始的相遇。

"……所以，那时候你才会那么愤怒？所以你这一身功夫，都是因为这个学的？"

"嗯。"

"那你现在还在做那个噩梦吗？"

"偶尔会做。不过，我发现我越是努力去做事，在梦里就越不那么难过。放心吧，噩梦会醒，我想，总有一天它会离开我。"

康平默不作声地过去抱住了她。他实在不敢想象，如果是自己身上发生这么多事，自己要如何面对，如何撑下去。

罗雅赶紧伸手扶住他松开的双拐。这人，一冲动就不管不顾的。

过了好一会儿，康平才吸吸鼻子，后知后觉地松开罗雅，尴尬地傻笑。他眼里水盈盈的，漂亮的眼尾分明还飘着一抹红。

两人继续往前走，复又聊到林鹏。

"老林一直想在中国建立一个向世界最顶尖水平看齐的野生动物救助中心。我想完成他的遗愿。"

"听起来好像很难。"

"是很难。没钱，没地，没人。就算这些都有了，还不知道能不能取得许可。"

钱，地，人，许可，还真是缺一不可。粗一听似乎也不难凑齐，可是如果像罗雅他们要求的那种，要能最大限度保障动物福利的，谈何容易？

不知不觉已经走到宿舍楼下，康平抬头看看，问："你宿舍是哪一间？"

罗雅给他指了一下。屋里没有开灯，房静大概是跟男朋友约会去了还没回来。

康平想再抱罗雅一下，低头看看那一双拐只能作罢，他柔柔笑着说："那你上去吧，我看你屋里亮灯了再走。"

"晚安。你到家了也跟我说一声。"

"好，晚安。"

目送罗雅往宿舍楼入口走去，很快她的身影就消失在转角。康平抬头，近乎虔诚地看着罗雅的阳台。

突然，他感觉好像有哪里不太对。

罗雅的阳台很低，现在树叶都落得七七八八，路灯的灯光不会像夏天那样完全照不到阳台上。在灯影照出的枝杈摇曳中，康平看见罗雅阳台门外有个圆圆的东西。他心里划过一丝不祥的预感。

正在他努力想要看清那到底是个什么东西时，罗雅房间的灯已经亮了。她走的时候没有拉窗帘，康平能看到她快步跑向阳台。与此同时，他心里那不祥的预感应验了——那个圆圆的球，是一个男人的头，而这个男人从罗雅开灯之后就慢慢站了起来，手已经伸向了阳台门的把手。

康平大喊一声："别开门！有坏人！"可是已经晚了，罗雅已经打开了阳台，而黑影似乎被楼下突然一声大喊吓得愣了一下，忘了如何反应。罗雅的反应却很快，她几乎立刻发现了闯入者，并且一记手刀稳准狠地劈在他脖子上，又在他胯下猛踹一脚。不速之客倒下了，还有一样东西也跟着掉在了地上。罗雅低头一看，那是一把匕首。

康平发现自己刚才屏住呼吸憋得胸腔都疼了。他用一个瘸子能蹦出来的最快速度绕到楼门那边，跟宿管反映了情况，又叫了保安，自己几乎是一路爬到罗雅寝室。

这工夫，罗雅已经拿房静的跳绳把闯入者捆结实了。回头看到狼狈得连拐杖都扔了的满头大汗、脸色惨白的康平，她粲然一笑，伸手比了个"V"。

放松了的康平一屁股坐在了地上，罗雅赶紧过去把他扶起来，架到椅子上。

"你没事吧？"

"你没事吧？"

两人异口同声，又相视而笑。

警车很快来了，铐走了歹徒，康平陪罗雅去做笔录。两人从讯问室出来的时候，那边对犯罪分子的初审也结束了。

原来正是6·10大案，也就是罗雅最开始在山上遇到康平的那桩案子，其中一个主犯的亲弟弟。因为非法贩卖大量国家重点保护的野生动物，构成特大刑事案件，那个主犯被判了12年。他的兄弟恨极了罗雅，这才来报复她。而他之所以能找到罗雅的学校甚至她的寝室，就是因为看了罗雅之前吐槽非法放生的那条微博。

罗雅在那条微博里并没有写自己的学校，但她在微博上发过自拍，而她的同学更不小心，在自己微博晒合影的时候把学校的校训碑给拍进去了。那贩子还有点脑子，交叉搜索下，就把罗雅给定位了。

"那你又是怎么找到她寝室的？"

"哼，她那么爱穿奇装异服，打听她寝室很难吗？他们学校的小姑娘都傻，我只要随便骗她们说那个臭……那个女的拾金不昧，我想感谢她，立刻就有人告诉我了。" 贩子颇为扬扬自得，"要不是那个男的坏事，今天晚上我就能给我哥报仇。"

刑警一声冷笑："还报仇？你等着跟他在里面团聚吧。"

折腾到半夜，罗雅和康平才离开公安局。

康平说："出了这件事，我总感觉你寝室不太安全。要不你还是来我家住吧，家里有客房。"他顿了顿又说："刚才我妈打电话来，她听了这事吓坏了，她也说让你去我家住。"

罗雅想了想，同意了。宁若菲一见到罗雅就把她搂到怀里，不停地念叨："可吓死我了！"

看宁若菲着实吓得不轻，罗雅和康平还得反过来安慰她。等终于把宁若菲哄去睡觉了，康平才拿出一套自己的睡衣给了罗雅："那个，咱俩身高差不多，我的你肯定能穿。不嫌弃的话今天就穿这个吧。你放心，都洗干净了的。"他害羞地挠挠头："那个，客房有独立卫浴，你洗个澡，早点睡吧。我，我回房间了。"说完又一瘸一拐地逃跑了。

除了第一晚有些尴尬，接下来的几天，大家都慢慢适应了。

康元甫回家看到罗雅吓了一跳，他揶揄康平表面上一本正经的，下手倒是不含糊，瘸着腿都能拐个媳妇回来。

康平仍然没有孬毛，而是得意又挑衅地一扬头："哎，这就是本事。不像某些人，据说当年苦苦追了三年才抱得美人归。啧啧啧。"

康元甫气结。宁若菲在旁边笑得不能自已，其实真正令她开心的，是这么多年笼罩在家里的那种紧张的气氛，仿佛一夕之间烟消云散了。

当天晚上，等宁若菲和罗雅各自睡了，康元甫开了一瓶红酒，爷俩边喝边聊，聊了很长时间，最后两人都直接醉倒在沙发上。

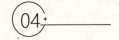

快到元旦的时候，郑教授把罗雅叫了过去，给她看了一份文件。

罗雅拿过来一看，是《B市野生动物救助中心启动计划》。她惊喜地抬头，几乎语无伦次："老师……这……这是……"

郑教授和蔼地笑道："这是小鹏生前一直念叨的。我知道，你也希望能建一个救助中心。现在，有人愿意出钱，学校这边开会决定划出一片场地。园林绿化局那边，有何局帮着说话，许可证很快就能批下来。现在就缺人了。你看，你也快毕业了，要是现在开始建的话，等你毕业的时候应该刚好能建成，想不想在这个救助中心工作呀？"

罗雅简直不能相信自己的耳朵，她讷讷地，像问郑教授，又像自言自语似的说："这是真的？我不是在做梦吧？"她听到轻微的"啪嗒"一声，低头一看，手里的文件上沾了一滴水。她赶紧抬手把那滴水抹掉，又有一滴掉在了手背上。她干脆把文件放到桌子上，捂着脸哭了个痛快。

摘下花镜，揉揉眼睛，郑教授默默递了一包纸巾过去，静静地等罗雅发泄完。他望向窗外，凛凛寒风中，青扦[1]挺直的树干岿然不动，细密的针叶为麻雀和灰喜鹊提供着庇护。

许久，他听见罗雅仍然带着哽咽地说："好。"

春季是候鸟迁徙的季节，林鹏不在了，但说好了要坚持下去的鸟类迁徙调查还得做。为防罗雅触景生情，康平主动提议陪她去以前没去过的地方做调查。

这天康平开车带罗雅去观鸟，刚好路过以前林鹏去过的实验林场，罗雅看着熟悉的路牌，突然又一阵悲从中来。

康平方向盘一打，开上了另一条很旧的岔路，他问："这条路你走过吗？前面通向哪儿？"

"没去过，好像是个村子。"

---

1. 青扦：华北云杉。

"要不咱们这次去转转？"

罗雅点点头。

山里正是苍茫不减，新翠初萌的景观，有些早开的梅花、樱花也才绽放了几个骨朵，大部分都将开未开。离远了看倒是有朦胧的粉色，近看只是光秃秃的树枝。

罗雅视线一错，看到一旁凸出的山壁上的东西，猛地一凛："等等，你看那是什么?"

康平一个急刹车，顺着罗雅指的方位抬头看去——半山腰上支出一根木竿，架着捕鸟网。那网正在抖动，显然上面已经挂了动物，正在挣扎。

两人对视一眼，迅速停好车，寻找可以爬到那个山坡上的路线。

5分钟后，两人准确找到捕鸟网的位置，到了之后才发现，这里不是一张，而是斜着拉了一排捕鸟网。吸引了罗雅注意力的是一只刚刚撞网的红嘴蓝鹊，此外，还有两只普通鵟和一只雉鸡在另外几张网上。

两人迅速分工，罗雅去解那两只猛禽，康平负责攻击力较低的另外两只。

因为带的装备不齐，两人各自脱了冲锋衣把几只鸟分别包起来放进旅行包里。接着罗雅又三下五除二蹿断了那几根木竿，撕毁了捕鸟网。

正蹲着把捕鸟网缠好准备一同带下山的时候，突然有四个人出现，目光凶狠地盯着他们，其中两人手里还拿着镰刀，看起来来者不善。

"你们别过来！我是警察。"康平喊道。

谁知那几个人不仅没被吓住，反而还逼近了些。

"无法无天。"罗雅把网往山下一扔，让康平把旅行包拎好。"你叫增援，护好鸟，我断后。"

康平欲言又止，经过几次"比武"，他发现自己的确没有罗雅能打，而且脚伤也才刚刚痊愈。"好，你多加小心。"

"放心，这四个杂碎一看就没练过。"罗雅嘿嘿笑着，从腰后面抽出一把大砍刀——这是之前林鹏去藏区给她带回来的礼物，她一直舍不得用，现在出野外时随身携带，不为防身，只是心里觉得仿佛老林也一起来了一样。

砍刀的震慑力无疑是有效的。对面四个盗猎分子面面相觑，有人已经有了明显的退意。

不过还真有人不信邪地拎着镰刀冲了上来，被罗雅一砍刀把镰刀砸飞出去。几个人一看罗雅真不是善茬，仓皇逃了。

不等康平反应过来，罗雅还刀入鞘，拉着他就往山下跑。

"哎，你不是已经把他们打跑了吗？怎么这么急？"

"强龙不压地头蛇，这是人家地盘，万一他们再去叫人呢？到时候乱拳也能打死老师傅。"

果如罗雅所说，两人刚把车子发动准备掉头回去，就看到不远处举着锄头镰刀的一群人跑了过来。康平猛踩油门，车子掀起无数尘土，消失在这些人的视线中。

有惊无险地过了这一关，康平一阵后怕。

"看来我还是得多练练，差点拖了你的后腿啊。"

罗雅拍拍他的肩膀："你车技很不错。"

有了多方配合，工程进度只有一个"快"字来形容。在罗雅毕业之前，一个占地三千多平方米的综合性野生动物救助中心已经落成。

大门口种了两棵桂树，那是林鹏生前最喜欢的。"又好看，又好闻，还能吃。"彼时林鹏笑嘻嘻地说，"如果以后我们真能建个救助中心，我一定要在大门口栽上两棵！"

郑教授任中心主任，罗雅担任经理，而首席兽医则是不远万里从M国赶来的安琪，她还自费买了呼吸麻醉机、无影灯等设备，并带来了一台非常先进的X光机——那是一位M国老奶奶捐赠的遗产。

中心揭牌那天，康平和白树都请假过去捧场。早上有点堵车，康平在单位大门口等白树花了点时间，等两人走到中心的时候，揭牌仪式马上就要开始了，罗雅已经在主席台就位，出不来。幸好有陈晓妍领着两人越过层层围观师生往里走。

等看到出资方兼中心名誉站长的时候，康平惊讶地喊了一声："爸？"

--------------------全文完--------------------

2018年冬天，我和编辑妹子在微博上相识了。有一天她突然对我说："姐，我觉得你的经历挺有意思的，你要不要考虑写本科普小说？"我觉得这会是一个新奇的体验，就答应了她。

我们约在一家咖啡厅见面，开始聊小说的框架和初步构想。聊着聊着有点卡壳，于是打算换个话题放松一下。

妹子问我："姐，你是不是也很喜欢居老师？"

"居老师"是粉丝对演员朱一龙的昵称，我当时确实对他的表演感到惊艳，也转了很多关于他的微博，可以说很欣赏这个演员。妹子开心地指着自己说："我是他的粉丝！我是看你写的一篇关于《猎野人》的科普文章才开始关注你的！"

《猎野人》是居老师早年间主演的一部电影。他是一个很英俊的演员，却在那部电影里演了一个浑身长毛跟猩猩一样的"野人"。很多人认为这部自毁形象的作品是他的黑历史，我却从他的很多对猩猩行为、习性的精确模仿中看到一个优秀演员的敬业——因为很多动作，包括眼神，大概只有我们这种对动物行为学比较了解的人才能一眼就看出来。于是我写了那篇科普文章，为了科普大型类人猿的知识，也为了向我欣赏的演员致敬。没想到那一次的激情科普促成了这本小说的诞生。

其实我本身并不擅长驾驭故事情节。我更擅长的是纯粹的科普以及纪实文学——虽然风格可能很"沙雕"。

所以虽然确定了小说的大致框架，也确定了以我或者我的朋友亲身经历的一些事为素材，但其实这次的写作并不是很顺利。有很多次我跟编辑妹子诉苦：不知道该怎么推进剧情，不知道该怎么把发生在不同人身上的事儿串在一起。到后来我已经无暇顾及人设崩不崩的问题了。

妹子安慰我说："第一次写小说基本都会遇到这样那样的问题。卡剧情、控制不好节奏也是新手作家的通病。你不要有太大的心理负担，慢慢写。但是科普的部分一定要严谨。"

她这样一说，我好受很多，也更深刻地理解了作家的不易。

其实在编辑妹子联系我之前，我也有心要写点什么。从大学本科起到现在，我在野生动物保护的圈子里待了十八年，经历了很多事，受到过很多人的帮助和启迪，当然也经历了不少挫折。我想把生命中那些有意思或有意义的点滴记录下来，只是没想到最后会是以小说的形式呈现出来。

文中很多角色的名字是有特殊意义的。

女主名字"罗雅"，取自我的好朋友罗雅文，我们认识了七年。文中生态学专业硕士、考研第一名、外语特别好、坚强、乐观、乐于助人等设定都是参考了她本人的真实情况。她是我们单位的志愿者，我第一次见她的时候，她蹲在地上铲鸟屎。那年她大一。而直到她硕士研究生毕业，她都仍然是我们的志愿者，仍然经常来帮我们干那些又脏又累的活儿。她也是我身边的朋友中最早跟我一起穿汉服出去玩的人之一。我们俩都没什么钱，买不起网店里那些动辄几百块的成套汉服，就只好买了个电动缝纫机自己做，连配饰也是我们自己做的。当然一开始都做得很丑，但她不介意，跟我一起坦然面对陌生人投来的或惊奇或嘲讽的目光。

女主的职业是硕士研究生，代表着国内一流高校的专业知识背景，也是国内野生动物、生态环境保护的中坚力量。

男主叫"康平"。康姓取自我的好兄长、好老师，已故资深野保人康大虎。2003年冬，凭着一腔热血在野保外围像没头苍蝇一样团团转的我，从即将毕业的学长那里听说北京刚成立了一个猛禽救助中心。我脑袋一热就报名去当志愿者了，当时负责接引我的就是康大虎。后来我才知道，他不只是猛禽中心的志愿者，还是自然之友、野性中国等很多环保组织的志愿者。那时候的他就已经开始做很多有意义的事。文中包括调查黑市、野外巡护、救东方白鹳、抓盗猎分子等很多事都是他带着我一起做的，很多我现在的好朋友，也是因为大虎引荐才认识的。后来，他开了自己的"大虎自然书店"，致力于面向公众尤其是青少年的自然教育。2013年，我们在广西北海一起开鸟类保护会议的时候，他就已经感到不适。我们让他去检查一下，他却因为各种志愿工作太忙一直拖着。后来终于在大家的劝说下去检查了下，回来说是有个膈肌占位，但他又在忙自然教育的事一直拖着没手术。2015年秋，他病倒了，原本良性的膈肌占位突然恶化成纵膈肿瘤。2016年8月25日，他永远离开了我们。现在到网上搜索他的名字，还能看到很多朋友悼念他的文章。而我之所以给男主取名为"平"，就是在想——如果大虎还平安活着该多好。

森林公安是我入行以来对其情感最复杂的一个群体。好的森林公安就像文中的白树，虽然不是科班出身，但是非常敬业，不断学习专业知识充实自己。但是如果真的遇上那种不思进取的，也能给你气出心脏病来。受大虎影响，我对森林公安的态度一向比较宽和，还是以鼓励和帮助为主，偶尔也会不留情面地吐槽。大虎生前总是遗憾自己没有执法权，有时候眼睁睁让不法分子溜走。这一次，我让"姓康的"当了森林公安。

当然，康平这个人物的性格和形象跟大虎并不相像，他是纯虚构出来的。之所以这样安排，主要是我一直对很多小说里逢男主必然高大威猛、性格完美的"大男主"形象有一点腻味。我总觉得男主也可以脆弱，也可以没有心理优势，就如女主也可以有很多性格缺点；但这些都不妨碍他们是好人。

想必大家也看出来，文中林鹏的人物原型才是康大虎。他做的就是大虎曾经做过的那些事。"林"，就是林业的意思；而"鹏"则取自我的另一位兄长——自然之友志愿者、资深观鸟人、摄影爱好者张鹏。鹏哥也是个古道热肠的人，兄弟们不管谁有事，能帮的他都要伸一把手。还记得我们一起参加北京自然博物馆的"博士有话说"新年特别版舞台剧，我演白骨精，他演胡兀鹫。那身胡兀鹫的行头是他自己做的，惟妙惟肖，但完全不露脸，穿上之后热得要死。他把所有的科普台词让给了我，自己默默做一个连脸都不露的龙套。演出结束，他的汗水把厚厚的道具服都浸透了。他的摄影水平也很高，理论知识也非常扎实，已经出版了一本《天空王者——飞过北京上空的猛禽》，是极好的猛禽观察笔记，感兴趣的朋友可以看看。祝现实中的鹏哥长命百岁，好人一生平安。

文中的郑教授这个人物，是我用来向中国鸟类学泰斗郑光美院士致敬的。

"郑光美多年从事脊椎动物学和鸟类学等课程的教学工作。在高校教材建设、教学改革和人才培养等方面有重要贡献。他长期从事鸟类学研究，在中国鸟类生态学、保护生物学等领域进行了开拓性工作，尤其在中国特产濒危雉类研究中成果显著。"——这是北京师范大学生命科学院对郑院士做出的评语。

而在我心中，他总是一个慈祥的爷爷。郑老八十多岁的高龄还亲自带着学生们到林场实习。他每每对我们这些后辈鼓励、爱护有加，从来没有学术泰斗的架子。还记得有一次我在师大的路上偶遇郑院士，他对我说："你发表在《森林与人类》杂志上的那篇文章我看了，写得不错。以后要更努力呀。"我当时激动得语无伦次。那只是一篇特别普通的介绍红角鸮的文章，他老人家却认真读了，还一直记在心里，并特意表扬我，让我感动得无以复加。

安琪这个人物的名字就是编辑妹子的名字。这个人物的原型是曾经帮我们做过好多年兽医顾问的美籍奥地利裔兽医卡蒂·勒福乐（Kati Loeffler），她真的教了我们很多很多，现在她仍然活跃在世界各地野生动物救援的一线。

文中还有几个角色的名字是我从亲朋好友那里直接"借"来的。

比如齐白云。白云是演员段奕宏的粉丝。我们是在看电视剧《士兵突击》的时候认识的，然后就成了好朋友，相互扶持着走到了今天，算来已经快十四年了。她帮了我太多，我们之间的感情已经超过了一般的朋友，更像亲人。《士兵突击》这部剧播出的时候，也是我人生突然陷入困顿和必须做出抉择的时候——跟许三多家里的变故差不多。而那个时候我大学毕业，是放弃理想去追求金钱，还是节衣缩食在我认为正确的道路上苦苦挣扎，也是当初令我夜不能寐的烦恼。是"不抛弃，不放弃"和"好好活，就是做很多很多有意义的事，有意义，就是好好活"让我更坚定了信念，让我有了在野生动物保护的路上百折不挠的勇气。

而我的朋友们，就像剧中老A们帮助许三多一样，在生活中扶助我，在精神上支持我，才让我慢慢走出困境，坚持到今天。我至今认为，一部好的文学作品，是可以带给人巨大的精神力量的。它可以鼓舞人，甚至可以成就一个人，还可以把很多向往美好的人聚集在一起，一起做许多有意义的事，一起好好活。

在这部小说里，很多事在现实中有迹可循。但是为了情节需要，我把时间线基本都打乱了。

其实早在2001年，我国就有了能向世界顶尖水平看齐的北京猛禽救助中心。2005年，北京市野生动物救护繁育中心成立。可以说在北京，野生动物救助的整体水平都在国内领先。

但从全国范围讲，涉及野生动植物的执法、救助水平参差不齐，很多地方的执法人员就像文中的男主角一样，连物种都认不出，就更不知道该怎样照顾它们了。

文中写的一些事，可能有着跟现实中一样的起因，但结果是我艺术加工过的。实在是因为不甘心。

都说野保难，其实宣传野保、科普知识也很难。十年前，我开始在微博上跟大家分享救助故事，后来看到些不法之事，我抨击得较为激烈，为此得罪了很多人，主要是会断一些人的财路，会被骂很多不堪入耳的话，也曾经被约架，还遭受过死亡威胁，一开始真的很难过。直到今天，科普和普法还会令我持续遭受网络暴力。但我已经不会放在心上了。

我看到越来越多的人能理解并支持我们的工作，看到有很多人因为看了我们的科普而学会了如何科学地与自然相处、如何科学地救助动物。看到越来越多的人释放出善意和好奇。这就够了。

未来还很长，还会发生很多事。也说不定攒啊攒啊又能攒出一本小说来。

谁知道呢?
愿每一个善良的人安好。
愿生态保护理念深入人心。
愿生态平衡长久。
愿野生动植物种群繁盛。

鸟窝里的猫妖
2020年5月16日

图为康大虎在救助金雕

谨以此书纪念野保前辈康大虎